20 世纪
南方文人
生活
小史

月照青苔

十年之功，
在公共遗忘处
书写一个国家的记忆

中国往事

赵柏田 作品

長江出版傳媒 | 长江文艺出版社

图书在版编目（CIP）数据

月照青苔 ：20 世纪南方文人生活小史 / 赵柏田著
. -- 武汉 ：长江文艺出版社， 2019.1(2024.8 重印)
（中国往事 ：1905-1949）
ISBN 978-7-5702-0644-5
Ⅰ. ①月… Ⅱ. ①赵… Ⅲ. ①散文集－中国－当代
Ⅳ. ①I267

中国版本图书馆 CIP 数据核字(2018)第 238971 号

责任编辑：杜东辉　　责任校对：毛季慧
封面设计：消食片儿　　责任印制：邱　莉　王光兴

出版：长江出版传媒｜长江文艺出版社
地址：武汉市雄楚大街 268 号　　邮编：430070
发行：长江文艺出版社
电话：027—87679360
http://www.cjlap.com
印刷：三河市百盛印装有限公司

开本：700 毫米×1000 毫米　1/16　印张：16.5
版次：2019 年 1 月第 1 版　　2024 年 8 月第 2 次印刷
字数：220 千字

定价：58.00 元

目录

新月的余烬

诗人邵洵美的一生

革命者应麟德的经济生活

应修人一九二三年的一个切片

两种生活

一个民国“文青”的经济和爱情生活

少年血

半岛兄弟

舞,舞,舞

穆时英一生中的十一个词

生如夏花

民国女子苏青

书生有病

陈布雷的悲剧

说寂寞，谁最寂寞

徐訏在1950年后

百年约园

张寿镛：故事与传奇

法官和他的另一个角色

法学家吴经熊的一桩公案

序

◎敬文东

《月照青苔》是一部二十世纪南方文人的微型生活史。赵柏田先生以近乎讲故事的方式，语调低沉、节奏平缓地讲述了十二个南方文人生命中许多个富有包孕性的时刻。它是一部二十世纪南方文人的微型生活史。书中写到的有些人至今还大名鼎鼎（比如沈从文、陈布雷），有的人则在我们这个愈来愈浮躁、越来越充满语言纵欲术的时代差不多快被彻底遗忘了（比如邵洵美、应修人）。即便是那些至今还大名鼎鼎的人，我们对他们的了解也几乎全部来自道听途说，而那些怪模怪样的道听途说差不多都来自于过往的历史教科书上几条干巴巴的、社论性的评介。我们从中看不到他们的血肉，体察不到他们的心跳，感受不到他们的喜怒哀乐，因为我们习见的历史向来都是"大历史"。历史的"宏大叙事"在操作技术上是粗线条的，在操作纲领上是总结式和伦理化的，在能否进入历史之公墓的录取标准上是舍小取大的。总而言之，它既抽象，又以故意的删除为癖好。《月照青苔》打破了这些清规戒律，或者说，它打心眼地瞧不起这些清规戒律；它让我们触摸到了十二位南方文人的生活内里，因为它是一部"小历史"，正如它的作者赵柏田先生在书中所说："我相信真实的历史就潜行在这些细枝末节里。"的确，小历史的材料是从夹缝中得来的，它的方法是搜集事情的剪影，但它的目的是尽可能利用历史上遗留下来的、进不了大历史的边角废料，为一个阴暗而又轰轰烈烈的大时代找到它的侧影、它的疆界、它的隐形轮廓，所以它的指向却是历史整体的庞大与神秘。

书中写到的十二个人，蒋梦麟、邵洵美、陈布雷、沈从文、苏青、穆时英、柔石、殷夫、应修人、张寿镛、吴经熊、徐訏，正好构成了这部小历史意欲完成的目标的最好解剖标本。干巴巴的大历史教科书隐隐约约告诉过我们，他们都不是大人物，他们都是南方文人，他们都处在一个激剧动荡的岁月，他们都有文人的共同特点：软弱，多愁善感，唯美，时而激进时而颓废，时而热血沸腾时而万念俱焚，就像阴霾、多雨、潮湿的南方。他们以文人的身份行走在宁波、湘西、上海、北京，甚至美国和欧洲，在那个动荡的年月，他们身上不可避免地沾染了、分有了那个时代应该具备的内容。在小历史眼中，他们几乎就是那个时代的全息图；而将全息图破译出来，正是小历史的题中应有之义，是小历史能否成立的命脉之所在。

赵柏田在《月照青苔》一书中堪称完好地实施了这一昂贵而又合乎人情的理念。为了对大历史的暗中对抗显得更有力道，他在对许多人的叙述中不惜采用小说笔法；我们看得很清楚，小说笔法在这里正好构成了破译全息图的最佳方式之一——何况那些充满过多歧义、充满了太多暧昧和晦涩特性的包孕性时刻，正需要小说笔法才能得到较为详尽地呈现。在赵柏田偶尔无不虚构的叙述中，一个动荡的大时代曾经长期被大历史忽略、被大历史遗忘的侧影出现了——这幅侧影十分重要，因为它让我们真正地、有血有肉地看见了一个大时代的边际。有了这幅侧影，意味着我们有了一幅地图：那是关于一个时代的地图。这幅地图不仅给出了被大历史遗忘的时代的边界，也重新搜集了过往的、孤苦无告的事件的细节，从而让边界有了淡淡的光晕，就像我们在宣纸上看到的月亮周边的那些光晕。正是这些光晕充分显示了大历史的偏见和无聊，因为我们无法想象，没有光晕，一件事物究竟会是一副什么样子，一个人最后会不会是干瘪的。

我们大致上愿意相信，历史或许确实是一些枭雄级别的人物在歪打正着中设计出来的，但大历史只愿意总结历史被设计出来所遵从的规律，歪打正着的特性在大历史的总结中被消除了，并代之以必然性。大历史不屑于承认支撑历史存在的那些凡人、那些些微小事的意义与价值。于是我们看到了，大历史给出的历史疆域是直线式的，是整齐划一的，明晰得有如没有纷争的国境线。它排除了时代边界本应具有的光晕，而光晕意味着：历史并不是清晰的，事件和事件之间的关系，并不是大历史所抽象的那样，完全被同一个革命目标所联结。光晕同时还意味着，必须把具体的、活生生的个人重新唤起，因为正是生活中的那些单个的人，构成了光晕得以存在的建筑材料，尽管那些单个的人不是大人物，可即使是枭雄级别的人，他们在设计历史时的歪打正着也正是他们渺小的象征，也应该构成时代之光晕的一部分。

文字技艺十分高超的赵柏田在领会了小历史就是个人生活史这一精湛含义后，和小说笔法相搭配的，是他特有的江南语调——这或许是因为他是个宁波人。在《月照青苔》中，江南语调显然是非社论化的、非道德化的、非板正和非中庸的。和江南的地貌、气候相一致，江南语调轻柔、温婉，在颓废中现出温情，滋长出对笔下人物的充分理解，并为光晕的最后成形提供了方便。因为江南语调和小说笔法的搭配，使赵柏田没有机会放过任何一个人物身上的任何一个有用的生活细节，更没有机会让全息图中应该包纳的任何一条信息遗漏出去。江南语调和小说笔法按照 定比例的混合，最终使得一个时代的地图充满了阴霾之气，充满了悲剧、颓废与忧伤相杂陈的调子。

但千万不要以为江南语调和小说笔法是《月照青苔》的全部，恰恰相反，它们不过是解剖工具，而工具的天职，就是必须以它面对的目标为圭臬；目标的戒律，则是必须以解剖材料提供的信息为准绳。赵柏田在完成这种类似于月光穿过密叶投射于莓苔的“点点的碎影”般的小历史的过程中，处处以史实为依据，让那些曾经在历史教科书里无限干巴的事情与生活，马上鲜活起来。他笔下的人物，都带着他们各自的音容笑貌和时代特征来到了我们跟前。他们由此成了我们这些活人的生活的一部分。而我们这些活人，对那些干巴巴的历史规律没有兴趣；我们更愿意对那些不清晰的东西怀有好感，因为不清晰就意味着神秘，意味着可能性。

过往的人、物、事曾经遵循过哪些被虚构出来的历史规律，是不重要的，哪怕它叫必然性或者历史的车轮；历史写作的目的是要让过往的人、物、事重新活过来。但太多的历史写作与此刚好相反：它让过往的人、物、事再次死去。滑稽的是，它又是以指名道姓的隆重方式让它们死去的，活像一个蓄谋已久的仪式。这就是说，它点了张三的名，张三马上就会咽气。因为在它那里，张三不过是论证历史规律之存在的木乃伊，张三究竟如何走完他或坎坷或顺当的旅途则是毫无意义的。《月照青苔》之所以要使用不入"大历史"法眼的小说笔法与江南语调，就是因为它想从侧面偷袭大历史的命门。我认为它的偷袭是相当成功的；不过，可能是这部从日常生活的基石上构建的小历史实在太"小"了，所以并没有出现我们期望中出现的景象："大历史"捂着自己的要穴痛得满地打滚。

锋面之舟

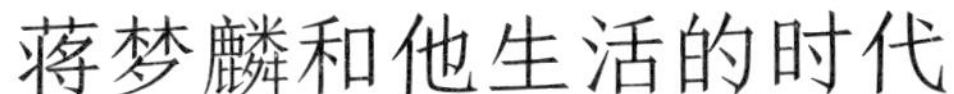

蒋梦麟和他生活的时代

1. 父亲的船

三天前的一个清早，少年和他的父亲从杭州湾畔的蒋村动身时，星光还没有完全隐落，秋晨的露水把布鞋和裤管都打湿了。到余姚县府衙门前的小码头下船，江面的雾气正在散去，那些像走钢丝一样站在船舷的农妇已经快要把一船船的白菜搬空了。初升的太阳把江面染得如一匹红练，农妇的脸不知是出了汗还是江水映的，也都酡红着。船是带雨篷的木帆船，篷上的青箬是今年新摘的，还有着春天雨水的气息。在浙东乡村，纵横的河汊里到处都可以看到这种作短途运输的木船。潮水时涨时退，退潮时，船逐流而下，走得很快，两岸的树、村庄，还有河里的云的影子，在少年的眼里一闪就过去了。但当逆水行驶时，前进就会变得非常困难，虽说雇了两个背纤的，半天也赶不了十几里地。连着三天，看厌了河水和堤岸两边单调的树木庄稼，船上又没什么好解闷的，少年觉得时间实在是太无边无际了，简直像这浑黄的河水一样没个尽头。

这天下午三四点钟光景，船把他们送进了宁波城。这一程从乡下到宁波的水路，算来竟走了三天两夜。到上海的船要晚上八点才开，余下的四五个钟头里，父亲带他去逛了城隍庙，到江厦街买了晚上坐船吃的点心和准备送给上海亲友的咸干货，还带着他去了离码头不远的江北外滩，看了外国人造的教堂。教堂肃穆的外表给年幼的他留下了深刻的印象。姚江逶迤西来，至此已到入海处，江风浩荡，混浊的江水拍打着堤岸，不远处的三江口，海水与淡水的交汇处折叠出一条长长的水线，海鸥像一支支明亮的梭子在水面上剪翅低飞。

许多年后，少年还记得父亲带他去坐轮船的那个晚上。

傍晚，吹着咸壳壳的海风，他和父亲来到了江北外滩边的轮船码头。从这里他们将乘坐招商局的轮船，一夜水路旅行后于第二日早晨抵达上海十六铺码头。过道和甲板上乘客挤得像沙丁鱼，一伸脚就可能踩到别人。小贩成群结队上船叫卖，家常杂物，应有尽有，多半还是舶来品。水果贩提了香蕉、苹果和梨子上船售卖。父亲在二等舱找好位置，放好行李，就带着他满船跑开了。

少年的父亲像个好奇的孩子，在船上这里摸摸，那里碰碰，一边不住地往纸上画着什么。这个绅士老爷还拉着少年走进了驾驶舱，一个穿着制服的船长模样的人客气地把他们请了出来，告诉说船马上就要开了，请他们在自己的位子上坐好。他们来到锅炉房，司炉正在铲煤，炉膛里腾射而出的火光映着少年和父亲的脸，他们的眼里有了一种梦幻般的色彩。父亲有一搭没一搭地跟司炉套话，司炉告诉他这船是德国造的，在这条水路上已经跑了快三年了。少年和父亲来到甲板上，船正在启动，昏暝中，两岸的景物和建筑一点点地退远了，父亲说，我回去也要造一艘轮船。少年以为父亲是在跟他说笑话。

很久以后，少年都快要忘了这次海上的夜航了，父亲请了一帮木匠来到蒋村家里，让他们按照他画出的图纸打造一只大船。木匠奉命制造水轮，造船匠则按照计划造船。满地的刨花和木屑，院子里飘荡着好闻的树脂香气。船打得很顺利，一个月后，木工们往船身上了最后一道桐油，船就下水了。让少年吃惊的是，这艘木船简直是他和父亲一起乘坐过的招商局那艘轮船的缩微版，一样有着驾驶舱和高高的桅杆，只是它不是铁甲的，也没有锅炉房。父亲得意地说，我这船就是按德国轮船的样子造的。船下水的那天，全蒋村的人和附近的乡人来到流经这个村庄的唯一一条大河边上，都来看新奇。大家看了这艘新奇的轮船都赞不绝口。轮船停靠在河埠，父亲雇了两位彪形大汉分执木柄的两端来推动水轮。“轮船”

慢慢开始在水中移动时，岸上围观的人们不禁欢呼起来。船速逐渐加快，但是到了速度差不多和桨划的船相等时，水手们再怎样出力，船速再也快不起来了。乘客们指手划脚，巴不得船驶得快一些，有几位甚至亲自动手帮着转水轮，但是这只船似乎很顽固，再也不肯加快一点速度。娘个 X！父亲低低地骂了一句，上去踢了一脚木轮，它却再怎么弄也不听使唤了。村人索然无味起来，都走开了忙他们自己的去了，剩下的除了孩子和老人，就是存心看笑话的村里二流子一类的人物。

父亲把水轮改了好几次，希望能够加快船速，但是一切努力都白费，更糟的是船行一段距离后，水草缠到了水轮上，而且越缠越多，最后连轮都转不动了。父亲叹口气说："唉，究竟还是造轮船的洋人有办法。"

造轮船的计划失败后，父亲好久没在蒋村露脸。热心的亲眷上门来探视，说邻村的张财主想把父亲的这只船买去做挖泥船，问父亲愿意出到多少大洋。父亲对他曾经倾注过那么多热情的这艘船已没有多少兴趣，不说好也不说不好，他已经狂热地迷上了组装钟表，他的房间里一长溜的案板上全是拆下的钟表的零件，一连三天，除了上茅厕，他都没出过门一脚，连吃饭都是少年和他的两个哥哥送的。到了第四天，家人听到从父亲的房间里传出了自鸣钟悠扬的音乐，接着听到大叫一声，搞成了！头发增长了寸许的父亲像一个疯子一样从里面跑出来。过于强烈的阳光和连日来的劳累的虚脱使他摇晃了一下，倚住院里的一棵苦楝树才没有摔倒。他疲乏地对着他的妻子和孩子们笑笑，说，我这个钟表匠做得还不赖吧？

那条轮船后来改为桨划的船，但是船身太重，划也划不动，在乡下也没什么大用。父亲还想再试一次，有人告诉他瓦特和蒸汽机的故事，他才放弃了这一雄心。他发现除了轮船的外形之外，还有更深奥的原理在。从这时候起，他就一心一意要让他的儿子接受现代教育，希望将来有一天他们能学会洋人制造神奇东西的秘诀。

少年蒋梦麟后来走出了村庄，去绍兴、杭州、上海等地读书。他是从什么时候开始觉得人生如行夜行船的呢？这要追溯到他在南洋公学读书的一年暑假，一个堂兄鼓动他去了一趟日本。他在上野公园展览会上看到中日战争中俘获的中国军旗、军服和武器时，他的感受是“简直惭愧得无地自容”，夜间，整个公园被几万盏电灯照得如同白昼，看到陶醉于日俄战争胜利的日本人提着灯笼，高呼万岁，游行队伍绵延数里，又不禁泫然涕下。东京、长崎、神户一路走下来，他觉得这个国家简直像个花园，人民衣服整饬，城市清洁。他觉得已经发现了这个岛国从明治维新后成为世界强国的秘密，那就是国民教育。蒋梦麟后来师从杜威去学教育学，可以说这是最早的触动。

也正是在逗留日本的时候，蒋梦麟听到惊人的一个消息，安徽省城安庆发生了昙花一现的革命，7 月 6 日(农历五月二十六)，前中西学堂算学教员徐锡麟在安庆起事失败，被挖出心肝吃了。好多年后他回忆说，如果他当时在国内，说不定就走上了另一条道路。

徐锡麟中过举人，在绍兴中西学堂(蒋在那里知道了“地球是圆的”)教了几年书后，又到日本留学，回国后向朋友借了五万块钱，捐了个道台的缺，后来派到安庆任安徽省警务督办。他枪杀了安徽巡抚恩铭，同两名亲信带了警校学生及警察部队占领了军械库，在库门口架起大炮据守。但他们不会使用大炮，被官兵冲入，徐锡麟当场被捕，他的两个亲信，一个叫陈伯平的当场阵亡，一个叫马子夷的事后被捕。

蒋梦麟和马子夷是浙江高等学堂的同学，马、陈两个革命党人从日本赴安庆时曾在上海短暂逗留。他们同蒋梦麟大谈革命，鼓动他一道去安庆。少年血都是热的，他倒真有点动心了。做钱庄经理的堂兄却鼓动他去一趟日本。看看再说吧，堂兄的口气一股市侩的精明，革命革命，可别自己的命让人家革去了也不知道。动身前，他和马、陈两个革命党人在一家酒楼聚会。酒性催动。马子夷背诵了一首秋瑾女士的宝刀歌，大有“风萧萧兮易水寒，壮士一去兮不复还”的悲色，引得他们也慷慨高歌。歌罢，马子夷伏在桌子上半天也没有起来，还把一枝春酒楼的包厢吐得满地秽物，他和陈姓革命党人费了好大劲才把他肥胖的身子弄回旅馆。第二日，蒋梦麟去日本，他们搭长江轮船去安庆。到日本约一星期后，他就从报上获知了安庆失事的消息。谁说人生不是行船呢，一不留神不定就上了哪一条河汊。

那艘船一直停在村口的河湾里，水一退就搁了浅，船板朽烂腐败，船底长了厚厚一层青苔。它好像被遗忘了，木轮让人拆掉了，桅杆也不知去向，或许是化作了哪一户人家烟囱口冒出的一缕炊烟吧。到蒋梦麟离开蒋村去美国念书，那船还在，那野渡横舟的景象几乎成了蒋村的一个标志。这时离我们这个故事的开始已有十年过去了，时间已进到了1908年，少年的母亲早就离开他们去了另一世界。离开祖屋前一晚，少年流露出了留恋不舍的神情，父亲说，去吧，跟洋人多学点东西回来，他们精怪着呢，船都造得这么好！

2. 变化年代中的家族史

他出生的前一个晚上，父亲蒋怀清梦见一只熊来到了家里，第二天一早，家人兴冲冲地跑来告诉他夫人生了个儿子时，他一点也没有表现出过分的惊喜，因为据说那个梦就是生男孩的征兆。梦熊——这就是他给男孩最初取的名字。这个与佛家所说的远离颠倒梦想背道而驰的地主，给他以前的两个儿子还分别取过梦兰、梦桃这样的名字，因为在他们出世前，他分别梦见过这些祥瑞的植物。

我们的主人公出生并成长于一个变化的年代。就在梦熊出生的那一年，英国从中国拿走了对缅甸的宗主权，再往前推一年，中法战争结束，中国对越南的宗主权让渡给法国。世界无时不刻不在变化中，渐进的、徐缓的、积年累世的，就像中国的内陆河注入太平洋一样，但没有像二十世纪之初西潮东来时的风云激荡，那么深刻地影响中国并改变着普通中国人的命运。西洋潮流先冲击1842年以来开埠的五个通商口岸附近的地区，然后循着河道和公路向外伸展。五个商埠附近的以及交通线附近的村镇首先被波及。现代文明像是移植过来的树木，很快就在肥沃的中国土壤上发荣滋长，在短短五十年之内就深入中国内地了，而打头阵先锋的，就是在国人眼里尚显稀罕的外来物品。

男孩的出生地蒋村，是散布在钱塘江沿岸冲积平原上的许多村庄之一。离杭州湾约有二十里之遥。那是个很小的江南小村，六十来户人家，人口约三百人，三面环河，南面一条石板路通向附近的村庄和市镇。小河通着大河，再由大河可以到达宁波、杭州和上海。几百年前，杭州湾两岸积留下肥沃的泥土，居民在这片新生地上围堤截留海水晒盐。再过几个世代的蓄草放牧，这片土地可以植棉种桑、居住生息了。蒋氏族谱上说，蒋氏的祖先是在五百多年前的元末，先是从钱塘江源的徽州迁到奉化暂住，又从奉化迁到余姚开垦江边的新生地。五百多年来，蒋氏一族在杭州湾畔看到了元朝的没落、明朝与清朝的兴衰，以及几乎推翻清朝的太平天国。他们已经在这里安定地生活了五百多年，他们很少碰到水灾或者旱灾，在这漫长的几百年中也不过遇上一两次变乱和战争。他们和平而满足地生活在他们自己的世界里，贫富之间也没有太大的差别，富的没有冒油，穷的也没有果腹之虞。世代如落叶，蒋村却依然故我，这个村庄的人们还是照常地过活、做工，最后入土长眠。但这种超稳定的社会生活环境将很快成为陈迹——半个世纪后，本文主人公在《西潮》中这样描述这种变化：

> 这种转变首先是由外国商品的输入启其端，继由西方思想和兵舰的入侵加速其进程，终将由现代的科学、文明和工业化完毕其全程。①

太平天国时(蒋村人都叫闹长毛的年头)，梦熊的祖父在上海旧城设了一个小钱摊，后来钱摊成为了钱庄，做些信用贷款的生意。墨西哥鹰洋传入中国成为银两的辅币后，因广受国人欢迎也就出现了很多假币。梦熊的祖父在鉴定币的真假上很有一手，让钱庄同行大为敬佩。可惜他盛

① 蒋梦麟《西潮》，辽宁教育出版社 1997 年版。

年时出了一次意外，伤了一条腿，后来在动切除手术时因血液中毒去世。那一年，梦熊的父亲蒋怀清才十二岁左右。祖父给他留下了七千两银子，这在当时已经是一笔非常大的遗产。蒋怀清年未弱冠，由他未来的岳父照顾，由于投资得法调度谨慎，这笔财产逐年增加，三十年后已经合到七万两银子了。

蒋怀清，一个相信行善积德可以感召神明的蒋村地主，同时还是上海几家钱庄的股东。虽然家产可观，却生活俭朴，为人忠厚而慷慨。在乡下和钱庄业内都有很好的口碑。一度他迷恋上了风水和算命术，后来又成了一个无师自通的发明家。他喜欢自己设计，或者画出图样，然后指示木匠、铁匠、铜匠、农夫或篾匠照样打造。他设计过带院子和假山的中国老房子，实验过养蚕、植桑，造过西洋楼房（照着西洋一种过了时的式样），他不安分的脑子里有着种种稀奇古怪的想法，按着这些想法他还制造过许多别的东西。因要照拂钱庄业务，他常常要跑上海。那时去上海一般都走水路，先坐桨划的木船到宁波，然后从宁波坐轮船到上海。在这条路上走了几个来回后，他说："坐木船从蒋村到宁波要花三天两夜，但是坐轮船从宁波到上海，路虽然远十倍，一夜之间就到了。"言下之意是乡下的木船实在走得太慢了，因此就有了上面说的失败了的造轮船的事。蒋梦麟成年后，把这件事看作中国如何开始向西化的途程探索前进的一个实例。

有必要再提一下蒋梦麟的母亲，在他的成长背景中，她的美丽和才情已经和温情的中国传统融成了一体。尽管她过早地去世了，但她对他心性的成长还是起到了一个母亲应有的作用。"很有教养而且姿容美丽的女人"，蒋成年后这样描述他的母亲，当然这描述中带了多少情感夸大的成分已不得而知。但有一点不容置疑，她是一个才女，爱读书，还会弹奏七弦古琴。蒋梦麟清楚地记得，母亲弹琴的书斋屋后长着一棵几丈高的大樟树，离樟树不远的地方种着一排竹子，竹丛的外面环绕着一条小河。大樟树的树荫下长着一棵紫荆花和一棵香团树，但是这两棵树只能在大樟树扶疏的枝叶之间争取些微的阳光。母亲坐在客厅里，可以听到小鸟的啭唱和河里鱼儿戏水的声音。太阳下山时，平射过来的阳光穿过竹丛把竹影子投映在窗帘上，随风飘动。书斋的墙上是一些字画，她的嵌着白玉的古琴安放在长长的红木琴几上，琴几的四足雕着凤凰。蒋记录下的她抚琴而歌时经常唱的一首歌叫“古琴引”：

音音音，负尔心，真负心，辜负我，到如今。记得当年低低唱，千千斟，一曲值千金。如今放我枯墙阴，秋风枯草白云深，断桥流水过故人。凄凄切切，冷冷清清，凄凄切切，冷冷清清。①

乡下人说，她这么美貌的妇人，唱这样悲切的歌是不吉利的。果然天妒红颜，她很年轻就去世了。少年只记得死后的母亲躺在棺内，穿着色泽华丽的绣花裙袄，外面罩着盖到脚踝处的红绸披风，一颗很大的珍珠衬着红头兜在额头上发出闪闪的亮光。

秋天，一场大水过后，乡间发生了好几起饥民向大户借粮的事件。说是借，却是有借无还的，比明火打劫也好不了哪里去。蒋家作为当地一个殷实之家，自然也不能幸免。洋火、洋油、洋布、时钟、美孚灯这些外来物品的传入也带来了新的营生，有人做生意做发了，赚得盆满钵满，上海、杭州、苏州都有家产，有人在田亩中讨生活，道路越走越逼仄一日日地困顿下去。乡间淳厚的风气好像一夜之间消失殆尽，变得遍地盗贼了。梦熊辍止了在绍兴中西学堂读的两年书，随家人到了上海。

1899年前后的上海还是座建筑凌乱的海滨小城，从黄浦江口直驱而入的海风在城内几乎没有阻挡，但市政建设办得不错，街道宽敞清洁，有了电灯和煤气灯。这时城里已经有了三四千西方人，他们在自己封闭的社区里生活着，给人的印象是既文质彬彬，又趾高气扬得让人冒火。

到了梦熊十五岁那年，怕义和团运动蔓及上海，他们又搬回到乡下去住了。乡下还是不太平，土匪越弄越凶，抢粮、吃大户、强盗剪径，邻村还发生了把地主绑在竹篙上沉塘的事件。他的父亲从上海买来了几支快枪和旧式的长枪，一得空就带了家人在河岸上乒乒乓乓地练枪，飞过的鸟儿

① 蒋梦麟《西潮》，辽宁教育出版社1997年版，第26页。

自然成了最好的靶子。这样长久地悬着心，终究不是过日子应该有的，不得已，再次迁家，搬到了余姚城里。梦熊在县城里的一所学校念英文和算术，家里还请了一位家庭教师教他中文。

大约一年后，他去杭州，上了一个木匠出身的美国佬办的教会学校。那美国佬的宗教热情要远远大于他的办学才干，只想着用基督福音来教化中国人，而且抠门得紧，于是梦熊和他的同学们造了他的反，集体退学了。这些人中的中坚的几个自己办了一个“改进学社”，他们的妄想是把它办得像牛津剑桥一样著名。章太炎穿了和服木屐，被他们热情地拖来讲课，章太炎说改进这名字好，改进改进，改良进步之谓也。少年人的梦，总是来如急雨去如朝露，不到半年，学社就作鸟兽散。不久，我们年轻的主人公考入浙江高等学堂(前身是求是书院)，因“梦熊”的原名已经入了闹事学生的黑名单，改用“梦麟”注册。“眼前豁然开朗，对一切都可以看得比较真切了”——知识让他变得自信，对世界史的兴趣使他看清了另一种异质文明的发展脉络，也开始懂得了人在历史的漩涡中，世界的变化与个体紧紧系连着。

蒋梦麟终于明白，世界不在身外。世界就和你一起行进着：童年时看到的马桶阵大败日本军舰的彩色图画，竟然是精神胜利式的错象，那是1894年使台湾割让于日本的中日战争；康梁维新，那是他在绍兴中西学堂读书时发生的；1900年的义和团运动，他正和家人在上海避乡下的匪乱。那么，其时他在杭州念书，崇拜梁启超，读《浙江潮》和《新民丛报》，学代数、几何、生物学和达尔文的进化论的当儿，这个变动的世界又在进行着什么呢？新与旧、立宪与革命，满脑子的冲突使他尚未成熟的心灵几乎无法承受。小小少年就像一支英文歌曲里唱的随着年龄长大烦恼增多了，这烦恼却是不关男女不关风月的，是带了些家国之痛的沉重的，他变得爱独处，成天不说一句话，时而觉得通体如好风吹送上九霄般的轻逸，时而又觉堕入了世俗的泥潭努力挣扎仍不免没顶的窒息。这的确是个疯狂的世界，难道自己也发疯了吗？是在新学问的路上走下去，还是像父亲所期望的走上仕途，成为一个旧式的官僚？蒋梦麟就像身处两股潮流的汇合处，他还真有些无所适从。

十九岁那年，蒋梦麟去绍兴参加郡试，考取了余姚县学附生，有了秀才的功名，后又回到杭州接受新式教育。这一来一去中也可见出他内心的矛盾。寒假回乡，他自然享受了衣锦荣归的光耀，七大姑八大爷的几百人连吃了两天喜酒，可是又有谁知道这个十九岁的少年心中的迷茫。二哥梦桃已早他几年考取秀才——大哥梦兰已在去上海避难的前一年病死——其时正在北京大学（京师大学堂）读书。当时的学生听说"京师大学"四字没有一个不肃然起敬的，谁也想不到这个十九岁的少年在十五年之后竟会出任北大校长一职。这时的蒋梦麟已经看到，不论立宪维新还是革命，西化的潮流已经无法抗拒。他渴望能够上一个更理想、更西化的学校。第二年暑假到来前，他找了个借口离开学校，坐小火轮沿运河到了上海，参加了上海南洋公学的入学考试。那是 1904 年，为争夺东北控制权的日俄战争正在激烈进行中，时代正像里尔克说的如同一面旗帜被风暴所包围。到他二十三岁那年，向父亲要了几千块钱，坐船去了美国。

上船前，蒋梦麟去一家理发店剪了辫子——他后来说，当理发匠抓住他的辫子举起剪刀时，他简直有上断头台的感觉，辫子一落，脑袋好像也随着剪子的咔嚓声落地了——船一开，他就把这包辫子丢进了大海。

这一去就是九年。

3. 新文化的怒潮

我现在写着他的故事，一个村庄，一条船，他经过的几个城市和一些国家，就好像我生活在其中，就好像我写下它是在重温往日的片断。为什么会有这样奇怪的感受呢？时节已行进到了盛夏，世界不仅没有一刻的安宁而且还发了热。欧洲杯刚刚落幕，雅典奥运正要开张。亿万富翁洛克菲勒去世。涉嫌虐囚女兵接受庭审。桑塔格的相片在一些人文网站流转。菲律宾为保人质安全正考虑从伊拉克撤军。十六岁的湖北少女含笑跳楼,原因不明。狂风冰雹肆虐上海上演了一出现实版的《后天》……在我生活的城市,电荒、限价房、车价、商帮大会正成为这一时期的中心词。世界是如此散漫地铺展着,它的步履又是如此的匆忙。在摄氏35度的空气里,一遍遍地翻着台湾麦田版的《西潮》,疏朗的直排字像有风的峡谷让人顿生凉意。这真是一双看世界的清凉之眼。我对自己说:谁在今天还能有足够的静,足够的耐心和清醒?看着他梳理的一百年间中国发生的事,揣摩他在“炸弹像冰雹一样从天空掉下”的昆明写下这本书时的心情,比较我们生活的时代和生活,不管你同意不同意,我还是要说,我们的生活也不过如此。是的,不过如此。

一代人出生,一代人老去,世界一直没有停止过它的步履。我们始终在异质文明的撞击中,并在撞击中寻找融合的道路。

1917年夏天,蒋梦麟完成在哥伦比亚大学研究院的学业,准备启程回国。离开纽约后,先到俄亥俄州一个城市的一位朋友家里住了半个月。这座小城的年轻人正忙着登记应召入伍,蒋梦麟每天都看到新兵们浩浩荡荡经过大街,开往战争的屠宰场。然后他搭乘火车到旧金山,再坐邮轮开始漫长的海上旅行。之前,蒋梦麟已在黄炎培的中介下致信商务印书馆的老总张元济,流露出想在这一当时中国最具名气的出版机构做事的念头。张元济在这一年八月十四日的日记中郑重写道:“蒋梦麟来信,云乘支那船七月卅一日起程回国,本月廿六日可到。”蒋梦麟回到上海后的第三日,即到商务向张元济报到,8月28日,张元济日记载:“蒋梦麟来,任之(黄炎培)来言,职业教育社要蒋兼办社事。需分时间三分之一。”

走时还是龙旗飘扬的大清国,回来已是民国的天下了。哲学博士蒋梦麟走在上海的大街上,他发现离开九年,上海已经变了太多,简直可以追上纽约的风气了。街道比以前宽阔,也比以前平坦了。租界范围之外也已经铺筑了许多新路。百货公司、高等旅馆、屋顶花园、游乐场、跳舞场都比以前多了好几倍。到处可以看到穿着高跟鞋的青年妇女。她们穿上了高跟皮鞋,在人行道上敲打出急骤的笃笃声,也许是穿着新式鞋子的结果，他觉得，她们的身体发育也比以前健美了。女孩子已剪短头发，而且穿起高齐膝盖的短裙（一种仅到膝头的旗袍，当时流行的式样）。男子都已经剪掉辫子，却没有舍弃长衫，穿着长衫而没有辫子，看起来似乎很滑稽。

在上海停留几日，他坐上夜班船去了宁波。

天亮前，船经过宁波港口的镇海炮台。他学过的历史告诉他，出生前一年的中法战争中镇海炮台曾经发炮轰死一位法军的海军上将。一晃二十多年过去了，不由一番唏嘘感叹。到天色大亮，上了码头，脚夫们一拥上船拼命抢夺行李，喧嚷声震耳欲聋。上海的崛起把宁波的风头全盖了下去，就好像一个美艳的妇人身边立着一个蓬头垢面的小姑娘，他发现宁波还是九年前一样的破败，街道还是那样的潮湿而拥挤。空气中充塞着咸鱼的气味。不过对这种气味他倒颇能安之若素，还觉着了几分亲切。

跟着行李夫到了车站，一列火车正准备升火开往余姚。沿铁道看到绵亘数里的稻田，稻波荡漾，稻花在秋晨的阳光下发光，整齐的稻田在车窗前移动，像是一幅广袤无边的巨画。清晨的空气中洋溢着稻香，他在内心喊了起来，呵，这就是我的家乡！

到家已是晌午时分，父亲站在大厅前的石阶上，两鬓斑白、微露老态，但是身体显然很好，精神也很旺健。蒋注意到，父亲后脑勺的辫子已经不见了。远行归来的儿子恭恭敬敬地行了三鞠躬礼。当天下午，邻居刘太公过来，讲了许多有趣的故事。他说，老百姓们听到革命成功的消息时欢喜得什么似的。城里的人一夜之间就把辫子剪光了，他那留了七十多年的辫子也剪掉了。年轻人穿上西装，看起来就像一群猴子。他又对女学生们的短裙与短发愤愤地发表了意见。刘太公说，起先他还真有点想不通，没有皇帝坐龙庭，这个世界还成什么样子？但是过了一段时期以后，他才相信民国总统照样可以保持天下太平。

晚饭后，太公告辞回家，不留神在庭前石阶上滑了一下，幸亏旁边有人赶紧抓住他的肩膀，才没有跌伤。他摇摇头开玩笑说："三千年前姜太公八十遇文王，我刘太公八十要见阎王了。"说罢哈哈大笑。几天后，刘太公家传出了子女们的哭声，他真的见阎王去了。

蒋很扫兴,一回家就遇上一个老人谢世。转而一想也就释然了,世界本就是在生死间变化着。在余姚城里住了一个星期,登上了五百年前阳明先生讲学的龙泉山中天阁,又走过缠满青藤的通济桥,去看了南城的学宫。让他十分高兴的是,好多年前他和姊姊创办的一所学校现在已经改为县立女子学校。有一百名左右的女孩子正在读书。她们用风琴弹奏《史华尼河》和《迪伯拉莱》等西洋歌曲,在操场上追逐嬉笑,把秋千荡得老高。

去上海前,他提出想回蒋村看看。父亲问他还回来吗,他说,去了蒋村就到牟山湖边的小站上火车,不回余姚了。父亲的眼里跳动着一丝伤感的火苗,马上熄灭了,言不由衷地说,这样好,这样好。

村庄的情形倒不似想象中的那样糟。早年的盗匪之灾已经敛迹,还盖起了不少气派的新瓦房,那是到上海做生意的人回来建的。乡下人的脾性,在城里从商挣到了钱,回乡下买田置地了心里头才瓷实。出乎他意料的是,村里好多人家已经用上了洋火、洋油、时钟等舶来品。这让他深为感触:

> 很少有人能够在整体上发现细枝末节的重要性。当我们毫不在意地玩着火柴或享受煤油灯的时候,谁也想不到是在玩火,这点星星之火终于使全中国烈焰烛天。火柴和煤油是火山爆发前的迹象,这个"火山"爆发以后,先是破坏了蒋村以及其他村庄的和平和安宁,最后终于震撼了全中国。①

大伯母已经卧病好几个月。看到他来很高兴,握着他的手告诉他过去十几年中谁生了儿子,谁结了婚,谁已故世。她说世界变了,简直变得面目全非,女人已经不再纺纱织布,因为洋布又好又便宜。有些女孩则编织发网和网线餐巾销售到美国去。她们年老的已没有多少事可以做。年轻的一代都上学堂了,出息得不错。很多男孩子跑到上海当学徒,他们就

---

① 蒋梦麟《西潮》,辽宁教育出版社 1997 年版。

了新行业，赚钱比以前多。她又说，这些进过学堂的年轻人还真了不得，说拜菩萨是迷信，庙里的菩萨塑像不过是泥塑木雕，说什么男女平等了，女孩子说她们有权自行选择丈夫、离婚或者丈夫死了以后有权再嫁，又说旧日缠足是残酷而不人道的办法，外国药丸比中国药草好得多，等等等等。

她不满地絮叨着，一只肥肥的黑猫跳上床，在她枕旁咪咪直叫。她有气无力地问："美国也有猫吗？"一会儿她睡熟了。黑猫仍在她枕旁呼噜作响，并且伸出软绵绵的爪子去碰碰老太太的脸颊。

一个月后，蒋梦麟接到乡下来信，老太太终于离开这个疯狂的、变得让她看不懂的世界。

老一辈的亲戚里，他还去看了三叔母。这个壮实的农妇捉住一只又肥又大的阉鸡，杀了亲自下厨。鸡肉很鲜美，饭桌上还有鱼有虾。三叔母告诉他，他的一位童年时代的朋友在上海做黄金投机生意，蚀了很多钱，破产后回到村里赋闲。一年前他吞鸦片自杀，留下一贫如洗的寡妇和几个子女，其中一个男孩在皂荚树下小河中捉虾时淹死了。三叔母抹了一把眼泪说，可怜哪，那么精干的一个人，说没就没了，这世道真是看不明白了。

三叔父告诉他，村里已经在用肥田粉种白菜了。他到美国的第一年，在加州大学的农学院学过农科，知道这种肥料最早是从日本引入的。三叔公说，开始的时候，白菜长得非常大，村人以为这种大得出奇的白菜一定有毒，纷纷把白菜拔起来丢掉。后来有人廉价从别人那里买来腌起来，腌好的咸菜香脆可口。他听了哈哈大笑起来，这是他来到乡间唯一一次开心的笑。

临行前，他去祭扫了母亲的坟墓。在坟前点起一对蜡烛和一束香，耳边又似乎响起母亲坐在香樟树下弹琴唱歌的声音。母亲去世时那年他才七岁，也许想象中的母亲比真实的来得更温柔吧。带着暑意的风吹散了香烟，童年的记忆复活了，一切恍在眼前。一瞬间他有个错觉，似乎自己仍然是个小孩子，从没有离开过蒋村。

看过了母亲，这次还乡也就画上了句号。第二天一早，蒋动身去了杭州，准备转车杭州再去上海。土黄色外墙的火车站就建在牟山湖边上，从村子里到火车站，大约有三里路，中间要穿过一片已经黄熟的稻田。步行至车站后，他搭乘从宁波方向开来的一列慢班火车到曹娥江边。铁路桥梁还没有完成(从德国订的材料因第一次世界大战影响迟迟未能到达)，所以这一段路要摆渡过江。傍晚到达钱塘江边，再坐小火轮渡过钱塘江，如此三转四回，进杭州城已是薄暮时分，住进一家俯瞰西湖的旅馆，太阳正落到雷峰塔背后，暮霭慢慢笼罩了湖滨山麓的丛林别墅。他很快就发现，杭州也不再是昔日的杭州。草草吃过晚饭沿湖边走去，湖滨路原是旗下营的所在，辛亥革命铲平了旗下营，代之以鳞次栉比的饭馆、戏院、酒店、茶楼。一群穿着短裙、剪短了头发的摩登少女正踏着细碎的步子在湖滨公园散步。十多年前他读过书的浙江高等学堂已经停办，改为省长公署的办公厅，从前宫殿式的抚台衙门已在革命中被焚，在市中心留下一片长满野草闲花的长方形空地。

加盟商务的蒋梦麟，有感于国内学术界的哀败垂暮之气，说动商务的主事者，决心推出一套译介西方文化的学术丛书，在他看来，商务印书馆有着浓厚的资本，又有着分布全国五十余处的印刷、发行、营销网络，倡兴文化上应是大有可为。在得到张元济的支持后，他即刻向胡适发信，约他共襄此举：

> 弟自杭返后，聆各省教育代表之伟论，咸谓吾国所出新书，无一可读。……故不喜读书者，则竟不读一书；喜读书者，则多读古书。窃谓吾辈留学生，可得新知识于西书，旧知识于古籍。若不通西方者，则除读古籍外，此又何道貌以得新知识？若是以往，中国文化前途不堪高想。弟实忧之。于是商之于商务印书馆主事诸公，请编辑高等学问之书籍。①

① 蒋梦麟 1917 年 10 月 28 日致胡适的信，转引自马勇《蒋梦麟传》，河南文艺出版社 1999 年版，第 39—40 页。

他感慨“吾国学术之衰落，至今日已极”，“非吾辈出而提倡，有谁挽此狂澜乎”？约请胡适和他一起“以进步之精神，协力输入欧西基本之文化”：“请兄于课余之暇，著书立说，弟当效校阅之劳。一切酬谢方法，可后议。”在得到胡适肯定的答复后，他按捺不住喜悦，在另一封给他的老师蔡元培的信中详谈了他的编书计划，“高等学术参考丛书分哲学、教育、群学、文学四门”，并再次吁请：“大学济济多士，如不弃寡陋，将所著为丛书之一部分，以增此价值，则不胜荣幸。”①

一年后，蒋梦麟离开商务印书馆，任职江苏教育会并主编北京大学赞助的《新教育》月刊，以刊物为承载继续着与西潮的对接与融合。这本“以输入世界最近教育思潮、学术新知，传布国际大事为宗旨”的杂志，创办六个月后就发行到了一万份。据他自述，他创设杂志的用意在于：养成健全之个人，使国人能思，能言，能行，能担重大之责任，创造进化的社会，使国人能发达自由之精神，享受平等之机会。

即便后来在他刚接手主持北大事务最为繁忙的时候，还是“意在学术”，念念不忘于时代变迁中学术的更新，并把“思想学术之增进”视作救国之要道：

> 凡一个大潮来，终逃不了两大原因：一个是学术的影响，一个是时代的要求。换言之，一个是思想的变迁，一个是环境的变迁。
>
> 这二十年来中国环境变迁速度确实太快，没有新学术以供给适应其需要，结果社会的病就一天一天的重起来。所以我们要将新学术去救它，这也是这次五四学潮以后的中心问题。②

在这篇题为《新文化的怒潮》的谈话中，他希望集合千百万青年的力量、汇百川之水到一条江里，一致来作文化的运动，在蒋梦麟预设的前景里，这

① 蒋梦麟致蔡元培的信，转引自马勇《蒋梦麟传》，河南文艺出版社1999年版，第44页。

② 蒋梦麟《新文化的怒潮》，原刊1919年9月《新教育》月刊。

股“新文化的怒潮”，会把一个陈腐的社会洗成一个充满光明的世界。

4. 大学风暴

当约翰·杜威带着他年轻的妻子在1919年的春天来到上海时，他没有想到中国的心脏京师重地即将掀起一场风暴，并在短期内迅速席卷国内各大中城市的士子、商人和更广大的市民。

事件的起因是这年初在巴黎召开的“和平会议”，利益的驱动使得一次制订战后世界新秩序的会议变成了大吃小的分赃。积贫积弱之国外交上的这次失败在电影《我的1919》中已经被陈道明演绎得荡气回肠，像煞一曲道义与正气的赞歌，这是电影的魔术也是艺术的虚饰。列强。和约。战胜国。青岛。二十一条。历史的喧嚣沉淀到后来总逃不脱几个词语的集合，然而也正是这些词背后的人与事肇始了中国现代史的先声，其标志性事件就是5月4日这天北京学生的一次结集游行和一把愤怒的大火。不过这一切在教授夫妇踏上中国的土地时还未露丝毫端倪。世界的不太平已不是一日两日的事了，一心向学的大师早在哥大的书斋里修炼得心如止水宠辱不惊，当他被脸上盛开着温暖谦卑的笑容的得意门生蒋梦麟和胡适之、陶行知三人迎上岸住进沧州别墅，俯瞰着这座不夜之城的灯火，他还颇有情调地拥吻了他的太太，还像一个热恋中的青年一样说了句真美啊这就是我梦想中的东方。的确，大师是抱着悠游东方的心态来到他门生的故国的，并把到这个古老国度进行演讲看作是一件“很荣誉”的事，他的游历行程安排是打算从上海到汉口，再上北京，如果借此“遇着一些有趣的人物”，他还想逞逞口舌之欲多演讲几次。3日，4日，大师在上海看市容，进行一些必要的拜会，去了几所院校演讲。5日，准备是由蒋陪同去杭州游玩、演讲的，就在那天一大早，借住在蒋寓的适之先生起床后，听见有人在急促地打门，开了门，进来《时事新报》等上海几家报纸的记者，一见面就递上一张油墨未干的报纸，蒋梦麟和胡适的眼睛一下子直了，且看那日早晨上海的报纸说的是什么：

> 北京学生游行示威反对签订凡尔赛和约。三亲日要员曹汝霖、陆宗舆、章宗祥遭学生围殴。曹汝霖住宅被焚，数千人于大队宪警监视下拘留于北京大学第三院。群众领袖被捕，下落不明。①

至此，蒋胡两人才知道五月四日那天在遥远的京城发生了什么。隔几日，上海、苏杭等地的学生罢课商人罢市使他们隐隐预感到一场风暴正在蔓延，但局势未明，他们又不便发表什么声明。大师游兴方浓，对东方古国的民情、习俗、制度、学风说实在的又不免隔膜，于是预订的出行线路和房间继续有效，杭州照旧去，西湖照旧游，讲稿照旧念，直到快一周后重新回到上海，他们陪同大师去马利南路的孙公馆拜访孙中山先生，自民国七年(1918)起移居上海从事中国实业计划研究的孙先生谈《建国方略》大要时说的四个字"行易知难"，才忽地让蒋的内心被重重地撞了一下：自清室式微以来，中国并不缺乏锐意改革之士，但像孙先生这样真正能够洞烛病根且能策定治本计划的人何其少也。而这时他们才刚刚听说，蔡(元培)校长已经甩手不干了！

蔡元培年长于蒋二十岁，当蒋走出杭州湾边的小村来到绍兴中西学堂接受最初的新式教育时，蔡正担任着这所学校的监督。这个中国传统文化所孕育的著名学者(前朝进士)的身上却充满了西洋学人的精神，尤其是古希腊文化的自由研究精神。他的"为学问而学问"的信仰，植根于对古希腊文化的透彻了解，这种信仰与已成为中国学统之主流的浙东学派的"学以致用"的思想形成强烈的对照。蒋曾经满怀着崇敬之情为他的恩师描绘过这样一幅生动的肖像：他那从眼镜上面各望出来的两只眼睛，机警而沉着；他的语调虽然平板，但是从容、清晰、流利而恳挚。他从来不

---

① 蒋梦麟《西潮》，辽宁教育出版社 1997 年版，第 111 页。

疾言厉色对人，但是在气愤时，他的话也会变得非常快捷、严厉、扼要——像法官宣判一样的简单明了，也像绒布下面冒出来的一首寻样的尖锐。他的身材矮小，但是行动沉稳。他读书时，伸出纤细的手指迅速地翻着书页，似乎是一目十行地读。

据说蔡元培年轻时锋芒逼人，生于报仇雪耻之乡越地的他有这性情也很正常，倒是他后来的冲淡和虚怀在人格上显得过于的理想化而少了亲近之感。他在绍兴中西学堂当校长时，有一天晚上参加一个宴会，酒过三巡后推杯而起，高声批评康梁维新运动的不彻底，说到激烈处高举右臂大喊道：我蔡某人不这样，除非你推翻清政府，任何改革都不可能！这件事由蒋梦麟亲笔记述，当不谬也。但蔡元培自 1916 年出任北大校长后，表现出了难得的虚怀若谷和兼容并蓄，在这个被权要目为“不会干事”的新校长的主持下，北大校园内“为学问而学问”的风气蓬勃一时：文科学长陈独秀沿袭他主编《新青年》以来的思路，亮出“德先生”“赛先生”这两把在他看来帮助中国走上现代化的利器；“我的朋友胡适之”正像一个炼金术士一样做着文学革命的实验，梦想着用白话文 PASS 文言文作表情达意的工具；辜鸿铭先生正拖着他稀疏的辫子在沙滩讲弥尔顿和济慈；而蔡本人也正在推进以美育代替宗教的计划。在这个人间乐土，保守派、维新派和激进派同样有机会争一日之短长，背后拖着长辫、心里眷恋着帝制的老先生与思想激进的新派人士并坐讨论同席笑谑，这情形很像中国的先秦时代，或者古希腊苏格拉底和亚里斯多德时代的重演。

一周后，亲日官员迫于朝野压力辞职，被捕学生释放，上海和其他各地的全面罢课罢市歇止，大家都以为五四事件就此结束，至少暂时太平了，但是北京大学本身却成了问题。蔡显然因为事情闹大而感到意外，辞职离开了北京，临行在报上登了一个广告，引《白虎通》里的几句话说：“杀君马者道旁儿，民亦劳止，汔可小休矣。”已无从揣测蔡元培在离开北大时的复杂心情，但这无疑是他重压之下一个不得已的选择。学生出于爱国热诚激而为骚扰之举让人欲爱欲恨，内阁又动议解散大学撤免校长，蔡觉得唯有这一选择方可“心安理得”，既保全了学生又不令政府为难。一家小报如是披露蔡辞职出京的另一重内幕：

> 得天津确实消息，蔡已于十日乘津浦车南下，登车时适有一素居天津之友人往站送他客，遇蔡君大诧异曰：君何以亦南行？蔡对曰：我已辞职。友曰：辞职当然，但何以如此坚决？蔡曰：我不得不然。当北京学生示威运动之后，即有人纷纷来告，谓政府方面之观察，此举虽参与者有十三校之学生，而主动者为北京大学学生，北京大学学生之举动，悉由校长暗中指挥。故四日之举责任全在蔡某。蔡某不去，难犹未已，于是有焚毁大学暗杀校长之计划，我虽闻之，犹不以为意也。八日午后，有一平日甚有交谊而与政府接近之人，又致一警告曰，君何以尚不出京?，岂不闻焚毁大学暗杀校长等消息乎？我曰，诚闻之，然我以为此等不过反对党恫吓之词，可置之不理也。其人曰，不然，君不去将大不利于学生，在政府方面以为君一去，则学生实无能为，故此时以去君为第一义，君不闻此案已送检察厅，明日即将传讯乎？彼等决定，如君不去，则将严办此等学生，以陷君于极痛心之境，终不能不去……①

蔡元培伤心离京，寓天津数日，然后到上海，最后悄然到了杭州西湖。或许他曾经梦想过到了晚年要像传统的文士一样息影山林不问世事，但这般窝囊地回来肯定有违他的初衷。可是事已至此又能如何？大家一劝再劝，他还是赌气不愿意回北大。他说，他从来无意鼓励学生闹学潮，但是学生们示威游行，反对接受《凡尔赛和约》有关山东问题的条款，那是出乎爱国热情，实在无可厚非，至于北京大学，他认为今后将不易维持纪律，因为学生很可能为胜利而陶醉，他们既然尝到了权力的滋味，以后他们的欲望恐怕难以满足了。而对外公布的理由是三个“绝对不能”，听着就是一股子难平的意气：绝对不能再做政府任命的校长，绝对不能再做不自由的校长，绝对不能再到北京的学校任校长。

看来政府的寡情薄义把他伤害得不轻，他如是反问那些劝他回京的

---

① 转引自马勇《蒋梦麟传》，河南文艺出版社 1999 年版，第 74 页。

人：你不知道北京是个臭虫窠吗，无论何等高尚的人物无论何等高尚的事业，一到北京便都染了点臭虫的气味，我已经染了两年有半了，好容易逃到故乡的西湖、鉴湖，把那个臭气味淘洗干净了，难道还要我再去做逐臭之夫，再去尝尝这气味吗？

被孙中山先生预言为“他日当为中国教育泰斗”的蒋梦麟，就是在这样的情势下被推上了北京大学这艘风雨中的危舟。蔡离京之后，北大的校务委托胡适等人负责主持，胡适在内外夹缠中顶不住劲，频频致函蔡氏促返，他还致信蒋梦麟，要他合力劝说蔡校长重回北大。而这时的蔡在政府及各界的吁请下已动摇其誓不回北大的那些气话，只是这么快就回转心意太显得自食其言缺少回旋，故以胃疡未愈拖延着，到后来想出个折衷的办法，让得意弟子蒋梦麟先期赶去北大代理校长一职。7 月 14 日，蒋应约到杭州，蔡元培这一日的日记中如是记述，“偕梦麟游花坞，遇雨。梦麟、（汤）尔和在此晚餐，决请梦麟代表至校视事。”

蒋梦麟去北大暂执船舵一事看来在湖光山色的把杯浅酌中就这样搞定了。蔡对蒋说：“大学生皆有自治能力者，君可为我代表到校，执行校务，一切印信，皆交君带去，责任仍由我负之。”蒋经过一番考虑，低调地提出两点要求，一、只代表蔡本人，而非代表北京大学校长，二、仅为蔡之督印者。蔡同意了，握着他手说，“自今以后，君须负极大责任，使大学为全国文化之中心，立千百年之大计。”

蒋梦麟偕南下挽蔡的学生会代表张国焘等离开杭州北上，几乎与此同时，蔡元培致北大教职员的一则启事也已宣布：

> 本校教职诸君公鉴：元培因各方面督促不能不回校任事。唯胃病未瘳，一时不能到京。今请蒋梦麟教授代表。已以公事图章交与蒋教授。此后一切公牍均由蒋教授代为签行，校中诸事务请诸君均与蒋教授接洽办理。特此奉布。①

---

① 转引自马勇《蒋梦麟传》，河南文艺出版社 1999 年版，第 92 页。

7月21日，蒋梦麟一行坐火车抵达北京。到校后在学生团体开的欢迎大会上，蒋演讲的主旨是救国与文化。这"文化"不是今天官员们到处都用来涂抹的万金油，而是出于他"政治究竟只是过眼云烟，转瞬即成历史陈迹，恒久存在的根本问题则是文化"的深切体证。在此之前，他已与朋友胡适之、罗家伦多次讨论过这个问题，此番讲来是洋洋洒洒："……故诸君当以学问为莫大的任务，西洋文化先进国家到今日之地位，系累世文化积聚而成，非旦夕可比。千百年来，经多少学问家累世不断的劳苦工作而始成今日之文化，故救国之要道，在从事增进文化之基础工作，而以自己的学问功夫为立脚点，此岂摇旗呐喊之运动所可比？""救国当谋文化之增进，而负此增进文化之责者唯有青年学生"。①

他决心使北大这一知识沙漠中的绿洲成为中国文化的最高的中心。在蒋看来，学潮也暴露了一种思想和道德上的不安，他希望自己的努力能引领着北大走过这一险滩。

时人分析蔡元培选择蒋梦麟代理校长职务的原因，一是蔡、蒋既是师生，也有同乡之谊；二是蒋与北大多位教授在上海办的《新教育》月刊，办刊宗旨正是蔡元培当教育总长时提出来的主张；三，孙中山先生对蒋非常欣赏，这似乎也是蔡元培把北大校务委托给蒋的一个重要原因。

当代理校长的滋味又如何呢？蔡元培所料不错，学潮胜利后学生们果然为成功之酒所陶醉，竟然取代了学校当局聘请或者解雇教员的权力，如果所求不遂，马上就罢课闹事。教员如果考试严格一点，学生马上就会罢课反对他们。他们要求学校津贴春假的旅行费用，要求津贴活动经费，要求免费发了讲义，"他们向学校予取予求但是从不考虑对学校的义务。他们沉醉于权力，自私到极点。有人一提到校规，他们就会瞪起眼睛，噘起嘴巴，咬牙切齿地预备揍人。"②蒋的记述当无夸大的成分。而最大的困难则是校方与政府之间的经济纠纷，政府的校款总不能按时拨到，无法实行预算。蒋说，为此他真是伤透脑筋，政府只有偶然发点经费，往往一欠

---

① 蒋梦麟《西潮》，辽宁教育出版社1997年版，第113页。

② 蒋梦麟《西潮》，辽宁教育出版社1997年版，第118—119页。

就是一两年，无法购置教学设备、扩充校舍，连教授们的工资都发不下去。“学生要求更多的自由行动，政府则要求维持秩序”，一发生学潮，马上找到校长，“不是让他阻止这一边，就是让他帮助那一边”，“日夜奔忙的唯一报酬就是迅速增加的白发。”（蒋梦麟《西潮》，辽宁教育出版社 1997 年版，第 124 页）他写给好友张东荪的一封信中，他比喻自己就像一只飞虫投到了蛛网里，一不小心就有蜘蛛从屋角爬出来咬上一口，若无破釜沉舟的决心，早就被吓退了。劳心至极也只有拿王守仁的四句话“东家老翁防虎患，虎夜入室衔其头，西家儿童不识虎，执策驱虎如驱牛”来自嘲了。人人说市中有虎，我说我任凭虎吞了我就罢了，没有吞我之前，我不妨做些做人应该做的事。

有一次，北京高校的数百教员在大群学生簇拥下来到教育部，要求发给欠薪。教员和学生联合起来，强迫教育次长一齐前往总统府。到总统府时，大群武装宪警蜂拥而出，刺刀乱刺，枪把乱劈，上年纪的教员和年轻的女学生纷纷跌倒沟里，叫的叫哭的哭乱成一片。法政大学校长王家驹像死人一样躺在地上。北大政治学教授李大钊与士兵理论，责备他们毫无同情心，不该欺侮饿肚皮的教员。北大国文系教授马叙伦额头打肿了一大块，鼻孔流血，对着宪兵大喊：你们叫会打自己中国人，你们为什么不去打日本人？这就是轰动一时的“六三”事件，这一事件实足为流氓政府自暴其破坏教育、摧辱民权之铁证，一时引起“京中无教育”之叹，马寅初还为此绝食。

对此，蒋梦麟只有徒唤哀叹：政治腐败，我们哪里能不谈政治；既谈政治，教育界哪里能不遭政客的摧残、仇视、利用？……设备要有经费去办。学术上的导师要有经费去养他。没经费怎么办得动。设备不完，人才不够，哪里配讲学术！

一天，他和一位老教授在北京中央公园的柏树下喝茶，老教授对他讲的一段话，他觉得颇能代表当时扰攘不安的情形和知识界普遍的心态：“这里闹风潮，那里闹风潮，到处闹风潮——昨天罢课，今天罢工，明天罢市，天天罢、罢、罢。校长先生，你预备怎么办？这情形究竟到哪一天才结束，有人说，新的精神已经诞生，但是我说，旧日安宁的精神倒是死了！”①

此后不久即是端午节，焦头烂额的蒋邀胡适同往西山散心。胡适注意到，蒋的脸色不太好，“梦麟此次处境最难，憔悴也最甚”。他们在八大处县下的西山旅馆里消磨了三个多小时，也算是暂时抛却烦恼寻得半日快活了。蒋说：“北京的教育界像一个好女子，那些反对我们的，是要强奸我们，那些帮助我们的，是要和奸我们。”胡适纠正说：“梦麟你错了，北京教育界是一个妓女，有钱就好说话，无钱免开尊口。”两个穷教授叹息了一番，怏怏下山。

1923 年 9 月 10 日，蒋梦麟在新学年的开学辞中如是向全校师生报告：“政府里积欠了我们八个月的经费，计有 50 余万，此外学校还垫出了 70 余万，差不多一年的经费没有了，所以，去年开学时我们说过要建筑大会堂和图书馆的计划都成了泡影，同人数月来终日奔走经费的事，忙得不得了，几乎天天在街上跑。”②

蒋梦麟的出生地余姚是越州八府之一，所以蒋也算是个绍兴人，绍兴人的治事功夫和办事谋略还是了得的。五四之后，实际上就是蒋梦麟在主持北大（蔡复出后，他的职务是总务长），“大学自蒋博士来后，各方面均有宁息之象”（汤尔和日记），而蒋也是把保存大学以使薪火有传作为了一等一的事来做。“本校屡经风潮，至今犹能巍然独存，这是什么缘故呢？”他把原因归之于“大度能容”“思想自由”的“北大之精神”。殚精竭虑。如履薄冰。战战兢兢。磕磕绊绊。议会腐败，军阀内战，学潮蜂起。经历了一大堆乱糟糟的悲喜剧场面，他觉得自己像是埃及沙漠中的一座金字塔：

> 淡淡遥望着行行列列来来往往的驼影，反映在斜阳笼罩的浩浩平沙之上，驼铃奏出哀怨的曲调，悠扬于晚红之中。③

---

① 蒋梦麟《西潮》，辽宁教育出版社 1997 年版，第 125 页。

② 蒋梦麟《北京大学开学辞》，转引自马勇《蒋梦麟传》，河南文艺出版社 1999 年版，第 175 页。

③ 蒋梦麟《西潮·新潮》，岳麓书社 2000 年版。

在当时北大的一系列官方组织系统中，蒋梦麟除了担任总务长，还兼任了文牍会计部主任、预算委员会委员、聘任委员会委员、学生自治委员会委员、修改预科课程委员会委员等职。尤以总务长一职，自北大改组后头绪繁多："所有行政上一切事宜，均由总务处负责，而取决于总务委员会"。蒋在北大充当着实际管理者的角色，北大在蔡元培主持下取得的成就，实际上都有蒋的一份功劳和苦劳。正如他晚年在《新潮》中所回忆："著者大半光阴，在北京大学度过，在职之年，但知谨守蔡校长余绪，把学术自由的风气，维持不堕。"他秉承着蔡元培的民主精神，努力在北大推进着学术自由、教授治校的现代教育的基本理念的实现。多年以后，曾经协助胡适出掌北大的傅斯年这样对胡适说："论学问我与蒋梦麟都比不上您胡适和蔡元培先生，但论起办事的能力来，那么你们两人则不如我和蒋梦麟，因此在某种程度上可以说，我是您的一条狗，蒋梦麟是蔡元培的一条狗。"①

当蔡元培赴欧洲考察时，蒋再度代理了北大校长。这个时期他还收到了孙中山先生的一封信，对他在北大的业绩大加赞赏，甚至勉励他"率领三千子弟，参加革命"(蒋梦麟《西潮》，辽宁教育出版社 1997 年版，第 118 页)。但外部的政治环境依然险恶叵测，学校经费还是常常无处着落，1923 年 9 月，北大的秋季开学典礼上，蒋说他的目标就是要维持北大的生命，以使之不被中断。这一年适值北大二十五周年校庆，学生干事会准备隆重庆祝，蒋写信劝止：时局维艰，国将不国，政府视教育如无物，经费积欠已九余月，学校势将破产，庆祝事项，在在需款，将何从出？还是算了吧。"盖处此时艰，学校生命岌岌可危，吾人愈当利用光阴于学业上，而做事与欢腾，不妨留待异日。"②

而此时的政府似乎正越来越失去民众的信任。

"北京政府的前途究竟怎样呢?"一位美国外交官问他。

---

① 马勇《蒋梦麟传》，河南文艺出版社 1999 年版，第 108 页。

② 马勇《蒋梦麟传》，河南文艺出版社 1999 年版，第 178 页。

"它会像河滩里失水的蚌,日趋干涸,最后只剩下一个蚌壳。"蒋回答。①

国民革命军北伐那一年,北洋军阀张宗昌入据北京。这个军人政府的首脑体健如牛、脑笨如猪、性暴如虎,利爪随时准备伸向他不喜欢的人和他垂涎的漂亮女人。《京报》记者邵飘萍因"宣传赤化"罪遭枪杀后,一个偶然的机会,蒋梦麟得知自己也上了张宗昌的黑名单,匆忙出逃至东交民巷六国饭店,对美国使馆的朋友开玩笑说:"我天天叫打倒帝国主义,现在却投入帝国主义怀抱求保护了。"②

当时还有校长室秘书兼政治学教授李大钊、女生张挹兰等六七人先后逃入使馆界旧东清铁路办事处躲避,后来被张作霖派兵捕去处绞刑而死。蒋梦麟在六国饭店和一位叫朱家骅的地质学教授住了三个月,每天只以写字消遣,都快闷出病来了,后来在一位朋友的太太的掩护下,坐马车到了北京前门车站,搭上了一列去天津的火车,再从天津搭英国商船到上海。因沪杭铁路已告中断,蒋蛰居上海半年后才绕道回到杭州。就像七年前他的前任蔡元培一样,湖光山色中的杭州似乎一直是这些南方文人失意后的安慰。

很快,南北集团的力量消长终于有了结果,"北京政府的纸老鼠被南风一吹就倒了。"1930年底,因蔡元培就任中央研究院院长,南京政府明令任蒋梦麟由教育部部长转任为国立北京大学校长。因中华教育文化基金会的出面襄助,蒋梦麟重整北大的信心复又鼓动。翌年一月,离去四年后的蒋重返北平(此时的北京已改称北平,但北大校名未改),再度执掌北大校务。据说蒋梦麟辞去教育部长职务准备去北大的前夜,吴稚晖先生突然深夜到访,老先生双目炯炯,振振有辞地说部长是当朝大臣,应该多管国家大事,少管学校小事,最后用手指向蒋一点,厉声说:你真是无古大臣之风。蒋梦麟恭恭敬敬站起来回答说:先生坐,何至于此,我知罪矣③。

---

① 蒋梦麟《西潮》,辽宁教育出版社1997年版,第134页。
② 蒋梦麟《西潮》,辽宁教育出版社1997年版,第135页。
③ 蒋梦麟《西潮》,辽宁教育出版社1997年版,第184页。

蒋梦麟上任伊始，即聘任他的朋友胡适为文学院院长兼中国文学系主任。并重新确立北大的职志为：研究高深学术，养成专门人才，陶融健全人格。一年后，改组北京大学研究院，分文科、理科、法科三个研究所，开出的研究课题有：朱希祖的明清史，陈垣的中国基督教史研究、元史研究，马裕藻的古声韵学，马衡的金石学，沈兼士的文字学，刘复的语音学、方言研究，周作人的中国歌谣研究，钱玄同的音韵沿革研究，沈尹默的唐诗研究，黄节的汉魏六朝诗，许之衡的词典研究等，这些当时中国的一流学者聚集北大，堪称北大百年历史上蔚为大观的一个景象。胡适曾如是回忆蒋梦麟在三十年代初“中兴北大”的业绩：

> 孟邻先生（注：蒋梦麟别号孟邻）受了政府的新任命，回到北京大学去做校长，那时他有中兴北大的决心，又得到中华教育文化基金的援助，他放手做改革的事业，向全国去挑选教授与研究的人才，在八个月的筹备时间，居然做到北大的中兴。我曾在《北大五十周年》一文里略述他在那六年里的作风：“他是一个理想的校长，有魄力，有担当，他对我们三个院长说：辞退旧人，我去做；选聘新人，你们去做。”①

自此直到1937年的七年间，蒋一直把握着北大之舵，竭智尽能，希望把这学问之舟平稳渡过已经趋向剧烈的中日冲突中的惊涛骇浪。就像他晚年在《新潮》中所说，“在职之年，但谨知守蔡校长余绪，把学术自由的风气，维持不堕。”在许多朋友协助之下，尤其是胡适、丁文江和傅斯年的帮助下，北大幸能平稳前进——用他的话来说——“仅仅偶尔调整帆蓬而已”②。

---

① 胡适《沈宗瀚中年自述序》，转引自马勇《蒋梦麟传》，河南文艺出版社1999年版，第228页。

② 蒋梦麟《西潮》，辽宁教育出版社1997年版，第184页。

5. 一切坚固的东西都烟消云散了

1943年初春的昆明，当五十八岁的蒋梦麟经由记忆的河道回望上世纪末杭州湾边的那个小村庄，他一定觉得自己驶入了一生中最为晦暗不明的海域。其时，在中国内陆西南的这座孤城里，炸弹正像冰雹一样倾落，“跑警报”成了他和西南联大师生每日的功课，载运军火的卡车和以“飞虎队”闻名于世的美军志愿航空队战斗机正在昆明市郊结集，沿着滇缅公路潮水般涌入昆明的难民和从沿海城市来的摩登小姐和衣饰入时的仕女在街头拥来挤去。发国难财的商人和以“黄带鱼”起家的卡车司机徜徉街头，口袋里装满了钞票，物价则一日三跳有如脱缰的野马。城春草木已深而山河破碎着还将破碎下去。在这之前的几年间，宋哲元将军不战而退把故都北平拱手相让，蒋委员长也弃都西窜让石头城里插上了日本人的太阳旗，大学如狂涛落日中的一叶孤舟已由北平迁长沙再迁昆明，喧嚣的战尘把他们驱赶得几乎没有喘息的机会。它还将在中国西南的山地间漂流多久呢?

战前最后一次回乡，他这样对父亲说，中国将在火光血海中获得新生。八十出头的老父不解其意，蒋如是解释：这次战争将是一次长期战争，千千万万的房屋将化为灰烬，千千万万的百姓将死于非命，这就是我所说的火光血海，最后中国将获得胜利①。话是这么说，蒋还是感到迷惘。这在早过了知天命而年的他是少有的。

在原北大、清华、天津南开这三所大学战时混合组成的这艘“混杂水手操纵的危舟”里，有梅贻琦、张伯苓等分担联合大学的职责，校务上的事

---

① 蒋梦麟《西潮》，辽宁教育出版社1997年版，第194页。

不再像过去那样多了，使他终于有余暇来想想“这些可怕的事情究竟为什么会发生?”于是他进入了回忆。朴素的经验主义者蒋梦麟在进入这项工作时决定，他回忆的应该是他所经历的时代并上溯到近世中国的一百年，像所有身处乱世的中国文人一样，他希望能以史为鉴从历史的碎影断片中“找出一点教训”。

于是近一百年来各个利益集团的冲突乃至东西文化的磨合与激荡，在这本像自传、像回忆录又像近代史的书中风云际会了。正如我们前面所说，这是一本智慧之书，是蒋看世界的一双清凉之眼。1943 年春天的蒋梦麟前所未有的迷惘，也是前所未有的清醒。他看到了一百年来国人被迫西化的途程中的不满、愤怒乃至委屈，也看到了西化得不上不下、不前不后时的前途茫茫，但他更清楚地知道哀怨于事无补——哀怨出自情感的蕴蓄与抑制——不如明辨真相。这一切来自于他事必亲历的经验主义，因为他就是这样生活着，在这个时代，在中西潮交汇的锋面上，在一重一重世间的层峦叠嶂激湍奔涛中。

在这本书中，我们看到了随着新的物质为先导的西方文化涌入，现代性与中国遭遇时的最初情形，那就像大河入海处两片水域交接线上的壮阔而复杂的景象。在蒋梦麟所处的那个时代，启蒙与救亡、外患与内忧纠结下的中国在朝向现代的道路上艰难前行着。“一切坚固的东西都烟消云散了”，现代性在改变世界的同时也改变着人自身，让时代潮流中的人们体验着惶惑与向往、激情与失望、理想与实践、激进与保守之间种种的冲突，这是一种对时间与空间、自我与他者、生活的可能性与危难的体验。真实的情形就像马歇尔·伯曼所言：成为现代的就是发现我们自己身处这样的境况中，它允诺我们自己和这个世界去经历冒险、强大、欢乐、成长和变化，但同时又可能摧毁我们所拥有、所知道和所是的一切，它把我们卷入这样一个巨大的漩涡之中，那儿有永恒的分裂和革新，抗争和矛盾，含混与痛楚。①

---

① [法]安托瓦纳·贡巴尼翁《现代性的五个悖论》，许钧译，商务印书馆 2005 年版，第 3 页。

“武力革命难，政治革命更难，思想革命尤难，这是我所受的教训”，当蒋梦麟在这本名之为《西潮》的书中最后说出这句话，他仿佛透过昆明城上空爆炸的烟尘看到了数年前在南岳衡山（联大文学院所在地）所经历的一次日出：

> 那个像橘子、像金色的鸵鸟蛋、像大火球一般的太阳，终于从云海里冉冉升起，最后浮出云端，躺卧在雪白的天鹅绒垫子上。他把这看作是未来中国的一个先兆。

流水十年

沈从文 1922—1931

1. 苦闷的北京城

1922 年夏天，退伍不久的陆军步兵上士沈从文坐火车从湖南来到北京。当他在前门车站下车，出发时筹措到的 37 元路费——27 元是退伍安置费，10 元是向亲戚朋友借的——已经只剩下 7 元 6 角了。这个神情恍惚的年轻人面对着浩荡的人流和这个颓败却不失气派的陌生的都市，觉得自己简直卑微到了只是风中的一粒灰尘，风稍大一点，就会消失得不知所终。像所有那个时代来到北京的文艺青年一样，他的行囊是简单的，不简单的是里面放着《圣经》和《史记》两本书，这预示着他以后的写作将在这两本经典的引导下前行。这个高高瘦瘦的长身白脸的少年出了站，在旅客登记簿上这样填写自己的身份：

沈从文，年二十岁，学生，湖南凤凰县人。

沈从文在二十年代的最初几个年头来到北京的目标是含糊不清的，照他后来的说法，他是相信了当时报纸上的说法，以为北京有的是上学的机会，只要成了一个学者，就能加入到中国的文化复兴运动中去。打算虽好，却是需要钱才能实现的。接下来他会发现，尽管他做梦都想着成为一个大学生，但从来没有哪一所大学愿意录取一个连新式标点都用不正确的乡下人。

1924年11月一个寒冷的夜晚，困顿无路的文学青年沈从文给素不相识的郁达夫写去一封诉苦信，请求援助。时在北京大学担任统计学讲师的郁达夫收到信的第二天早晨，就去沈住的旅馆看望了他。当郁达夫看到这个穷得穿不起棉衣的年轻人在一间冰冷的小屋子里用冻僵的手写着稿时，他的心里肯定涌起了一阵怜悯。他脱下自己的棉衣给他穿上。并带他下馆子吃饭。那时的沈，已经饿得走路都要脚步打飘了。刺骨的寒风和胃囊的收缩使他说话都打着哆嗦，费上好大劲才能把一句话说连贯。饭毕，跑堂结算餐费为1元7角，郁达夫拿出5元结账，把找回的3元3角全都给了沈从文。多年之后，沈说起此事还为郁的慷慨而感激之情溢于言表。

沈从文刚到北京的时候，在一家湘西人开办的会馆里住了六个月，因业主和他沾点远亲，就没有收房租。但离开那家会馆后，直至他离京南下，他一直都住在大学周围一些潮湿阴暗的公寓小客房里。这些公寓有清华、银闸、汉园等。有一段时间他住的是煤堆仓库，只好在墙上开洞当窗户。每个地方他都住不久，因为拖欠房租被房东扫地出门了。有时交房租的日子到了，他不得不大半夜在落满了雪的河边徘徊。如此困顿的生活，也不能消磨去他身上与生俱来的文人天性，沈从文把他所有住过的房子都取了个雅号，叫作“窄而霉斋”。

有亲戚出于好心劝他回去，去湖南乡下做个老总什么的，也比混在北京出息多了。沈从文这样告诉他们，正是因为在乡下看多了杀人待不下去才到北京找“理想”的。话虽这么说，走在北京的街头还是会有一种迷离恍惚之感攫住他。就好像这边在北京的是另一个他，还有一个他，在老家的什么地方做着一个小绅士，娶着一个有产者的女儿，说不定还学会了吸鸦片烟，做了两任县知事，有了四个以上的孩子。因为如果他不出来，他的人生几乎就是这样一副规定了的模式。

设若北京除了贫穷再也不能带给他别的什么，这个年轻人还留在这里做什么呢？这个古老的城市给沈从文的第一印象是那是一个“博物馆”。他在一篇叫《20年代的中国新文学》的文章里如是回忆二十年代的北京带给他的新奇感受：

> 我是1922年夏天到北京的，开始住在会馆里。我从会馆出门向西15分钟就到达中国古代文化集中之地，就是琉璃厂。那里除了有两条十字形的街，然后还有十几家大小古董店，小胡同里还有许多不标店名分门别类的、包罗万象的古董店，完全是一个中国文化博物馆的模样。然后再往东20分钟来到前门大街，那里是一个北京繁华的街市，还保留了明清六百年的市容和规模。在那里看见许多大铺子，各具特色，金碧辉煌，斑驳陆离，令人眩目，这使我这个来自六千里以外小小山城里的乡巴佬无一处不深感兴趣。然后跑到罗马大街就看到某某镖局的大招牌，还有骆驼在其中走来走去，我就想这镖局背后有没有当年的十三妹在那里，有没有燕子李三在那儿，因此这些印象让我觉得它像明清两代六百年的文化博物馆……

沈从文在成为作家之前，在北京到底熬了多久，又是如何坚持下来的？这并不是一个秘密，有关细节都能在他早期带有浓重的自叙传色彩的小说中找到。开头，为了考大学他大概奔忙过一阵，后来便做各种各样的杂活。他在京州印刷厂做过工。曾到一家图书馆谋一个图书管理员的职位。1925年，一个县政府招考录事，他也想去参加考试。因为这个职位已录用了别人才作罢。走投无路的沈从文还考虑过去当一名警察。还差点进了一所摄影学校。在最困难的时日里他甚至想再去当兵。甚至还去排练过站队。直到招兵站要他按指纹、领伙食津贴时他才大梦初醒一般溜掉。他甚至想过回湘西，但那一年北伐军北上推进截断了他去沅江的归路，只好继续留在北京，其实，即便路途畅通他也回不去，因为他找不到回家的路费。

无奈之下，沈从文不得不通过写作来谋求经济上的独立。著书都为稻粱谋，这是曾在他最困难的时候资助过他的郁达夫说过的话，但卖文为生又谈何容易，尤其是对他这个年轻的写手而言。《晨报》副刊刚开始登载他的小品时并不付稿酬，只是象征性给几张买书的书券。1925年后，才给他每月 4 到 12 元的稿酬。多年以后，沈这样对他的传记作者说，尽管他很早成为了一个职业作家，但开始时每月的稿费收入很少有超过 40 元的。

2. 三人行

1925 年 7 月，沈从文来到北京郊外的香山，在他的"阔亲戚"熊希龄开办的香山慈幼院里做一个图书馆员，每月支薪 20 元。他被安置在一座寺庙门楼的小屋子里。这是他来到北京两年多后找到的第一份正式工作。虽然不太愉快，但总算有个正经的活做了。

有一天他在山上听到了鸡的叫声。这叫声让他惊奇，也让他兴奋。鸡在那里活泼泼地跳舞，让他想起了家乡湘西的鸡，但他觉得北京的鸡还不如湘西的鸡来得活泼。空居无事，山上小麻雀的声音、青绿色的天空、谷中的溪流、晚风、牵牛花附着的露珠、萤火、群星、白云、红玫瑰，都使他"想起了梦里的美人"。他还经历过北京郊外强劲的风沙，去看灰尘仆仆的土路上从容不迫地走着的骆驼，这个北方城市乡土的一面让他感到既陌生又熟悉。尽管少不了人事上的纠葛磨擦，他似乎安于这样一种生活了。朋友陈翔鹤去香山看他，居然看到他像一个中古时代的文人高士一样，坐在一棵大松树下，抱着一面琵琶，弹奏着不成曲调的《梵王宫》。

此时，在京漂流的文艺青年、《民众文艺》的编辑胡也频和新婚的妻子丁玲也正在山中度蜜月。夫妻两人住在碧云寺附近的一处屋前屋后全是枣树的房子里，每月租金 9 元。日常营生中的买小菜、买油买盐，两人都自己上街来做。蹲到廊下用一把鬼头刀劈柴，两手当簸箕捧了煤球向炉子里放下，这是还不脱新妇的腼腆模样的丁玲的职责，当然她做得很是笨手笨脚。胡也频自然也不闲着，为一点儿醋同一点儿辣椒，也常常忙匆匆地跑到街口去。沈从文以一个小说家的目光观察到，他们不写文章，也不出去找什么事做，好像全身心地投到了婚后新鲜的生活中去，让他羡慕的是也不大见他们为经济的事犯过愁，因为所有的开销都有湖南丁玲娘家的接济。

沈从文和胡也频的相识，缘于年前他以一个女性化的笔名"休芸芸"向胡主编的"京报"副刊《民众文艺》投稿。文章登出来不久，胡也频和一个叫项拙的朋友一道前往北京西城一个叫庆华公寓的房子里拜访了沈从文。沈这才知道，这个和自己差不多年龄的热情的年轻人来自福建，原先在山东烟台的海军预备预备学校念书，学校解散后，就和几个同样爱做梦的朋友一起流落到了北京。他们那个家庭作坊式的编辑部，就设在西单堂子胡同内西牛角胡同 4 号他们的住处，离沈的住处也不太远。可以想象这次会面给孤独中的沈从文带来的惊喜，"这友谊，同时也决定了我以后的方向。"多年以后(那时胡也频已经去了另一个世界)，他在一篇怀念文章中如是说。沈从文以一种自嘲的语气，把这次会面称作"两个不能入伍的海军学生与一个刚退伍不久的陆军步兵上士的会晤"。他不能记住更多的细节，只记得"说了许多空话，吃了许多开水"——他湘西老家的土话，不叫喝水，叫吃水。

自此以后，沈从文一直这样称呼他的朋友胡也频：海军学生。

大概是这次会面之后的一个星期，一个积雪未融的上午，"海军学生"带着他的女友来到了沈从文的住所。若干年后，沈从文回忆起这个叫丁玲的女人第一次来到他房里的样子：是一个爱笑的胖胖的女孩，圆圆的黑脸，长眉，穿着一件灰布衣服，下面是短短的青色绸裙，站在房门外边，也不说什么话，只是望着沈笑，似乎在犹豫着要不要跨进门来。沈从文问她姓什么。那女子说，我姓丁好了。那语气就像麦尔维尔在《白鲸》的开头说叫我以实玛利吧，一开口就是小说家腔调。沈暗暗好笑，嘴里却不说出来，那么一个胖胖的模样，却姓丁！大概在沈的感觉中，这是一个瘦子才配有的姓。果然，女人走后，胡也频告诉他，那女人不姓丁，姓蒋。

沈从文猜测，"海军学生"是出于一种炫耀的心理才带他的女友来这里的，但胡也频告诉他，那女人是听到有人夸沈长得好看，才特意来看看的。沈从文搞不清他的朋友说这话时，脸上的笑容是真诚的还是讥诮的，但被人在暗底下夸奖总是开心的。

胡也频也带沈从文去过他女友的住处，那是丁玲在通丰公寓租住的一个小房间。沈从文观察到，她租住的这个房子同自己相比也好不到哪里去，一样的硬板床，一样是潮湿的、散发着霉味的地面，墙上糊着破烂的旧报纸，窗纸上涂鸦着许多人头和古怪的符号，丝毫没有一个女孩的住所应有的洁净和脂粉气。

当交谈中得知这个女人也来自湘江下游，和自己谊属同乡，沈从文心里突然涌上一种柔软的、自己也陌生的东西，他怜惜，且不无惊奇：这样一个女子，住在这样一处简陋的屋子里，居然不生病，不头痛，还若无其事地坐在一张小条桌旁看书写字，真是一个了不起的人物。后来的事实证明沈的这一直觉是对的，要不了几年，这个生活在穷困线上的女人就要以一部《莎菲女士的日记》一炮走红，成为二十年代末最入时的女作家，并在丈夫死后积极投身政治成为一名党的文艺女战士。

但现在还是1925年北京郊外的香山，以后的变化此时还未露丝毫端倪。他们是贫穷的，也是快乐的。贫穷没有减少快乐，倒反而放大了日常生活中的一点点欣喜。他们常常在幽静的山谷寺院中一同散步，为了观赏落日，还常常忘了吃饭。还在中秋夜去香山静宜园的小池里划船。这段快乐的日子随着丁、胡夫妇回京很快就结束了。第二年，沈从文在现代评论社里谋到了一个发行员的职位，既然有了个糊口的饭碗，他离开了让他总觉得憋闷的香山熊氏别业又回到了北京，重新住进了北河沿的汉园公寓。

理所当然的，沈从文又过起了穷困的生活。穿不起像样一点的衣服，过冬了连炉子也生不起。他的朋友胡也频、丁玲夫妇在贫穷上倒是和他保持了惊人的一致，装上了炉子，却买不起煤，来了客人只好烧些旧书旧报取暖。沈时常饿肚子，时常感冒。寒冷干燥的空气让他鼻孔时常淌血。写作了只好一只手握笔，一只手撕块破布捂着流血不止的鼻子。他穷得上医院挂号的两角钱也拿不出了，就这样还得挣钱接济母亲和妹妹。这期间他写了一些自伤穷困的小说，小说里的主人公常常患着呼吸系统疾病——就像他的传记作者金介甫所说——这成了他作品主人公的传奇性特征，如同西方十九世纪小说的主人公往往患有结核病一样。困扰这些人物的除了贫穷和肺病，还有时代和青春期的这些疾病：性的饥渴、失眠、精神疲惫和偏执狂。

这些小说中的说话人总是一个怒气冲冲、又过着狼狈不堪日子的年轻人。他们没有金钱去实现人生的梦想，懦弱的个性又让他们无力献身革新和时代的洪流，只得在自轻自贱中躲在小公寓里“纵情痛哭”（《老实人》），直至进入梦乡。其大致情状就像他那个时期的一个短小说中的一个饿着肚子在街头闲逛的年轻人，“魔鬼的人群啊！地狱的事物啊！我要离开你！”这样发泄一通，“他便又返到他那小鸽笼般的湿霉房子中了”（《绝食以后》）。这些小说人物易怒、古怪的性情和狼狈不堪的生活，正是沈从文在 1920 年代的北京的一幅自画像。

此后的几年，沈从文和胡也频、丁玲三人成了意气相投的伙伴。他们都是想上大学而名落孙山，可谓同病相怜。又都野心勃勃想要打进中国文坛。在香山度过一段日子后，三人都跑到北大去当了一段时间的旁听生。北大在蔡元培主持时广开门户，谁都可以去大学旁听，旁听生与正式生的比率最高时达到三比一。在沈从文的介绍下，有段时间三人还合住一套公寓。从银闸、孟家大院、汉园，再到景山东街的一套住宅，他们总是一同搬家。三人把微薄的一点收入——沈的稿费、丁玲母亲的接济——凑集起来，在花钱上不分彼此，努力让每一个小钱发挥出最大的效益。他们还一起去日文班听课，梦想着有朝一日能去日本留学。他们追求的目标是争取能有每月 20—30 元的稿酬收入，这当然不是那么容易办到的，于是他们自我安慰，如果鲁迅弃去了他的教育部佥事和大学的讲师职务，去专靠译作生活，情形也一定过得十分狼狈，比他们也好不到哪儿去。可笑的是他们还常常设想这笔钱已经到手，做着白日梦计划着怎么样去花费这笔尚在空中飘荡的钱。

当时正是“语丝”趣味支配着北方文学空气的时期，看着许多人的名字凭着各种关系和机缘在刊物上露面，他们也计划过办一种类似于《语丝》那样的杂志，把他们的作品“在一种最卑微最谦驯同时也十分诚实的情形里同一些读者见面”。如果每期印 1000 份，这样就可以有 12—13 元

的收入。

这个时期，胡也频身上那种“南方人的热情气质”让沈感到了吃惊。按理说，沈从文来自地处中国南方山地丘陵带的凤凰小城，他的身上不无热情率真与好幻想的气质，可是这个与他年龄相差并不太远的海军学生的性格可说与他全然的不同。如果说沈从文的热情如长河沉潜，绵厚，悠长，那么胡也频身上那种“南方人的热情”，则如“南方的日头”，“什么事使他一胡涂时，无反省，不旁顾，就能勇敢地想象到另外一个世界里的一切，且只打量走到那个新的理想中去”。他的新婚妻子丁玲的才具，显然也长于笔墨而不善持家理财，日子过得拮据难免口角上争短长，据说沈从文总是在这个时候充当和事佬的角色。

三人朝夕相处，使得外界一度风言风语，把三人的关系丑化为二男事一女的桃色新闻。从沈从文含糊其事的叙述来看，这个思想解放的新女性可能在当时曾引起过他某种单相思式的情愫。

沈从文衣衫褴褛、不修边幅的举止，在北京文人的雅集中肯定是要让人侧目而视的。他到《晨报》馆去领每个月的稿酬时，都要向门房塞上两到三角钱才走得进去。被各种关系网排除在外的沈从文，只好把希望寄托在给素未谋面的名人写信自荐，他把这叫作“撞大运的信”。多次碰壁后，他和胡也频也想弄个杂志，省得忍着屈辱去拜山头。

但还是少不了朋友帮忙，如果说是郁达夫第一个发现了沈的文学才华，那么，时任《晨报》副刊主编的浪漫派诗人徐志摩则对沈从文早期作品的发表起了巨大的作用。他使沈平生第一次过起了靠写稿来维持的生活。他还带沈去参加诗歌朗诵会。沈从文在闻一多的屋子里，听到了朱湘、刘梦苇、饶孟侃这些抒情诗人的朗诵。大概就在这个时候起，沈从文开始了自传的写作。

如果一个人在29岁的时候就为自己写自传，他不是懵懵懂懂就是灵气溢动，沈无疑是属于前者。自从2000多年前楚国的一个逐臣在一条叫沅的河流上抱石自沉，自此以后这条河就或明或暗地流动在中国的诗史上。当沈从文像一滴南方的水融进二十年代干燥的北平时，他一提起笔，那条河便从记忆的渊海中跃了出来，码头、木筏、灰色的小渔船和形形色色的船娘、水手全在他的笔下复活了。

在这个别致的自传里，他写逃学去看满山鸣叫的蟋蟀，写唢呐声中穿着红绿衣裳伤心大哭的小小新娘，写河边用绣花大衣袖掩着嘴笑的苗家小妇人和大太阳底下安置船上的龙骨的船工。他写下看星、看月、看流水的边城生活。他用笔堆垒着文字的“希腊小庙”，精致，结实，匀称，表现着一种优美、自然、健康的人生样式。他编织着故事，故事也改造着他，成为一个被称为知识分子的人。但他还是爱说自己是个乡下人，谦逊地把这些成绩引到南方的地理上去。他说他写的船上、水上的故事，如果有点灵性，那也都是来自多年以前南方山地雨水的滋润。

沈从文因那条故土的河流而爱上了世间一切的水——檜流、溪漳、万顷的大海。他告诉我们，他学会了用小小的脑子去思索一切，全亏得是水。他尤其不能忘怀的是 15 岁那年的 7 月，一只大船载着他驶离山壑中那座美丽的小城，进了军营，他揉着因长途跋涉起泡的双脚，第一次觉悟了生命如水一逝不复返。

因此他痛惜时间的流逝，尽管他在古都度着的一个文艺青年的苦闷日子实在太长了些，他还是惋惜美“不能在风光中静止”。他说时间带走了一切，带走了天上的虹或人间的梦，他还在说时间在改造着一切，星宿的运行，昆虫的触角，全在时间的流变中失去了原先的位置和形体。这些体悟或许不无窘迫现实的挤压触发，但它们已经超越了贫穷和卑微，进入一个更广大的世界。从这个时候起，他在内心已经以长河的歌者和儿子自居了。

3.“乡下人，喝杯甜酒吧”

此时已行进到了二十年代下半叶，中国的南方革命已进展到长江沿岸，伴随着南方革命的发展，文化的重心也渐渐地从故都北平移向殖民化色彩浓郁的上海，出版物的盈虚消长的消息也显然由北而南。在上海，正是一些新书业发轫的时节，《现代评论》已迁上海，北新书局已迁上海，新书业已成为一种新的利薮。还出现了现代、春潮、复旦、水沫、开明、华通、金屋、新月等一些新的书店。一时是普罗文学的兴起，一时又是民族文学与都市文学大旗招摇，上海俨然成了个众声喧哗的大舞台，大狗小狗都在上面汪汪吠叫。1928 年 4 月，沈从文离开北京，正式迁居上海。此前他已在北新书局和新月书店出版了《鸭子》《蜜柑》两本小说集，开始以一个职业作家的面目出现在世人面前。这个时期的上海，显然比北京更加适合于一个处于上升期的青年作家，而且他向往中的爱情，也正在上海等着他。

沈从文到了上海，在法租界善钟路一个人家楼上赁了一间房子，同时把母亲和妹妹接来同住。这一期间，沈从文与胡也频、丁玲三人联手编辑《中央日报》副刊《红黑》，每月编辑费 200 元，各分得 70 元左右，另外还有稿费收入。这比起北京时期手头要宽裕多了。后来三人共同租赁了萨坡赛路 204 号楼房，胡也频、丁玲和丁的母亲住二楼，沈和他的母亲、妹妹住在三楼。此一期间，他们的开销如下：房租每月 20 元，水电费 10 元，其他再加上伙食、衣物、购书等，每月开支在 100 元左右。

1929 年，胡适担任坐落于上海附近吴淞口炮台的中国公学的校长，在徐志摩的举荐下，他请沈从文去教文学课与写作，担任一年级现代文学选修课讲师。这一破天荒之举——照规矩这个职位必须有文凭——对沈的经济生活产生的决定性影响，是使他从一个无业游民一跃而上升为中产阶级。他有了 100 元的固定月薪，加上稿酬和编务费，每月有保证的收入在 200 元以上（后来杨振声教授把沈介绍到青岛大学，月薪仍是 100 元。1930 年，闻一多离开武汉大学，把留下的职位让给了沈，月薪仍在百元以上）。但这个新锐小说家的第一堂课就洋相百出，准备的讲稿不到一刻钟就讲完了，余下的课堂时间因不知做什么他困窘得无地自容，倒是学生们安慰起了这个才走上讲坛的先生。沈从文当然不可能想到，那些目睹他出洋相的女学生中就有他日后的夫人张兆和。

不管沈从文是否愿意承认，事实是经济上的自立使他有了自信和勇气去追求自己喜欢的女性。当然仅仅这些小钱还是不够的，他更大的自信来自于自身的才华。到了 1930 年，28 岁的沈从文疯狂地追逐起了年轻的女学生张兆和，为此还劳动“有名的学者”（张兆和语）胡适——如前所述，沈正是在他的直接安排下担任了张小姐的老师——充当说客。

出身于苏州一个饶有艺术情趣的富商之家的张氏姐妹，是校园里无数正处于青春期骚动的青年学生的梦中情人。时年 18 岁的张兆和，身前身后不乏蜂蝶嗡嗡，任性的三小姐把她的追求者们编成了“青蛙一号”“青蛙二号”“青蛙三号”。自卑木讷的沈从文大着胆子向自己的女学生发出了第一封信，被女学生的二姐张允和取笑为大约只能排为“癞蛤蟆第十三号”。

这是二十年代末上海洋场上演的一出《教室别恋》。爱与被爱、吸引与推拒、痴情与幻梦……就像传说中的天鹅最后总是归于癞蛤蟆，张家三小姐再怎么任性刁蛮，浑不知世事，也逃不脱他的老师举起的猎枪的准星了。情节步步推进，行至山穷，坐看云起，尽管老师一封封发出去的情书没有那么快收到预期的效果——女学生把它们一一作了编号，却始终保持着沉默，却也如南方富有腐蚀力的雨水一般，点点滴滴滋润着慢慢变得沉静的少女之心。这再一次证实了沈的一个信仰，那就是语言会制造事实，进而成为事实本身。

此时的女学生只是觉得，这个比自己年长十岁的男子写来的情书冗长狂热得像一个高烧病人的呓语，令人不胜其烦，而他得意洋洋拿给他看的军中故事也让她觉得遥远得似乎发生在另一个星球，提不起把它们读完的兴趣。

后来学校里起了风言风语，说沈从文因追求不到女学生要闹自杀。张兆和为了撇清自己，情急之下，拿着装订起来的全部情书去找胡适校长理论。三小姐把信拿给胡适看，说：老师老对我这样子。胡校长答：他非常顽固地爱你。三小姐回他一句：我很顽固地不爱他。胡适说：他是个天才啊，是中国小说家中最有希望的，对于这样的天才，我们人人应该帮助他，你怎么可以蔑视一个天才的纯挚的爱？三小姐说：这样的人太多了，如果一一去应付，我还怎么念书？胡校长肯定暗暗笑起来了，他说：要不，我跟你爸爸说说，做个媒。吓得三小姐赶紧说：不要去讲，这个老师好像不应该这样。

既然胡适校长也为沈说起了好话，那就没有谁能阻止沈老师继续对自己的女学生进行文字的狂轰滥炸。沈从文锲而不舍地继续着他马拉松式的情书写作，其情状真当得上孤注一掷了。他不是徐志摩，把生命看作燃烧着的火，他的生命是沉潜流动的长河，他要以缓慢和耐心、持久和力量去赢得自己喜爱的女人的心。

与张小姐谈话后不久，胡适在一个傍晚写信告诉沈，“我的观察是，这个女子不能了解你，更不能了解你的爱，你错用情了。”“此人太年轻，生活经验太少，故把一切对她表示爱情的人都看作‘他们’一类，故能拒人自喜，你也不过是‘个个人’之一个而已。”他转而安慰沈：“你千万要挣扎，不要让一个小女子夸口说她曾碎了沈从文的心。”①

通过某种看不见的通道，这事也在外校传开了。沈从文的一个妹妹，此时也在上海读书，班上有同学问她，知不知道某著名作家追求张姓女学生的故事，这让她深感脸上无光。

但这个执拗的乡下人似乎执意在一条道上走到黑了，在以后的三年零九个月里，情书圣手沈从文以一种惊人的毅力发出了二三百封从“半讥讽半强硬”到缠绵悱恻的情书，终于让他的小爱人回心转意，做了他的“三三”，而他自然成为对方的“二哥”。

那时，张兆和已大学毕业回到了苏州的老家，暑假里，沈老师带着巴金建议他买的礼物(一大包西方文学名著)敲响了张家的大门。短暂的却又是甜蜜得揪心的会晤后，沈回到了青岛(他在青岛大学的图书馆谋得了一个职位)，等待的煎熬使他的态度变得强硬起来，他给女学生的二姐允和写了封信，托她询问张父对婚事的态度。在二三十年代的中国，又是这样一个诗书礼仪之家，沈从文对女方父母的意志的重视无疑是非常正确的。他在信里写道：如爸爸同意，就早点让我知道，让我这个乡下人喝杯甜酒吧。

得到开明的父亲同意的答复后，张兆和马上在热心的二姐的陪同下

---

① 1930年7月10日胡适致沈从文信，见《从文家书——从文兆和书信选》，上海远东出版社1996年版，第22页。

去电报局把这个消息发给了沈。据说她拍给沈从文的电报全文是这样的:沈从文乡下人喝杯甜酒吧。由胡适之先生竭力倡导的白话文运动在这个女学生身上结出的成果,就是让她拍出了也许是中国最早的一个白话文电报。

太阳下发生的事,风或可以吹散?六十多年后,白发苍苍的张兆和重读那些旧日的情书,竟不知是在梦中还是在翻阅别人的故事。她自问:“从文同我相处,这一生,究竟是幸福还是不幸?”

> 我不理解他,不完全理解他。后来逐渐有了些理解。但是真正懂得他的为人,懂得他一生承受的重压,是在整理编选他遗稿的现在。过去不知道的,现在知道了,过去不明白的,现在明白了。他不是完人,却是个稀有的善良的人。①

字还在,人已渺,于是会有这样的叹息:悔之晚矣。

但总有一些句子,写下或读到它们时的心情永远是美丽的:

> 我行过许多地方的桥,看过许多次的云,喝过许多种类的酒,却只爱过一个正当最好年龄的人。

4. 上海恩怨

五四新文学运动的重心在十年间由北向南,真个是风水轮流转,至

---

① 张兆和《后记》,见《从文家书——从文兆和书信选》,上海远东出版社 1996 年版,第 319 页。

1931年已经完全移到了殖民化色彩浓郁、号称“国中之国”的上海。是年岁次辛未，为民国二十年。东北沦丧，华北震惊，值此多难之秋，北方文人因政治及经济的原因纷纷南下，而海上名士还兀自固守着原有的阵地。此时的十里洋场，众声喧哗，五色纷陈，既是新进的革命作家的发祥地，又是旧派文人的大本营，在变幻的时代风云中开始呈现出异样炫目的光彩。

1931年的鲁迅继续蛰居上海，在年初经历过一场人事的凶险后，看世事愈加悲观、黑色，变得愈加的阴郁尖诮，不讨人喜。1931年的郁达夫成了个上海里弄间平凡的住家男人，即便对曾经倾注过无数心力的创造社和左联活动，也开始淡出，因为一批更为新潮的年轻人已迎头赶上。此时的郁达夫希望自己成为一个古代人所梦想过的仙人，可以不吃饭、不穿衣、不住房屋、不要女人。他这样一个“力比多”旺盛的男人怎么会说出不要女人的话来呢。哦，他是吃够了女人的苦头。这一年瞿秋白自苏联重返上海，成为左联实际的掌门人。这一年最当红的作家是以《啼笑因缘》等通俗小说文名响遍大江南北的张恨水。这一年最八卦的娱乐新闻是新月诗人徐志摩飞机失事。尽管穆时英著名的小说《上海的狐步舞》还要晚一年写出，但内容正是1931年的上海即景。而这一年最酷烈也是最让人震惊的，则是年初五位左派文人的遭枪杀。

1931年1月初，29岁的沈从文风尘仆仆从武汉赶到上海，一是为探望老友丁玲、胡也频，二是想在上海再续文学之梦。此时的沈从文经几年打拼已小有文名，但他要真正引起文坛瞩目要在几年后湘西系列的纪事发表之后。此时的丁玲也尚未如后来那样走红。让沈从文没有想到的是，这次到上海，他要卷入到绵延半个多世纪的一段恩怨中去。

1月17日，沈从文的老友胡也频失踪，之后证实他是在一次党的秘密会议上遭当局逮捕。沈从文往来京沪向政府要人求情，又在大冷天陪着丁玲去狱中看望胡也频。这份情谊足令时人动容。到了2月9日，消息闭塞的沈还在找邵洵美请托后门，殊不料消息传来，早一日，胡也频已经和其他四位被捕的文人冯铿、殷夫、柔石、李伟森一道，在龙华监狱被杀害了，所有的奔走努力全成了泡影。直到此时，沈从文还不知道他的朋友的死，是如传媒所说的用麻袋沉到了黄浦江呢，还是活埋在了地下。

胡也频出事后的一段时间，丁玲住到了沈从文在上海的一个叔父家里。尽管沈从文不是丁玲、胡也频的同路人，但谊属同乡，情系故交，出于侠义心肠他还是陪同丁玲，带着几个月大的婴儿，返乡探母托孤。据知情人透露，为了掩人耳目，沈从文和丁玲是假扮夫妻离开上海的。而两年后丁玲的被捕，沈全力营救而不果，更像是这一节旧事的重演乃至重复。这一腔的恩义，将来更有《记丁玲》《记胡也频》《这个女性》等中国现代文学史上最感人的纪实文字为证。

重新回到上海的丁玲，成了一个坚定的左倾分子，参加政治活动愈益频繁，俨俨乎一左派女杰了。而沈从文继续着他“优美”“自然”“人性”的文学立场。这年夏天，沈、丁两人因文学与政治上意见的不同正式分道扬镳。多年以后，有好奇的读者要一探他们上海恩怨的始末，两人皆讳莫如深。

也是在这年夏天，沈从文离开上海重回北京。以后的数年间，他的活动范围将主要在北京和青岛两地之间，对于上海的说不清道不明的复杂情绪，使他一想起这个城市总是心里隐痛。

1931 年沈从文上海之行的还有一个收获，是这年他对上海作家的一个指责——他称他们只是文学的“白相人”——将在三年后酿成新文学史上一场重要的语言纷争，即“京派”与“海派”之争。然后才有他对上海文人一个经典性的判断：“名士才情与商业竞卖相结合”。时至今日，聪明的上海文人似乎还在多年前的那个语境中，在名士才情与商业竞卖中打着转。

时间在此后获得了前所未有的加速度。

两年后，他和张兆和在北京中央公园宣布结婚。

再四年，沈从文抛妻别子，化装逃出日军占领下的北京城，辗转飘零最后到达昆明。稍后，他的妻子张兆和带着两个年幼的儿子也离开了北京……

流水十年，从 1922 年至 1931 年，是五四新文化运动一代成熟、疏离，乃至走向分化的十年。这十年，革命由南往北，催生文化由北往南，南北风云际会，最终成就了一部上海传奇。

这十年，如同前面已经告诉我们的，在本文主人公沈从文的生命长河中还只是一个狭窄的河道，外来的任何打击或者挫折都有可能使这条河流改道，甚至枯竭。所幸是这个来自南方山地的青年以他顽强的意志力挺了过来，他在其间被挤压、打磨，经受着诸般人世间的苦，并最终完成了一个现代作家的基本的训练和积累。尽管此时的他还没有写出一生中最重要的作品，却也是呼之欲出，将有一树好花开。接下来的一个十年，随着《边城》《长河》《湘西》《湘行散记》的问世，我们会看到，这条长河终于向着更广阔里奔流了，并在畅快的奔流中呈现出恢宏万千的气象。

新月的余烬

诗人邵洵美的一生

1. 华丽家族

本文主人公邵洵美，生在上海，死在上海，中间六十二年的生活，除了年少时的欧游和战乱时期短暂的避祸，也大都在上海展开，他的籍贯，却是在姚江边上的一座小城。浙江余姚——到过的人都说——真是个好地方啊，安静，闭锁，自足，山川静美，又不无女性的阴柔，自古就出漂亮的女人和有学问的读书人。姚江邵氏，向为望族，邵洵美的曾祖父邵灿，是大清的浙江省团练大臣，后来做过漕运总督。祖父邵友濂，早年因祖绩荫任工部员外郎，同治四年(1865)起，任总理各国事务衙门章京，后来还当过上海道台、台湾巡抚一类的官职。他还是个不错的谈判家，先是陪同曾纪泽出使俄国，谈判索还新疆伊犁，甲午战败后又作为“钦命全权大臣”，与张荫桓一起赴日本和谈。只是那次他们一到日本就被伊藤博文这只老狐狸扔回了证件，说他们“全权不足”。看过电视剧《走向共和》我们知道，后来是李鸿章去签了个《马关条约》回来，背了个千古骂名。在今藏于广岛博物馆的一幅画作上，被驱逐回国的邵友濂和张荫桓，颇为漫画化地坐在一辆奔赴码头的人力车上，表情灰暗，背后是一片同样灰暗的浮云。

邵友濂的非凡才干，并不在他于近世中国的外交风云中有多少出色的表现，而在于他与当世的两个大人物结成了姻亲。这两人，一个是被时人称之为“东洋第一政治家”的李鸿章李大人，另一个是曾任皇族内阁邮传部大臣的盛宣怀。邵友濂有两个儿子，长子邵颐，娶的是李鸿章的侄女儿，即李鸿章的六弟李昭庆的三小姐。次子邵恒，娶的是盛宣怀的四女儿盛樨蕙。盛四小姐最为盛老爷子所疼爱，其地位之特殊，陪嫁之多，即使是同胞姐妹也不敢稍置微词。本文主人公邵洵美，就是邵恒和盛氏的儿子。不过他那时候还不叫"洵美"，家人给他取的名字是"云龙"。谁也不能否认这是一个漂亮的男孩，问题是他好像是漂亮得有点过分了，柔滑的黑发从中间整齐地分成两绺，鼻隆高挺，水汪汪的眼睛像是一个妇人，脸也白净得有点女相了。八岁那年，邵云龙回了一趟原籍，此行主要是收东水闸"邵氏义庄"(邵氏办在余姚城的一处地产)一年里的租金，顺便也让孩子认认乡下的老宅子和老亲戚。余姚城里住在老学宫一带的街坊们，不知是怎样从这个漂亮的男孩身上看出邵家败落的气象的，他们暗地里都说，看面相就是个浪荡子啊。

邵氏的气脉看来真的是将尽了。那个嫁给邵颐的李鸿章李大人的侄女儿，过门不久就生了一场不明不白的病死了。邵大公子又续了个史姓人家的姑娘，这回是他自己病了，而且病得不轻，秋天发的病，连冬天也没能挨过去就追随亡妻去了。邵家下人回忆大少爷病时的情境，说就像有只鬼手卡着他的脖子，一到雨天他总是发出野兽一般的低吼，喊着透不过气了透不过气了。看来真的有一只可怕的无形的手要把邵家的气数给掐断了，自知大限将至的邵颐把无限的期望寄托在了长子身上，把还没满六岁的云龙早早送进了私塾。邵颐躺在病榻上竖起指头立下的三个遗嘱中，其中一个就是把云龙过继给守节不嫁的大儿媳史氏。这样，我们小小的主人公除了生母盛氏，又多了一个嗣母。以后我们的主人公的教育费用，很大一部分是靠他的嗣母收取房租支付的。

1906年，当邵洵美降生在这样一个气数将尽的华丽家族，一开始他就注定了要被宠坏。六岁那年，和民国元年的新版《国文教科书》一起到来的是他的生命中的一个重要女性。她叫盛佩玉，长他一岁，因出生在十一月茶花盛开之际，小名又叫"茶"。她是盛宣怀长子盛昌颐的女儿，云龙的嫡亲表姐，说起来，云龙的母亲盛樨蕙还是她的四姑母。给他们开蒙的是同一个先生。虽然他不喜欢外祖父那张苍白的、紧绷绷的脸(这张脸老是让他想到阴雨天气的天空),但显然,“茶姐”和盛家花园的假山、池塘对他有着更大的吸引力。特别是盛老爷子那个藏满了古董的书房,成了他们的秘密乐园。他们在里面玩一种“藏猫”的游戏,书房厚重的布幔和阴暗的光线使这种游戏显得格外刺激。七岁,她让他满足了探究裙子底下秘密的好奇心。十三岁,他尝到了她红草莓般的嘴唇上的奶味。十五岁,她有事没事开始避他。其实也不需要刻意躲避了,因为这年秋天他被送进了学校,成为上海南洋路矿学校的一个寄宿生(就那学校也是盛老太爷搞洋务时出钱办的)。他实在算不上是个好学生,算术、几何如听天书,尽管这学校是他外祖父创办的,教员们还是不隐瞒他的愚顽。同时他开始学写那种五言七言的诗句,案上堆满了一大摞《妇女》《秋光》《申报》等时尚报刊,对惜春伤怀浅薄情调的小文人生活充满了向往。

十六岁,他崇拜起了周作人先生、冰心女士和刘大白。他把冰心女士想象成了一个可爱的小母亲,鼓起勇气给她写了一封热情得过火的长信,不知她是吓坏了还是邮路的哪个环节出了毛病,反正他没有收到过回信。十七岁,他喜欢上了一种传说中的飞禽,云雀,可是他跑遍了上海的大街小巷也没有发现一只。他开始对云雀飞翔的国度充满向往。十八岁,他遂愿了。他说,我要出国,我要去剑桥。于是他便出国了。前朝洋务运动的中坚分子盛老爷子说,出国好,实业救国,师夷长技才好制夷嘛。12月的行期,10月里便和“茶姐”订了婚。这张数年前的订婚照片上,盛佩玉一绺刘海齐眉垂下,嘴角翘抿,弯成好看的月牙,一袭大红缎面质地织锦旗袍,松松地笼着,两只宽袖,堪堪遮住肘际。这摩登的模样今天在《上海的风花雪月》这样的出版物里还能够找到。而我们的主人公,穿着一件白竹布长衫,只是羞涩涩地笑,一双眼中流露出了远行的憧憬。

盛佩玉不知从哪儿听来的,英国是个冷得要冻掉鼻子的地方,织了一件白毛线背心送给他。得到这件意料之外的礼物,云龙很吃惊,他不知道表姐是什么时候学会针织女红的。看来短短几年光景,这个女子身上发生了很大改变。这个垂髫之年的玩伴在他眼里一下子变得陌生起来。他好像是在和一个不认识的女性开始新的交往,心头一下子涌上了新奇的甜蜜之感。作为回赠，临行前他写下一首小诗《白绒线马甲》，后来这首小诗发表在当时有名的报纸上：

白绒线马甲呵！
她底浓情的代表品，
一丝丝条纹，
多染着她底香汗；
含着她底爱意；
吸着她底精神。
我心底换来的罢？

白绒线马甲呵！
她为你，
费了多少思想；
耗了多少时日；
受了多少恐慌。
嘻，为的是你么？

冬日的光阴总是那么短暂，太阳在这边时万物还是明亮的，一滑到山墙的那一边整个天地便都苍茫了，少年突然对他待厌了的这座城有了依恋，对身边这个熟悉而又陌生的女孩起了怜惜之意。可是船票的日期已经定下不可更改。他冲动地翻开《诗经》，说了一句："佩玉锵锵，洵美且都。"表姐不明就里，茫然地看着他。他说，我要改名了，就叫洵美，你知道吗，这样我们的名字就永远嵌在这本有着植物的清香的诗集里了。

2. 希腊鼻子

从照片来看，邵洵美的脸相有点帅气，一副很讨女人喜欢的脸型。最引人注目的特征是他高挺的鼻子。从同时代人所有的记述来看，这个富家公子显然也是个美男子。“面白鼻高，希腊典型的美男子”——文学史家赵景深这样记载道。而他对自己的“希腊鼻子”也一直很引以为骄傲。一个相士曾这样说他的鼻子，“准头丰满，金甲齐完”，照相士的说法，人的五官中，鼻主财星，邵在四十一岁到五十岁之间将会有大财运。在他结婚前的一幅自画像上，鼻子奇怪地成为了画面的中心——显然在臆想中他把鼻子的尺寸放大了许多——他还在画的右下角加盖了一枚私章，内容是一匹马、他的出生日还有他的一个英文名 Sinmay。

邵洵美是坐“雨果·斯汀丝”号邮轮赴欧洲的，因为随身带了一架老古董般的牛门牌相机，每到一处都拍些人物和风景，寄给他在国内的未婚妻。有一张是在庞贝古城的废墟上，他戴着一顶鸭舌帽，像个站在街角阴影处的小开。还有一张在但丁雕像下的留影，矫情地拿着一本诗集，照片背面有一行字:“民国十四年手持 Paradiss 在 Dante 像旁摄”。

当他考进剑桥的依曼纽学院，立马寄给他的“茶姐”的是他在学院教室旁的一帧立照。“穿着英式的高级西服，双手交叉在腹前，很有绅士风度。”(盛佩玉《盛氏家族·邵洵美与我》，人民文学出版社 2004 年版，第 61 页)半个世纪后，垂老的盛佩玉还能清楚地忆起他当时照片上春风得意的模样。

当他暑期来到巴黎，寄给她的是同住在拉丁区的几个画家朋友为他画的半身素描像。一张是徐悲鸿画的，一张是张道藩画的。作为友谊的纪念，他很喜欢这两张画，说以后打算印出来贴在书的封面上。

欧游到了最后年头，邵公子像亨利·詹姆斯笔下那个可笑的信使一样不思家国。异邦颓废的空气最适于他慵懒的天性，酒、咖啡、枝形吊灯下的闲谈这些于生活并非必需的东西，使生活显得愈其的可爱，何况还有一帮过从甚密的狗友（他们那个松散的组织叫“天狗会”），徐悲鸿、徐志摩、谢寿康、刘海粟、张道藩这些日后在现代中国声名赫赫的人物。据说在“天狗会”中他和谢寿康、徐悲鸿、张道藩结拜了兄弟，谢是老大，徐是老二，张是老三，邵居末位。然而到了冬天，父亲的一封家书把他召回了上海。邵恒在信中描绘了不久前家中的一场大火（这把火烧掉了他留学欧洲的唯一的经济来源）和大火后分家的风波，没有说出的一层意思是他应该撑起门楣了。这样，他仅差一年没有得到剑桥的学位证书回到了上海。

有什么最能拴住一个男人的心？还没等他回来，一场盛大的婚礼就在等着他了。邵、盛两家的长辈在他还在归国的轮渡上时就谋划了婚礼的种种细节。十二月的一天，婚礼在上海路的大光明舞厅开办，主婚的是新郎的父亲邵恒和新娘的四叔父盛恩颐，担任婚礼司仪的则是有名的前震旦大学校长马相伯。考虑到邵盛两家的声望，又考虑到新郎是来自剑桥的文学士，整个仪式是不中不西，新旧合璧的，这边领了圣餐、脱了西式礼服，马上又换上了中式的袍子马褂、凤冠霞帔，用老式礼节向长辈们一个个地磕头。他们的结婚照上了最新一期的《上海画报》封面，底下还有一行说明文字：留英文学家邵洵美君与盛四公子侄女盛佩玉新婚俪影。那上面，新娘的眼圈是红肿的。

是亲戚们最早发现了他脸上的异相，准确地说，是发现了他高挺得出奇的鼻子。他们的记忆里，这个白皙、圆脸的男孩，鼻子一直是扁平的，怎么一回来就带来个西洋鼻子了？一个上了年纪的从余姚来的远房婶娘暗地里还可笑地嘀咕新姑爷是不是被人调包了。也有颇具见识的客人私下里说，这鼻子是整过容的，里面填塞着一种叫硅胶的化学材料。但很快，所有宾客的视线都让新娘丰厚的嫁妆吸引过去了。天哪，到场的也都算是见多识广的，却没有一个人见过如此丰富的嫁妆！真应了一句娶妻当娶富家女。

是男人总要出去做事吧，何况是一个剑桥的高才生，婚后过了几年，剑桥结识的“狗友”徐志摩有事回乡，就举荐他任了上海光华大学教席。邵恒长舒了一口气，这也不算辱灭先祖了。为了压住阵脚，邵公子特地去配了副金丝边平光眼镜，穿上长衫，使得自己看上去老成些。可是我们的才子一上讲台就会犯晕。平常三二朋友聚会，他会滔滔不绝，舌绽莲花，但一站上讲台，他简直不知说些什么好。后来情形稍微好了一点，可在学生们听来，他讲的王尔德和柯勒律治无疑是天书一般难懂。第二年春天，他辞去了教职，在南京西路斜桥总会隔壁租房子开了一家金屋书店。店面只有一开间，雇了一个店员，自己做编辑，也兼管事务。还仿照王尔德的《黄皮书》的样子办了一本黄色封皮的杂志《金屋》。放着好好的大学老师不做偏要去卖书，邵恒虽然受过西式教育也有点看不下去了。向家里头要钱没了指望，所以他只好去动用妻子的陪嫁了。

“金屋”没有撑到一年就倒闭了。有人笑话他，留洋也就垫高了个鼻子回来嘛。

3. 新月，新月

1928 年，北方的文人像候鸟一样受一种神秘的力量驱使向着上海进发，他们的迁徙或许只是为了寻找政治或是经济上的庇护，实际造成的则是中国现代思想文化阵地的一次大转移。这年三月，徐志摩的小舅子张禹九来看邵洵美，说是新月书店要招新股，请邵参加，其实是新月书店亏损太大，想到邵洵美反正有钱，又很大方，就有意让他出来“接盘”。邵想反正办书店都是一回事，于是关了“金屋”，致力于办“新月”了。于是南来的胡适、徐志摩等与邵洵美在上海开始筹擘新月书店，出版《新月》月刊。

这是时代给邵洵美的一次机缘。做不来好的文章家，做个出版家总可以吧。邵洵美把祖屋出售，在平凉路 21 号办起了时代印刷公司，把家产几乎都投在了出版上。那时的“新月”出版《论语》《诗刊》《新月》等杂志，麾下汇集着胡适、林语堂、罗隆基、沈从文、潘光旦、叶公超、梁实秋、梁宗岱、曹聚仁、卞之琳这些大将，在三十年代初期的文坛可称风头独健。邵洵美是最早注意书籍设计和外观的出版家，不光注意纸的质量和装帧，也留心每一页的外观。他还从德国买来了当时最先进的印刷机器和油墨，以采用当时最先进的“照相凹版印刷术”。据说当时著名的《良友》就是他的一大主顾，后来还承印了邹韬奋的《生活周刊》。邵洵美那个时期推出的三份流行杂志《时代画报》《时代漫画》和《时代电影》集合了当时最有才华的一批艺术家：鲁少飞、刘呐鸥、张光宇、叶浅予和张振宇。此外还推出了巴金、张资平、沈从文、庐隐等人的自传。

接下来是一个杂志的黄金时代，上海被称为“杂志的麦加”，据说每天有二三十种、一个月内有近千种杂志在出版，它们像百货公司里井然有序的陈列商品一样供大众所需。创办上海杂志公司的张静庐说，“农村的破产，都市的凋闭，读者的购买力薄弱得很，花买一本新书的钱，可以换到许多本自己喜欢的杂志”。但邵的所有杂志几乎都卖得不好，搞得他“钞票总兜不过来”。多年以后，他的这些“昔日辉煌之残余”还可以在他开在苏州路上的一家小书店里找到，那些过了期的封面女郎和分行的诗句一起尘垢满面地堆在书架上。

朋友章克标这样说他：“洵美先生对办一份画报，很感兴趣，他有高度鉴赏能力。他不知拿出了多少钞票来解决困难。我觉得这像是一件湿布衫脱给他穿，邵仁兄倒是很高兴地穿上了。”①

多年以后，也是这个朋友这样说他对邵洵美的印象：一是诗人，二是出版家，三是大少爷②。邵的少爷做派从当时朋友们给他的两个诨名就可以得到印证：一是“少爷”，二是“孟尝君”。一个人不让人吃他白食、没有一点一掷千金的气魄，哪能那么容易得到孟尝君这样的诨名。但说邵是一个诗人很多人就想不通了。他们说，我们虽然知道邵公子曾与泰翁同

---

① 章克标《回忆邵洵美》，南京师大编，《文教资料简报》1982 年第 5 期。

② 章克标《〈海上才子邵洵美传〉序》，上海人民出版社 2003 版。

席，与奥登同车，与徐诗人（志摩）同学，他那些诗嘛，嘿嘿。甚至还有人公开激烈地说，如果他的是（诗），那么我们的就不是，如果我们的是，那么他的就不是。究其原因，一般说来诗人从来都是穷的，我们的主人公很不幸地成了诗人们仇富心理的一个牺牲。

事实上他们最看不得的是邵的“下流”。他对女性身体的“耽于肉欲的亵神行为”和性感的展示让他博得了一个巨大的恶名。因为他创造的是一个感官的世界，他的中心意象总是女人，以及对女性身体的色情的畅想。他有一首诗，把花变成了色情欲望的载体，花的“红肤”，“潮湿柔软的躯体”，被转换成了女性性器官的意象。另有一首《颓加荡的爱》，以云的聚合来描述做爱。邵最有名的一个比喻是把“处女新婚之夜的眼泪”比作了“荡妇下体的热汗”（《花一般的罪恶》），他们由此断定他是一个不仅在现实中追逐妓女般的人物更在诗歌中幻想妓女般的人物的家伙，——“爱荡妇胜于处女，爱萨乐美胜于圣母玛丽亚”。那年头创造社和太阳社的一帮年轻人正在高喊革命，而这个人年纪不大却过着那样腐朽没落的生活！左翼人士指责他的这些东西不过是一个性感词语的集中营：火，肉，吻，毒，舌，唇，蛇，玫瑰，处女，等等。颓废——这是他们安给他的一顶在当时颇不名誉的帽子。

啊欲情的五月又在燃烧，
罪恶在处女的吻中生了；
甜蜜的泪汁总引诱着我，
将颤抖的唇亲她的乳壕。

这里的生命像死般无穷，
像是新婚晚快乐的惶恐；
要是她不是朵白的玫瑰，
那么她将比红的血更红。

啊这火一般的肉一般的，

光明的黑暗嘻笑的哭泣，
是我恋爱的灵魂的灵魂；
是我怨恨的仇敌的仇敌。

天堂正开好了两爿大门，
上帝吓我不是进去的人。
我在地狱里已得到安慰，
我在短夜中曾梦着过醒。

——邵洵美《五月》

这首为后人多次征引的《五月》，收在他的第二本诗集《花一般的罪恶》中。这本毛边、大32开、米色道林纸印刷、封面上一朵大红玫瑰的诗集是他自行设计的，其肉感的气息就像书名中暗示了的一般。集子里的三十一首诗作，都是——套用一句当下流行语——“那么罪，那么醉”：

啊这时的花香总带着肉气
不说话的雨丝也含着淫意
沐浴恨见自己的罪的肌肤
啊身上的绯红怎能擦掉去

——邵洵美《春》

或许是这些人在道德上的优越感激怒了他，他回应说他们并没有真正读懂。他暗示说，自己有着源自高贵谱系的美学原则，一是来自波德莱尔和法国诗歌（他的集子《花一般的罪恶》就让人联想到波德莱尔的《恶之花》）；一是来自布姆斯伯里圈子的影响。在他书房的墙上挂着两幅画，一幅是罗塞蒂绘的史文朋的肖像画，还有一幅是古希腊女诗人莎弗的肖像画。他的朋友不知有多少次听他讲过这个故事：那是在他去剑桥的路上，在拿波里（今译那不勒斯），他下船参观了一个博物馆，在那儿他发现了一幅画着美丽女子的壁画，那女子的眼神像情人一般召唤着他，

"向我走来吧,我的洵美!"于是他完全被她蛊惑诱引了。他一次次地讲述这个故事,最后自己也相信了这个故事是真的,并把它记入了一本诗集的序里:

> 在意大利的拿波里上了岸,博物馆里一张壁画的残片使我惊异于希腊诗人莎弗的神丽,辗转觅到了一部她的全诗的英译……我的诗的行程也真奇怪,从莎弗发现了她的崇拜者史文朋,从史文朋认识了先拉斐尔前派的一群。又从他们那里接触了波特莱尔、凡尔仑(现通译作波德莱尔、魏尔仑)。
>
> ——《诗二十五首·自序》

从对莎弗的崇拜,再到史文朋,再到波德莱尔和魏尔仑,邵洵美在这里为自己划了一条非常清楚的美学的系谱线。他在金屋书店出版的散文集《火与肉》——这个异域色彩的书名不无史文朋的诗句"双手火一般灼热"的影响——则可以视作他在剑桥所受西方文学教育的总汇:六篇文章里一篇写莎弗,两篇写史文朋,另外三篇写魏尔仑和戈蒂耶。如此自报师承,曾引得朋友徐志摩在背后微哂:"中国有个新诗人,是一百分的凡尔仑。"

那些亭子间文人总喜欢拿着他的"颓废"说事。一个人写的诗是颓废的,连带着他这个人也是颓废的了。在这种道德逻辑下,也难怪中国的文人都拿腔捏调要作君子状。其实"颓废"又有什么不好?它是一种风格,一种色泽,一种态度,它倾向于多彩的奇异的一面,又带着波希米亚式的自以为是。何况在当时的中国语境里,颓废,其实与先锋相去不远。

邵洵美的朋友、《狮吼》杂志的创办人章克标(邵也是这本杂志的赞助人),在一篇回忆文章里写到他从前的共事圈子,这也可以作为对邵和他气质相近的一帮都市诗人作家的一个定评:

> 我们这些人,都有点"半神经病,沉溺于唯美派——当时最风行

> 的文学艺术流派之一，讲点奇异怪诞的、自相矛盾的、超越世俗人情的、叫社会上惊诧的风格，是西欧波特莱尔、魏尔仑、王尔德乃至梅特林克这些人所鼓动激扬的东西。我们出于好奇和趋时，装模作样地讲一些化腐朽为神奇，丑恶的花朵，花一般的罪恶，死的美好和幸福等，拉拢两极、融合矛盾的语言。……崇尚新奇，爱好怪诞，推崇表扬丑陋、恶毒、腐朽、阴暗；贬低光明、荣华，反对世俗的富丽堂皇，申斥高官厚禄大人老爷。①

1933年，鲁迅到上海已经住了6个年头了。他租住在虹口大陆新村里的一幢三层的楼房里，他不再写《阿Q正传》和《伤逝》这样的小说了，可是手里的一支笔还是有力地牵引着读者的视线。他自嘲，但也愤怒着，对世态炎凉和民族痼疾的愤怒夹杂着自己私人的愤怒，构成了鲁迅那一时期毫不宽恕的性格。比如，从邵洵美办出版的事他就说了开去，对把文艺当作休闲的唯美派的学徒们极尽挖苦之能事，“要登文坛，须阔太太，遗产必需，官司莫怕”，“最好是有富岳家，有阔太太，用陪嫁钱，作文学资本，笑骂随他笑骂，恶作我自印之”，“但其为文人也，又必须是唯美派，试看王尔德遗照，盘花钮扣，镶牙手杖，何等漂亮”②。此文一出，“帮手立即出现了”——鲁迅这样自嘲，论争的情形像极了今天BBS上的无厘头式的口水仗，这些话都登在当时官方的主流媒体《中央日报》上，择其要点如下：

1. 拿老婆的钱出来做文学资本，不应被指责，倒是应该佩服的，因为凡事都需要资本，文学也不能例外。用老婆的钱做文学资本，总比拿这钱去嫖要好一些。

2. 做富家的女婿并非罪恶。

3. 文坛无时不在招“女婿”，比如现在有些人，就快变成俄国的“女婿”了。

---

① 章克标《回忆邵洵美》(南京师大编，《文教资料简报》1982年第五期。

② 鲁迅《登龙术拾遗》，最初发表于1933年9月1日《申报·自由谈》，后收入《伪自由书》。

4. 狐狸吃不到葡萄，说葡萄是酸的，自己娶不到富妻子，便对一切有富岳家的人发生了妒忌，妒忌的结果是攻击。

鲁迅匆忙之际，只来得及说下一句“官可捐，文人不可捐，有裙带官儿，却没有裙带文人的”，就潜水了。

事实上1930年代之初邵的日子并不好过，先是家门连遭不幸，继生母去世后，嗣母又去世了。像他这样的大家庭办丧事讲排场，开销很大，祖父留下来的“杨庆和”钱庄也倒闭了，两个弟弟又要结婚等着用钱，而这些年来他的出版事业总在贴钱，因此钱袋就越掏越空。到1933年6月，他实在撑不住了，只好把“新月”也结束了。在这种情况下，邵仍是“一条胡同走到底”，再次办出版。到后来只好将房产作为抵押向钱庄借贷，再到后来，就只能将房产全部出售给钱庄。邵家的老房子没有了，他只好租房子住。然而他待人处世的派头依旧故我，朋友们出书有困难，甚或穷得揭不开锅了，都会想到这位诗人“孟尝君”。邵为出版业，耗去了大半生的精力和几乎全部的家产，问题在于他自己不善经营，也没有一个懂得经营的人做助手，就只能苦了他自己，还落不得一个好。

4. 异域美人

1935年来到上海、后来又走进邵洵美的生活的那个美国女人叫埃米丽·哈恩，她后来还有个中国名字叫项美丽。这一年她三十岁，来中国的身份是《纽约客》特约撰稿人。她是一个精力充沛的女人，喜欢探险，身材健壮，臀部庞大，剪一个秀兰·邓波儿式的时尚的童花头，有着一双海水般幽深的棕色的眼睛。还有着一张茱丽亚·罗伯兹那样的性感的大嘴。有点放浪，也有点叛逆。据说此人在踏上去中国之路前，还像一个从事田野考察的人类学家一般在非洲刚果的土人部落待过两年。

弗立兹夫人是那个时期上海滩上有名的交际花，这个上海洋行大班的妻子，善于打扮，面貌姣好，同时有着两位数的地下情人。这个阔气的风骚娘们对中国文化无比热衷，自己出钱搞了个京剧团，还催办过跑马厅市政厅(后为大光明剧场)的新年音乐会。进入她家每周一至二次定期举办的文艺沙龙曾是多少海上才子的梦想，因为这是衡量一个人是不是进入了上流社会的标志。数年来，邵公子都是弗立兹夫人的座上宾，逢请必去，逢宴必到，同时通过邵，弗立兹夫人还把当时的最负盛名的优伶梅兰芳也拉进了她的京戏团。

这年春天，在"上海国际艺术俱乐部"举办的一次晚宴上，刚到上海的埃米丽·哈恩被女主人弗立兹夫人牵着手推到了邵洵美面前。一曲终了，女作家已经对这个面白鼻高的东方美男有了好感，特别是当她知道这个男子出自一个颇有名望的家族，更对他产生了浓厚的兴趣。几次交往下来，让这个美国女人震惊和敬佩的是这个美男子不仅能写诗，而且能用英文写！这个喜欢冒险的美国女人来到这个古老国度的目的，堂皇地说是为了写作，为了亲手切一切这个变化中的古老国家的脉搏，选取她所要叙述和描写的题材，但和一个东方男子发生一场奇异的爱情经历一场异国情调的性爱之旅更是她隐秘的梦想。她没有想到的是，这个梦想这么快就要成为现实了。

埃米丽·哈恩几乎是心甘情愿地成了邵洵美的情妇，两人同居，出双入对，一点也没有想到要避嫌。邵洵美给她取了个中国名字叫项美丽，这是她的英文名字的谐音。让人吃惊的是，她还频频出入邵家，与邵洵美的妻子做起了朋友。他们对她还有一个称呼，"蜜姬"，据说是她的原名 Emily Hohn 的谐音。邵洵美还带了妻子去兰心电影院看她演话剧，连邵的妻子也赞叹，"(密姬)穿了浅灰色外国绸缎的连衣裙，裙子较长，但不是古装，灯光一照，真是十分美丽。"[①]可见这女人的磁力非同凡响。

可笑复可叹的是，邵洵美的妻子还是蒙在了鼓里，丈夫每天花那么多时间在那个外国女人身上，她疑窦暗生，却又盘查不出什么，因为丈夫的

---

① 盛佩玉《盛氏家族·邵洵美与我》，人民文学出版社 2004 年版，第 191 页。

理由总是那么堂皇、充足。她警告他每天晚上必须在十一点前到家，否则不管他在哪里都要打上门去。邵唯唯应着，从不误卯，外面却早已彩旗飘飘。

邵洵美的社交魅力使他一直是他那个圈子里光芒四射的人物，现在因了他美丽的外国情人，更给这个"华美的带世纪末情调的圈子平添了生活的趣味"。他为情妇在霞飞路附近买了一套舒适的公寓房子，而自己住在杨树浦一套更豪华的房子里。有时候他也接情妇到自己的房子过夜。很多朋友也找了借口聚到一起来看他的异域美人，他在自己家里，也在情人的公寓里招待他们。同为唯美派作家的朋友张若谷用不无艳羡并稍带夸张的语气这样描述他豪奢的住处：

> 少爷（圈子里的朋友都这样亲热地招呼他）的住宅，是上海有数建筑中的一座。全部用云石盖造，周围是一个大花园，有八条可以驶走汽车的阔路，好像八卦阵一般把那宅高洋房转在中垓。中间是一座大厅，金碧辉煌装潢得好像金銮殿一样。少爷的私人书房，也就是招待朋友谈话的客厅。里面陈设很富丽，但是壁上挂着那张从邦贝古城中掘出来的希腊女诗人莎弗像真迹，估价在五千金以上。还有那一架英国诗人史文朋集手卷，是用二十万金镑的代价在伦敦拍卖来的。中间放着一架 STIENWAY 牌的三角形钢琴，琴畔一堆像宝塔一般高的乐谱，都用翡翠色的蛇皮装订……①

女作家的放浪行径在白人世界里激起了许多闲言，他们甚至不屑于提起她的名字，只说是"那个养猴子的"（埃米丽·哈恩刚到上海时，养过一只猴子，是刚果带来的，她叫它查尔斯，每次出门必抱于臂中，查尔斯后来生病死了）。有一天，女作家收到了一封信，拆开一看，里面只是一张用

---

① 张若谷《都会交响曲》，上海真善美书店 1929 年版，转引自[美]李欧梵《上海摩登——一种新都市文化在中国 1930—1945》，北京大学出版社 2001 年版，第 259—260 页。

过了的卫生纸。拆信的时候邵也在，他原以为女作家在羞辱面前会哭闹，可是埃米丽·哈恩却放怀大笑起来，笑得连眼泪都出来了。在这种毫无心肝的大笑面前，邵觉得，自己也不是很懂得这个有着漂亮的蓝眼睛的异国女人。

当日本人进占上海时，邵洵美借他的情妇的名义在租界内办起了宣传抗日的杂志《自由谭》。这本杂志的主编和发行人名义上是艾米丽·哈恩，但背后全是邵在运作。以同样的方式，他还办起了一本差不多开本的英文杂志《天下》。藏书家姜德明先生推测说："也许正是邵考虑到当时租界的孤岛环境，有意请一位外国人来出面办理杂志，借以躲避日本占领军的障碍……这种办刊方法，在当时孤岛亦决非一例。"①

据说埃米丽·哈恩和邵在律师处是秘密办了结婚手续的，这么说来她的身份就不再是邵的情妇，而是他的第二个妻子了。但这并没有牵制她离开邵洵美。她给邵留下的唯一纪念是也让他染上了阿芙蓉癖，幸亏不是太严重。1940年，埃米丽·哈恩离开上海去了重庆，搜集她正在写作的《宋氏三姐妹》一书的材料。第二年她去了香港，在香港她爱上了一个已有妻室的英国少校，此人和她养过的那只猴子同名，叫查尔斯·鲍克瑟，不久就为他生下了一个女儿。珍珠港事件爆发，香港沦陷，她和鲍克瑟被关进了集中营。1943年12月，美日交换侨民时，他们被遣返美国，定居纽约，并在那里正式结婚，从此结束了她长达八年浪迹远东的传奇生涯。

此后，在中国的经历几乎成了她唯一的写作资源。战后，她出版了自传性的《我与中国》一书，对上海期间的生活及和邵洵美的一段情分作了不少披露。邵在她的笔下成了"中国朋友 Sinkmay"。她描述了他对上海这座城市是多么熟悉，"每家店铺的每一块砖对 Sinkmay 而言都是有历史的"。还有他如何驾着他"长长的褐色 nash"，从他的杨树浦的家，经过苏州河，一直到市中心的那些诱人的书店所在地。在她生动的叙述中，邵是个"过分好奇的人"，——"他的心理就像孩子，像小狗，或像个老派的小说

① 姜德明《猎书偶记》，大象出版社2002年版。

家，探究一切他感兴趣的事情，从所有吸引他的东西里编织着故事”①。

她还写到了富有绅士风度的邵洵美对女人的体贴，这个“有教养的美食家”和“风趣的健谈者”，在带她出去赴宴时，“他会就这道菜或那道菜讲出一个很长的故事，先是用中文讲给他的那些朋友听，然后意识到我不懂中文，就会迅速地向我解释一遍”。他只到埃米丽·哈恩工作的地方去找过她一次，“他苍白的脸和他的长袍在温和的英国记者中激起了那么大的反响，使他以后很有意识地总是约我出去在外滩见面”——她这么回忆说——“几乎天天见面，或早或晚，多数是晚上，对他来说，时间无所谓”，“然后到了晚上，就在他或开晚宴，或闲谈；有时去看电影；要不就躺在床上读书。虽然我已经嗅到了空气中战火的气息，我依然非常幸福。”②在她的另一本叫《潘先生》的书中，邵成了一个叫“潘海文”的人物的原型。其实这个人物的名字也是来自邵，是邵的英文笔名 Penheaven（笔天下）的谐音。邵读过这个小说后，生气地发现自己在女作家的笔下竟然成了一个书呆子式的人物。

1946 年夏天，邵洵美受陈果夫委派以电影考察为名来到美国，和他的旧情人（前妻?）见了一面。鲍克瑟少校很不绅士地参与了他们所有的会谈，或许他是怕妻子再来个孔雀东南飞？会谈结束时，鲍克瑟指着妻子对邵说：“邵先生，你的这位太太我代为保管了几年，现在应当奉还了。”鲍克瑟一个洋番，自然不会想到妻子如衣服这一层上去，或许真的只是想开一个无伤大雅的玩笑。邵也笑笑，说：“我还没有安排好，还得请你再保管下去。”

可怜的鲍克瑟少校！他把埃米丽·哈恩一直保管到变成一个老得不能再老的老太婆。到了埃米丽九十岁那年，他先要去见上帝了，握着妻子的手说：你变得那么老，还能像一只蝴蝶一样飞走吗？

---

① 转引自[美]李欧梵《上海摩登——一种新都市文化在中国 1930—1945》，北京大学出版社 2001 年版，第 258 页

② 章克标《上海才子搞出版：记邵洵美》，见《上海文史》1989 年第 2 期。

5. “老娘舅”在难中

1936年春天，又一个女人在邵洵美的生活中出现了。她叫陈茵眉，这年19岁，江苏溧阳人，是来邵家做帮佣的。这个乡下来的姑娘身材高挑，一双眼睛黑亮有神。时日一久，邵少爷难免不心动。比之夫人那朵富贵花，陈姑娘这朵乡野小花自有她的动人风情。可是夫人不高兴了，吵着要回娘家住，倒不是因为丈夫太花心，他和埃米丽·哈恩搞得那么黏糊她就从来没有闹过，而是觉得他找个丫头也太掉价了。有说客劝道，夫人啊，男人三妻四妾又不是什么稀罕事，你的公公，在外面不是也有好几个小公馆吗？再说丫头有什么不好，丫头更体己。于是少爷如蒙大赦，又筑爱窠。几年里，她就为他生下了三男一女。

“八一三”的战火烧进了上海，也烧掉了邵洵美的时代印刷厂。幸亏之前他已在艾米丽·哈恩的通融下，把重金购置的印刷机拆零搬入了租界。那时，邵洵美已住到了印刷厂附近的麦克利克路。上海一沦陷，他就搬到了霞飞路，即后来的淮海中路。这里虽说有二十多间相互比邻的二层小洋房，但屋子又小又矮。邵洵美一家住的有底层二间，楼上二间，统共四间。三子五女，再加上女佣和借住的表弟，也挤轧得很。说是逃难，邵还是带了好多书。许多洋书，摆满了靠墙壁的一排书架，仍容纳不下，连地板上也堆满了……

一个习惯了西式早餐和英式下午茶的人，再让他置身于呛人的油烟味和嘈杂的市声中，过的且又是一种提心吊胆“灯火管制”的日子，邵洵美觉得再这样下去真要发疯了。他的烟瘾越来越大，常常一抽就是好半天，白净的指节也熏黄了。他不知道这样的时局要到什么时候好会变好。他有一首未曾发表的诗，标题《一个疑问》，正是那时候苦闷心情的记录：

我的中年的身体，却有老年的眼睛，
我已把世界上的一切完全识清，
我已懂得什么是物的本来，事有终始，
我已看穿了时光他计算的秘诀，
我知道云从何处飞来复向何处飞去，
我知道雨为什么下又为什么要停止，
……
我始终想不明白现在这一个时局，
究竟是我的开始还是我的结束。

孤岛的空气是令人窒息的，邵洵美无论如何是忍受不下去了，他决定单身去内地，重庆或者武汉，安顿下来后再来接家人。

当时淞沪区域的战事告一段落后，日军的势力尚未进入租界，黄浦江中还有几艘英商的太古、怡和轮船，定期往来香港上海两地，军政界的闻人和有钱的商人，都乘搭这批商船逃到了香港，或由香港转往内地[①]。邵洵美非官非商，一个破落户的子弟，自然不会有人送他船票安排他离开，要走也只有自己走。他是转道杭州走的。当时沪杭与内地之间有一条秘密通道，是从皖浙交界的场口，再转往后方各地，许多投机商、走私客贩运货物来往，日本军方也需要各种物资从内地运来，故开放了这一缺口。场口设有关卡，来往的货运卡车很多，也有跑单帮的散客。邵洵美顺着这条路而去，没想到在屯溪出了事。

屯溪会于安徽南部，新安江的上游，新安江航运与皖南公路的交接点，是皖南山区茶叶、竹、木材等物产的集散地。邵一到屯溪，就被军统的人留住了。其中有一个是他远房的外甥，一直来劝说“老娘舅”留下来为党国做事。因为军统与美国中央情报局有联系，需要懂外语的。软禁中，虽然每天都喝着清香的“屯溪绿”，但因为前途莫测，邵一点也轻松不起

① 参见陈存仁《抗战时代生活史》，上海人民出版社2001年版，第39页。

来。绝望之中他想到了欧游时的一个狗友，此人名叫张道藩，已由国民政府的交通次长升任党的中宣部长，此事何不请他出面疏通？邵立即拍电报、写长信到重庆。等到解释疏通上路，他已在屯溪这个地方羁延了三四个月，人都混得脸熟，那些军统们也都叫他“老娘舅”了。这真是让他啼笑皆非。

6. 奶油老虎与两点声明

办杂志，搞出版，社交，写诗，给人的感觉邵洵美好像有着用不完的时间、精力和金钱。事实上他也一直靠金钱支持着这所有的努力。结果是他用光了他所有的资产，战争还没结束就差不多变成了一个穷人。这时候他想起早年一个算命的说他四十岁后会有大财运的话，真是命运无情的嘲讽。

新时代了，邵洵美自愿向新成立的人民政府上交了他的印刷厂和所有的印刷工人(时代印刷厂的机器全部由北京新华印刷厂收购)。然后他来到北京，先是住在东交民巷的中国旅行社，后来在景山东大街租了一处幽静的平房住下。他现在的身份是人民文学出版社的一个编外翻译，稿酬每月二百元，可先预付。据说这差使还是夏衍举荐的。当年邵洵美曾接济过夏衍。大约是 1928 年他办“金屋书店”的时候，有个朋友对他说，有个叫沈端先的，是你的同乡浙江人，刚从日本回来，生活无着，你是不是可以给他出版一本书，接济一下。邵洵美接下沈端先翻译的日本作家厨川白村的《北美游记》后，即拿出五百元付给了沈。沈端先，就是后来的夏衍。在北京，邵洵美受到旧日一些知交的热情接待，本想多住些时日，但北方干冷的气候使他的哮喘病发作，不得不返回了上海。朋友贾植芳记述了邵洵美南归后不久出现在南京路新雅酒家的一次酒宴上时的样子，

“身材高大，一张白润的脸上，长长的大鼻子尤其引人注目”。那天他穿的是一件古铜色又宽又长的中式丝绸旧棉袄，敞着领口，须发蓬乱着，神情却又是泰然的。”①

那段时间的四川中路上出现过一家时代书局，印行过一些早期马克思主义的著作，如考茨基、希法亭等人的书，都是属于第二国际的人物，受到党的意识形态领导的批评，这家短命的书局很快就消失了。有传言说书局的出资老板就是邵洵美。这人吃错药了啊，都什么时候了还想搞他的出版！朋友笑话他：你怎么异想天开到要吃马列主义的饭了？

这么磕磕绊绊着到了 1958 年，“肃反”把他给“反”了进去。先是隔三差五被叫去问话，审查，后来干脆就拘在了狱里。战乱时他在屯溪的三五个月的停留成了“历史遗留下来的问题”，要他讲清在这段时间做了什么，有没有为军统工作。还有他在欧洲时和张道藩、谢寿康（曾任国民政府驻梵蒂冈大使）结为把兄弟的事，也都一并抖了出来。这些问题不说清，他就免不了潜伏特务的嫌疑，把牢底坐穿也不能回家。

城里刮起了集体化的风，让居民吃公共食堂。邵洵美的全家就被勒令从淮海中路的住房搬出，房子被征作了居民委员会的公共食堂。

房屋被征用了，家里的东西也要全部出清。邵夫人只好清理了一部分，别一部分分散寄存到亲戚朋友家。一家人也作鸟兽散，女佣解雇回乡，儿子和女儿住在工作单位或者学校里。邵夫人只好回娘家和母亲住在一起。后来“上级有关部门”给她落实了一处旧房，至多 15 平方米的样子。她和子女们又飞回到了这个鸽子笼大的地方。南面一间有玻璃窗，光线好些，用作了长子的婚房。他们在外面找了房子，就搬了出去。后来离了婚，儿子又搬了回来。

没有了佣妇，家务事只好邵夫人自己动手了。她虽然从小娇惯，却从来就是一个逆来顺受的女人。这样的女人受得住富贵，也禁得住苦寒。大冷的冬天上街买菜，脸和手上长出了一个个暗红的冻疮，生炉子煮饭、炒菜，被烟熏得涕泪直流。她越来越成为一个行家里手了。人间的烟火

---

① 贾植芳《不能忘却的纪念》，上海文化出版社 2001 年版。

磨损了她的容颜,也使她变得壮实。有谁会想到小弄堂里这年过半百的妇人,会是昔日里钟鸣鼎食的尚书家的孙女、富豪家的千金呢?

因为不允许家人探监,邵洵美一点也不知道家中的变故。十多年前屯溪被拘,他没有为军统方面做过一件事,因此心里坦荡,谈吐也沉着。他的这种态度,使得狱里的那些老犯还当他是大有来历的上海滩"大亨"一类的人物,对之很是恭敬,还暗地里护着他。是以狱中也没吃多少大苦,用他后来的话说:——倒比外面来得好,生活有规律,还经常学习,讲时事政策,不大受苦头……

但肚子还是要饿上一饿的。进入1960年代迎头就是好几个饥年,全国人民都在饿肚子,一个在押人犯不饿死就算好的了。开饭哨声一响,犯人们把领来的一份饭菜倒在自己的搪瓷缸子里,以一种庄严和神圣的表情开吃。吃到一半,都舍不得吃了,把搪瓷缸子包在棉被里捂严实,再等饿得不行了再拿出来吃。邵洵美哪里经过如此经济的吃法,几乎每餐饭都是一下子吃光,刮光,一边吃还一边气喘吁吁地说,"我实在熬勿牢了"。人在饥饿状态下对食物的想象力总是格外发达,他讲述的往昔的豪奢生活总是让狱友们艳羡不已。他说——国际饭店建起来前,西藏路上的"一品香"是全上海最大的西菜馆和西式旅馆,他是"一品香"的常客,每年他过生日,都要放在"一品香"。因为他肖虎,生日前一天他就会定做一只像真老虎一样大的奶油老虎。到了生日那天,这只奶油老虎摆放在一只玻璃橱里,橱的四周全是一闪一闪的红绿灯泡……奶油老虎的故事在狱里讲过不知多少次,后来他还讲过秋天吃阳澄湖大蟹的故事。

饥饿,潮湿,哮喘,无休止的外调和故作的冷落,出狱的希望却还是渺茫着,他的耐心被一天天耗尽,都生怕自己不能活着走出去了。他都要想到身后事了。一天,他找到狱友贾植芳,郑重其事地托付开了后事:

> 贾兄,你比我年轻,身体又好,总有一天会出去。我平生有两件事心里放不下,你以后有机会一定要写篇东西,替我说几句话,那样我死也瞑目了。这第一件是,1933年,萧伯纳来上海访问,我作为世界笔会的中国秘书,负责接待工作,萧伯纳不吃荤,所以,以世界笔会

> 中国笔会的名义，在功德林摆了一桌素菜，共计花了46块银元，是我出钱垫付的。那天来吃宴的有蔡元培、鲁迅、杨杏佛，还有我和林语堂先生。但当时上海的大小报纸的新闻中都没有我的名字，这使我一直耿耿于怀啊，希望你有机会的话为我声明一下，以纠正记载上的失误。还有一件事，我的文章，是写得不好，但实实在在都是我自己写的，鲁迅先生写文章说我是捐班，是花钱雇人写的，这实在是天大的误会。我敬佩鲁迅先生，但对他轻信流言又感到遗憾，这点也拜托你代为说明一下为好……①

但据倪墨炎先生近年考证，萧伯纳来上海时，是宋庆龄由杨杏佛和她的秘书陪同驱车到新关码头（今延安路外滩码头），再乘轮船到吴淞口迎接的，然后直接到宋庆龄家里。陪同宴饮的，除了几个国外记者，几乎全是中国民权保障同盟的核心成员，根本就没有出现邵洵美的影子。

据鲁迅记载，在宋宅和萧伯纳一起吃饭的人，连鲁迅和萧伯纳在内共7人。1933年2月17日《鲁迅日记》载："午后汽车赍蔡先生信来，即乘车赴宋庆龄夫人宅午餐，同席为萧伯纳、伊、斯沫特列女士、杨杏佛、林语堂、蔡先生、孙夫人，共七人。饭毕照相二枚。同萧、蔡、林、杨往笔社，约二十分后复回孙宅。给介木村毅君于萧。傍晚归。"日记中的"伊"，是指美国记者哈罗德·伊萨克斯，他的中文名叫伊罗生。斯沫特列后通译史沫特莱，是美国著名女记者。木村毅是日本《改造》月刊记者，是内山完造介绍给鲁迅，要鲁迅带他采访萧伯纳的。从鲁迅日记可知，入席者还拍了照。这张照片后来印在很多地方，十六卷本《鲁迅全集》第5卷中有，各种鲁迅照片集和近年出版的宋庆龄照片集中都有，也是7人，没有邵洵美。日记所记，也排斥了晚上邵洵美请客的可能性：鲁迅"傍晚归"，萧伯纳也在傍晚离开上海踏上了去北平的行程。

那天下午两点，在一个叫世界学院的大洋房里召开的欢迎会上，邵洵美代表世界笔会中国支会向萧伯纳赠送脸谱和戏装等礼物，是有在场的

---

① 参见贾植芳《狱里狱外》，上海远东出版社1996年版。

鲁迅、张谷若等的记录文字为证的，至于“功德林”请吃一事却是他囫囵中回忆往事时的“记忆移植”。是邵洵美故意往自己脸上贴金，还是记忆力的衰退使过去的人与事在大脑里出现了叠影？是耶非耶，历史总是这样吊诡。

等到出狱和家人团聚，已到了 1962 年的仲春。邵洵美的头发全白了，严重的哮喘让他体力虚弱行走艰难。但当他捧着盖着大红印章的、证明他不是特务的一张纸，他还是想跪下来。唉，什么时候起膝头变得如此软弱了？

7. 去往神仙的宫殿

楼下的院子里有棵法国梧桐，四月开花，九月就木叶飘飞。日子在一天天地流淌。出狱后的邵洵美变得不太爱说话了，他经常一个人躲在小楼朝北的那间小屋里。有时译书，有时什么也不做，就是静静地坐着。

长子祖丞是时代中学的英语教师，因受牵连下放农村劳动了三年刚回来，离了婚，单位又没房子，睡的是家里的地板（唯一的一张床让给了父亲）。女儿处心积虑早就想离开这个家了。她如愿了，嫁了一个医生，一起迁往了南京。不久就有了身孕。为了照顾即将出生的外孙，过了年，夫人也暂住到南京女婿家去了。

妻子不在身边，邵洵美的生活陷入了极度的混乱和困顿。那个时期的一封家信中他这样叹苦：“今日已是二十三日，这二十三天中，东凑西补，度日维艰。所谓东凑西补，就是寅吃卯粮。小美的十元饭钱用光了，房钱也预先借用了，旧报纸也卖光了，一件旧大衣卖了八元钱。报纸不订了。牛奶也停了。烟也戒了。尚有两包工字牌,扫除清爽便结束……”①

一次,徐志摩的遗孀陆小曼来上海看他,他想好好招待这位故友的妻子,却囊中羞涩,不得不把一枚吴昌硕亲刻的“姚江邵氏图书珍藏”白色寿山石印章低价出售,换来了十元的酒菜钱。落魄至此,也真让人唏嘘!

邵洵美很快就病倒了。春寒天气最难将息,他被咳喘折磨着,只能躺在床上,窝在被褥里,一开口就咳嗽不住。陈茵眉得知消息,只身一人来到上海照料。

1967 年冬天,邵洵美的老病又犯了,这一次哮喘得更厉害。可的松、强的松之类的药物因服用太久已不起什么作用,说话时,不得不手里捏着一个橡皮筒一样的东西,连按带动,向口里喷送空气,以帮助呼吸。如果我们没有记错,他的伯父,也是害这病死的。本来像这种病,只要易地疗养,一到冬天就去南方温暖的地方的话可有望治愈。可现今的他,再也不是一掷千金的少爷,只能挨得一日是一日了。趁他病情略有好转时,家人建议去余姚乡下静养,他拒绝了。他生在上海,长在上海,这座城市已经与他血肉相连,就像他从前在一篇《感伤的旅行》的文章中所说:“此地有我的老家,有我的新居。它是一部我的历史,它会对你说我自小是多么可爱,长大了是多么顽皮,成了人怀藏着多少的奢望。没有它,我对自己的过去会没有查考。”

过了春节,邵洵美休克了一次。调治了三个月,见有好转,就出了院。这一日,天微雨,他出院回家后写下了一首小诗:天堂有路随便走,地狱日夜不关门,小别居然非永诀,回家已是隔世人。他相信,自己已经看到过死神的面孔,它并不可怕,只是一张没有五官的脸,一片无以捉摸的白色,像雾,像无数道墙外的另一个世界,他甚至已经非常真切地看到了这另一个世界里的旧日朋友。

陈茵眉回江苏溧阳乡下忙她的农活去了,现在是夫人从南京回来服侍他。他变得特别怀念旧时的光景,常常念叨那些死去或者活着的旧友

---

① 转引自盛佩玉《盛氏家族·邵洵美与我》,人民文学出版社 2004 年版,第 304 页。

的名字。有一个晚上，他让夫人烧了一桌好菜，说要等待徐志摩和陆小曼。善良的夫人陪着他等了大半宿，并记下了他的四句诗：

> 有酒亦有菜，今日早关门，
> 夜半虚前席，新鬼多故人。

夫人说他的这些诗作太伤感，他也真诚地检讨开了，把这些看作“毒草的标本”：

> 我这种东西写它做什么？对人对己全没有好处。文艺是为工农兵的，为工农兵写作，为工农兵所利用的。毛主席的最高指示不是已经说得清清楚楚、明明白白了吗？毛主席所写的诗词，哪一首不合乎这个标准？而我写的东西，哪一篇经得起考验？我的东西，只能起一种作用，便是说，留作一种资料，说明我国历史上曾经有过这样一种东西，它反映着某些人的思想，一种资产阶级个人主义的东西，一种毒草的标本，可以在需要时作反面教材。将来或者把它们拿给文史参考资料编辑的负责人去看看，有没有用。①

听着院子里梧桐的沙沙声，他入梦了。他似乎真的听到了徐志摩的声音。志摩和他大声争吵着什么，为了安妥诗中的一个词，或是为了书店经营的事。志摩的一口海宁话听起来是多么熟悉啊。梦中，志摩的手指好几次点到了他的鼻子上，就像在剑桥一起同学时一样。他相信了，死者的确是会说往事的。死亡，无法使他的内心冷却，也没有让他的理智涣散。现在，对于他来说，死亡不再是黑夜的恐怖，而是白昼的伴侣。

哮喘病发作的间隙，他在床头翻读的是一本安徒生的童话，《夜莺》。玫瑰丛中的夜莺，让他想到的是那些清风一样透明的日子。可惜这样的

---

① 转引自盛佩玉《盛氏家族·邵洵美与我》，人民文学出版社 2004 年版，第 309 页。

日子再也不会有了！西窗的斜阳穿进来了，一粒粒灰尘也仿佛是红色的，舞动着。隔着蒙了水汽的窗玻璃，外面的喧嚣也仿佛成了梦境。他轻轻读出了声。夫人在一旁劝止不住，听着也落泪了。

——“于是夜莺不停地唱下去，它唱着宁静的教堂墓地——那儿，生长着白色的玫瑰花。那儿，接骨木树发出甜蜜的香气。那儿衰草染了哀悼者的眼泪。死神这时眷恋起自己的花园来。于是他就变成一股寒冷的白雾从窗口消逝了……”

他曾经这样说，“我完全明白了我自己的运命，神仙的宫殿决不是我的住处，啊，我要醒，我要醒，我要醒！”(《洵美的梦》)临到终了，他吟起这句子，才发觉自己或许是曾经明白，但始终是没有醒来。即便是从贵胄的云端跌落到人间的烟火中也还是没有醒来。这一生，真的是一个弥天大梦？

因此他决意等待了，不再挣扎，任由那片白雾一点点地把自己包围。谁说它是冰冷的呢？或许缠绕一身的白雾是温暖的，像他浙江余姚老家盛产的棉花，他一坐进这棉花堆里，这一片白色就会温柔地把他浮载起来，而他那已记不清面目的祖父，会在远处喊着他的小名向他走来。他的生命不会是一场风暴。这一点他明白。现在他只愿像院中的那棵老树，生、老、病、死，走过人世间的六道轮回。如果这一切已不再能变更，那就快点到来吧。他在心里默默地喊着。

1968年的暮春到来了，这是一个万物明亮的季节，郊外已是麦黄草盛。立夏将近，地气回暖，邵洵美的肺原性心脏病加重了。到了夏至之日五月初五，哮喘又发作，来不及送医院，就颤抖着手指说不出一句话了。傍晚，长子回来。一家人看着他徒劳地在病榻上挣扎，却无以插手。延至次日，太阳升起的时候，他终于与这个看不清道不明的世界作别了。

……我轻轻地走进
一座森林，我是来过的，这已是
天堂的边沿，将近地狱的中心。
我又见到我曾经吻过的花枝，

曾经坐过的草和躺过的花阴。
我也曾经在那泉水里洗过澡，
山谷里还抱着我第一次的歌声。
——邵洵美《洵美的梦》

这位当年上海道台的大孙子、曾继承了上千万两家产的诗人和翻译家、出版家，入殓的时候竟没有一件像样的衣服，其妻盛佩玉只买得起一套灰布中山装，一双新鞋，送他“上路”。

夫人在悲伤之余还得处理他这些善后事宜：欠医院的医疗费四百余元，欠房管处的一年半房租六百余元，及私人借款五六百元，等等。

他往死的样子，十分平静，就像是往净土一样。死亡在最后一刻中止了痛苦。他的诞生日（旧历月日）与逝世日（新历月日）竟是同一日，这不能不说是一种冥冥中的巧合。他真的去了“神仙的宫殿”了，家人的涕泪和呜咽，在他仿佛是登天的神舞仙曲。

你以为我是什么人？
是个浪子，是个财迷，是个书生
是个想做官的，或是不怕死的英雄？
你错了，你全错了
我是个天生的诗人
——邵洵美《你以为我是什么人》

至此，对一个人一生的叙述也将要结束。当一种新的都市文化在中国出现的时候，他和一批同样年轻的才子生活并成长于战火和革命降临前的中国黄金岁月里，而后，我们看到他萌芽中的文学天才迅速地被掐灭了。我们的主人公邵洵美到底是个什么样的人呢，一个绅士？海上才子？浪荡子？三流诗人加摩登男子？出版家和招摇的文学纨绔子？一个爱惜羽毛又不小心沾上了一生洗不去的污渍的人？那些事件、变化着的环境，成就着一个人，也禁锢着一个人。很多时候我们会发现，人的面目往往变得模糊,倒是历史总是要挤到前台来。

附记:余烬的余烬

日前看到署名 Celine 的文章,《上海滩最后的"小开"》,记载了邵洵美的长子邵祖丞在新时代的生存境遇,摘录附记于后,也可算作"余烬的余烬":

50 年代初,上海淮海路、陕西路路口有一家永丰寄售行,牌子虽挂寄售行,店里几乎全是音乐唱片,而且是清一色的外国唱片。那时,"左"风未兴,青年们西装革履地聚在一起,听听唱片、喝喝咖啡、跳跳舞,还是件很时髦和上"品"的事情。"发烧友"们常常把这新开的小店挤得水泄不通,因为这毕竟是上海滩唯一的一家专售外国唱片的商店。

店主邵祖丞,正是邵洵美的儿子,那时 20 来岁。

唱片生意好得出奇,当时一般服装店只能赚百分之三十的利润,而一张新出的外国唱片,起码有百分之五十的利润。香港片商知道他的能量,不断把新灌制的片子送来。上海百代唱片公司(外国人办在中国的最大的唱片公司)在"打烊"之前,也把片子摊出来尽他挑选,依邵祖丞那时的眼光,还嫌百代的片子不够新潮呢,宁可直接进口原版国外唱片。只是碍于情面(百代公司的买办是邵家的亲戚)选了一小部分。

可惜好景不长,"三反五反"之后,有钱人家如惊弓之鸟,纷纷逃往海外,西装革履的"小开"们也失去了往日的雅兴,唱片生意自然也日趋清淡。公私合营时,邵祖丞只好怏怏地到时代中学去教书了。

时代中学的前身是圣芳济教会中学,他的祖父邵恒当年是该校的校董,邵家许多子女也都在该校念过书,学校与邵府已有三代人的情谊了。按说,在这样一个环境里,工作起来理应是心情舒畅的,然而"肃反"的时候，因为他曾参加过一个自己也弄不清、也从未参加过任何活动的组织（据说那是个特务组织），稀里糊涂地就被划为“历史反革命”。这么一来，讲台他就站不住了，被派往学校总务处分管学生的课外劳动，同时在学校办的校办工厂里干活儿。这样的日子对于“小开”来说，已经很够“味儿”了，但更残酷的事情还在后头。

邵洵美被捕入狱，受父亲案子的株连，邵祖丞也跟着沾“光”，从校办工厂劳动“升级”为下放农村劳动改造思想。他和十几个有“问题”的人员来到松江县新桥村，住进农民家，每天一大早须起床，到大粪池边去挑粪浇菜园……

这期间，他的母亲离家去了南京大妹家，在外界压力下，他的妻子——一个端庄、秀气的中学俄语教师——也和他离了婚。

邵洵美的问题在三年后总算审查清楚了，宣布没有什么政治问题，无罪开释，他的儿子的问题也就迎刃而解。在松江农村劳动了三年零两个月后，邵祖丞终于得以返回中学教书。但平静的日子只过了四年，到1966年，“文革”开始了。

“文革”中像邵氏父子这种人注定是跑不掉的。父是反动作家，子是“牛鬼蛇神”，所谓一丘之貉说的大概就是他们这样的人家。邵祖丞在学校里被斗得要死，这是因为，一，他是资产阶级、封建官僚的孝子贤孙，二，这人教英语课时居然全部用英语讲课，不是“帝国主义的走狗”是什么？父子两人被赶得挤在一间狭小的屋子里，屋里只有一张床，邵祖丞只好睡在地上。工资是早就停发了，只好靠着一点生活费苟延着时日，还得提心吊胆去应付那些无休止的批斗检查和抄家。

晚年的邵祖丞，退休后住在10平方米左右的亭子间里，这个当年的新潮音乐追逐者已经远离了音乐这一人世间的奢侈物。他须每天自己买菜、煮饭、洗衣，每周还要安排三天，为中学生补习英语，借以补贴家用，因为退休工资毕竟太有限了。没有学生来的时候，他多半是一个人待在他的亭子间里，看电视，抽烟，静静地想些什么……

Celine的职业是记者，她总是习惯于打量别人的生活。作为一个有着怀旧情结的年轻人，她对大家族后代的生活有着浓厚的兴趣。当她踏着阴暗而逼仄、吱吱作响的小楼梯找到闹市一隅那个几乎被遗忘的角落，再叩开那扇亭子间的小门，“豁然洞开中的邵先生，简直是位历史老人了”。这个在流行歌曲中长大的年轻人，惊异于老人能以如此超然和淡泊的眼光来审视自己家族的变迁。上述采访中，不时有学生进来找老先生补习英语。

或许是故事结局的过于凄惨让 Celine 神情落寞了，告别时，过意不去的老先生这样安慰她：“一切都没什么了不起，一个人只要心不死，他就没有失败。况且，六十年风水轮流转嘛，邵家和盛家的风水，大概已转到别人家去了。人家说富不过三代，邵、盛两家到了我们这一代的上半辈子，已富了四代了，严格来说已富了五代人了。到了我们这一代，大概该吃点苦头了吧。所谓便宜不可以占尽……”

革命者应麟德的经济生活

应修人一九二三年的一个切片

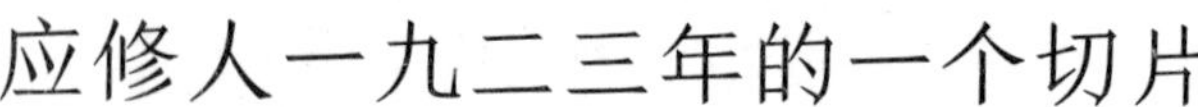

1. 玩笑

应麟德 14 岁那年离开家乡慈溪应家河塘，进了上海的一家钱庄做学徒。后来又离开那家叫福源的小钱庄，进了总部设在上海的中国棉业银行，短短几年，就做到了银行出纳股主任的位子。

但据说此人在钱庄做事时就不太安分，老是想着要“弃商务农”。18 岁那年他去照相馆拍了一张照片，按当时知识阶级的时尚，照片背后他题了两句诗，写的是：学商何如学农好，想共乡人乐岁穰。19 岁那年的春天，看到报上的招生广告，他给南京省立第一农校校长写了一封信，痛陈他的“好农之志”。大意是，他虽知在商亦可救国，但商场凶险，贪利忘义，媚上咒下，改革又非小商人所能，求高职又非昧着良心不可，所以他只有逃跑。校长先生劝他暂且不要辞去钱庄职务，救国固然重要，饭碗更是重要。再加上父亲的阻拦，搞得他一时很是痛苦。在写给主持《时事新报・学灯》笔政的张东荪的一封信里，他说要痛下决心，投身农界，“改良农业，造福农民”。

且看看年轻的钱庄学徒想象中的农村是什么样的农村：

那是“两行绿草的池塘”加“牧牛儿一双”的农村，是“染着温静的绿情，那绿树浓荫里流出鸟的歌声”的农村，是有着“蓝格子布扎在头上、一篮新剪的苜蓿挽在肘儿上”的“伊”赤足走在田塍上的农村。他看到田塍上静静地睡着"受过蹂躏的青菜",犹豫着"还是绕着远路走呢,还是践伊而过呢"。事实上1919年的浙东农村是什么模样呢?它或许有着钱庄学徒应麟德赞美过的鸟儿、鸭儿、狗儿,小猫儿、小蜻蜓和"伊",但肯定不会有这样泛滥的好心情。

一个人成天在铜钱的气息中讨生活,偶尔做做乡村梦也算是浮上来透口气。这么说或许有些道理,但用到应麟德身上好像就不太合适了。应麟德一直是个认真的人,他这个梦做得太逼真了,不仅骗过了他的朋友,也骗过了他自己。他终于没有走成,或许是有着不为外人所知的苦衷。事实上到了1922年春天,应麟德还在做着他的乡村救国梦。从日记来看,他在钱庄执业期间还数次租借农民土地,继续他的实验与梦想。

这一年的5月16日《日记》载:"晨6点多乘电车到北四川路底。走到天通庵站北,有茅舍,住农民夫妇和女儿共三人,种蔬菜。想转租一短畦自种。"由于各种原因,当天没有租定。第二天早晨,"又到北郊,租定两短畦(我脚七步方),二元一年,又代照料收拾费二元。"第三天,"又和友舜步行到北郊……再租一短畦,共一年六元了。"①这里所说的"北四川路底""天通庵站北"和"北郊",就是现在虹口体育场对面的一大块土地,那时是一片农田,居住着种田的农户。应麟德租了几块地后,做毕了钱庄的事就去"锄田",然后像一个农业时代的诗人一样不无矫情地写他的田园诗歌。

年轻的银行出纳股主任把包围他的优裕的物质生活视作牢禁囚徒的十丈红尘,自称"尘囚"。他觉得,只有当他的脚心与泥土接触的一刻他才成为一个自由人,一个完整的人。到了第二年的4月,他给杭州的诗友写信,想以"湖畔诗社"为核心建成"湖畔新村"。他在想象中一次次地修正着新村的蓝图,"我以为要湖畔村的人才能入湖畔社,而入村不一定入社"。这实质上是一个诗歌公社,或者说是一个以诗人为精神领袖的乌托邦。

但命运好像一直在跟应麟德开着玩笑。一个看见算盘、银元、钞票就

---

① 《应修人日记·1923》,上海鲁迅博物馆编《纪念与研究》第八辑,1986年6月出版。

要发生“呕吐似的心情”的人，却命定要在金钱世界里讨生活。1926 年，应麟德丢下银行优越的位子，丢下待他哺养的一家子，一个人背着一只皮箱，坐轮船跑到了革命的广州，进了黄埔军校，当一名中尉会计员，不久随军北伐到武汉，在武汉政府的农民部工作。到那时他还是一个管钱的。成天穿着灰色的长衫马褂，一双圆头布鞋沾满了尘土，手里夹着方方正正的新闻纸包，里面包的还是钞票。为了憎恶算盘、账本离开过去的应麟德，他自我解嘲说现在是为革命而当账房了。他成天默默奔走着，永远是一副劳碌相，路上偶尔遇见旧日朋友，也只是轻轻一笑，有时连招呼都不打一个就走了，就好像老在担心夹着的那些钱被人拐跑了似的。

2. 一个文艺青年 1923 年的行状

1923 年，应麟德 24 岁。这是一个容易为情所迷的年龄。世界在他的身外轰轰烈烈地行走，他居住在内心情感的蜗居。这年头农民兄弟胼手胝足，活得坚韧而麻木，劳工阶级成了机器大生产的一个部件，脑袋也是空的。像应麟德这样有钱又有闲，又有点娘胎子里带来的感伤情绪的，在 1920 年代刚刚有点文化的湿润空气的上海，天生就是个文艺青年，想不做都不成的。文艺青年当然有很多种，有钱的和没有钱的，激进的和不激进的，才子式的、流氓式的和才子加流氓式的，但在 1920 年代的上海，他们几乎都喜欢这样一种看上去很摩登的生活方式：下馆子，郊游，谈胡适之，做救国梦，读《新青年》或《创造周刊》，听音乐会，看文明戏和画展，淘旧书，写新诗，和尽可能多的女友通信，等等。文艺青年应麟德在 1923 年的行状大致如下：

一月。有数次到福源上英文夜课。经常感到“微晕”。因身有小恙，有人劝学佛，买了《维摩经注》、《心经注》等。看西洋歌剧（意大利歌剧

Norma),两次去市政厅听中西音乐歌舞国操会。读寄来的《晨报副镌》(大概是自费订的),读顾颉纲采集的《吴歌杂集》。学吹箫,“肺相近处有些困”。——头晕病、肺病,都是那个时代文艺青年的流行病,应麟德也一点不落伍地染上了。在写给湖州一女友的信里说,“我毫没计划,我只像小孩儿般随着兴趣乱做”。这个月还在看谢冰心译的泰戈尔的《飞鸟集》。杭州的汪静之又恋爱了,写来一封十分肉麻的信。冯雪峰回到了故乡义乌,说母亲为他生下了一个小弟!

二月。月初有几天和钱庄界同事在通信图书馆忙。那是他和上海钱业界的一帮白领青年一起创办的小型公共图书馆,按他起草的《上海通信图书馆与读者自由》来看,“上海通信图书馆的工作也不是与革命绝不生关联的”,图书馆的宗旨是:“发扬进步思想,摒弃反动潮流,灌输革新精神”。

得空看《太平乐府》《南唐二主词》、北大的《国学季刊》和新出的《创造》第4期。旧历年尾得了一场寒热病,“昏沉沉”“只是痴痴地睡”。到青年会看电影《好女儿》,到新爱伦影戏院看《春香闹学》,和银行同事到春华舞台看旧戏。海盐的女友,教员福倩来信,附来小影,回信说,“我虽在商界,而好友都在界外,众醉我不醉”云云。又说,“你说青春像火车,一叫就开的,我们奏出的调是不和谐,我们要以不和谐里寻出错综的美来”。

三月。到法国影戏院看电影《红粉骷髅》。和同事去宋园看梅,放纸鸢。

这月中旬出了一件事,报上说杭一师学生全体晚膳中毒,死了十多人,“我们底雪峰也危险万分”,得知消息,应麟德即向行长告假,急赴杭州。姨妈、姑妈、母亲都怕他到杭州会染上病,阻止他去,他的母亲甚至还赶到火车站想把他拉回去。但一切都没有改变他的主意。“一路希望和凄惶递相起落,窗外景物都有愁容”。六小时后车到杭州,直到一师,寻到调养室,看到冯还活在床上,边上有汪静之送的花,有潘漠华调护用的灯煤壶。是夜,应、汪、潘,三人一榻,挤睡于冯边上。次日,又是游湖,到孤山看梅,入西泠印社,上浙图,夜车返回上海。

去通信图书馆抄书目。看田汉译的《萨乐美》。和同事到静安寺一带踏青。到南门沪军营空场参加十万人对日外交游行大会。

四月。到龙华看桃花，“桃花满树像在笑”。游草佳村，宋园。游吴淞，看月亮。和南京来的朋友到菜馨楼吃素食，谈胡适之。

五月。有女友强迫被嫁，“夜不能睡，又不敢高声哭”。正是适合恋爱的气候，狂读《少年维特之烦恼》。看《创造周刊》，有成仿吾大骂时下新诗，感觉“很中意”。月半旬和银行同事游北郊，看怒放的蔷薇，回来路上，在点心店看见一人很像胡适之。有女友来信，“亲昵而端庄”。抄叶绍钧的小说。看胡适之《五十年来的文学》。梦到郭沫若，去信。给郁达夫去信，说读《茑萝行》的感受，“他们样底勇往的真诚，最令我们爱”。

六月。去西门公共体育场看球赛。打网球。汪静之的爱“一天高一天”。冯雪峰的小弟死了，曾祖母有病。继续读《沉沦》，还有《镜花缘》。

七月。看绍兴戏，吃杨梅，买旧书。去荷里恩派亚戏院，看电影《空中黑女星》。去法国戏院看《非洲历险记》。和银行同事共往经理新寓，聚餐，听戏文，散步，吃冰食。那些日子应麟德一直像陀螺一样转呀转，如22日，日记提要为“晓游江边，下午越剧，晚夜野游”。郁达夫在上海，连续三次去访。“他很有趣，谈笑很乐”。潘漠华为考北大转途上海，冯雪峰也来了，两人同住沪江第一台旅社29号。带他们去拜访郁达夫，叫了银行同事陪他们游吴淞。吹笛，下棋，醉酒，谈诗（“在茅亭里大谈诗，大谈”。）

八月。去美专看天马会第六届画展。大风的夜里到黄埔江边看红波汹涌。到提篮桥精武体育会学拳。

九月。赴银行同事荣庆元喜宴。到北四川路、横浜路、克明路看房子。给美国的康白情写信谈政治（“耻以文人相尚，应诗人而革命家”）。

和银行同行游吴淞口炮台，一路高歌、吹箫。而此时，曾因闹学潮被开除学籍的冯雪峰正处身另一场学潮的风暴中心。

十月。月初，“头热身冷”，吃牛乳、牛肉、羊肉粥、面包都觉无味。看《小说月报》太哥尔号。读《两当轩诗集》和《浮生六记》。十四日，“（姨妈）细细告诉我，西乡芳稼渡一个姑娘儿桃仙的性情和一切。总之是和幼年时一模一样。伊说样样都舒齐，只要我答应，就可去说定。”——谈婚论娶了，三个月后，他将要与这个叫郑桃仙的乡下姑娘结婚。

十一月。同事谢旦如丧妻，前往吊唁。给桃仙姑娘写信。读《克鲁泡特金之思想》。看安・波特的小说《灰色马》，一本关于死亡的小说。

十二月。想印诗集了。一个没有宗教信仰的人，在教堂里听唱诗和祷告，暗自发笑。18 日，全家搬至北四川路克明路天寿里九十号新寓，九月里谈妥的价，每月租金 20 元，“爹爹妈妈都很欢喜，我自然也欢喜。”……

3. 上溯一年

历史大都是无意间写成的。由此上溯一年，1922 年 3 月 31 日，“油菜花黄时”，银行职员应麟德乘坐沪杭线上的一列慢班车来到杭州。他此行的目的是前往西湖游玩，并顺便访问在杭州的几个青年诗人。前来接站的是他的诗友，浙江第一师范的学生汪静之。在这之前，他们虽已通过十余封信，却从未见面。为了不致认汪认错人，临行前，应麟德给他的朋友寄了一张照片。果然，当一手提挈箧、一手拿礼帽的应麟德一出杭州城站，两个年轻人就在拥挤的人流中相互辨认出了对方。

是夜，汪静之陪同应麟德下榻在湖滨的清华旅馆，两人并肩而睡。应麟德打趣说这是他“尝新的第一夜”。白天，他们已去逛过孤山和西泠印社，约定第二天的节目是游湖。应麟德提出，最好是约几个要好的，诗又写得好的一起同游。汪介绍了他的同班同学潘漠华和低一级的冯雪峰——为什么只叫两个他有自己的解释，游湖的小划子只有四个座，人多了坐不下，坐少了又不稳。值得记一笔的是，这一年应麟德 23 岁，潘漠华 21 岁，汪静之 21 岁，冯雪峰 20 岁，正是爱做梦的年龄。

接下来的一周里，四少年优游山林，结社湖畔。以那个年代文艺青年们的习气，他们共同的话题理所当然是围绕着爱情和女人的。因为此时的他们都为情所扰。汪静之“一漂流到西湖”，就由曹佩声接二连三地介绍女友，一下子爱上了好几个；冯雪峰家里前些年已为他领养了个童养媳，却偏偏在“进师范的第二年”，“偶然恋爱上和她（童养媳）同村的一个表姐”；潘漠华正刻骨铭心地恋着他的堂姐，在道德与情欲的挣扎中经历着苦不堪言的内心煎熬；应麟德呢，正在与众多的女友在信上互通款曲倾诉衷肠。

年少气盛的他们当然也不会只是满足于谈谈诗歌与女人，外部世界正像一列无轨列车轰隆隆地行驶，这一切怎不让他们意气飞扬。日后，应麟德在给冯雪峰的信中如是说：“我们应携手而同行；文学事迟，时不我俟，试看国门外蹲满饿虎，门里又豺狼当道，我们一手放不下笔，一手要去提把雪亮的刀，非要同时更尽一份力以杀贼不可。”①冯雪峰的回信中的“我们耻以文人相尚，应诗人而兼革命家”也可说是这些少年诗人们的自我期许。

离杭返沪前一日，应麟德把四人的爱情诗合编为一集，题名《湖畔》，以纪念这一周里在湖畔结下的友谊。诗集卷前还加上了冯雪峰建议的两行诗：“我们歌笑在湖畔/我们歌哭在湖畔”。

原拟这本小书由亚东图书馆出版，亚东虽大，对待年轻人不免势利，

---

① 《应修人日记·1923》，上海鲁迅博物馆编《纪念与研究》第八辑，第 210—213 页，1986 年 6 月版。

交涉不成,最后,这本无意间闯进文学史的薄薄的诗集由应麟德出钱,自费印行出版,共计花费银洋 195 元,印数 1000 册。据说这本又小又轻的诗集在沪杭等地一上市还卖得不错。

且来听听这些为尝试中的新诗吹来一股清新之风,被许为"天籁"的稚嫩的声音:

这是情窦初开的冯雪峰的朦胧幽微的心情:

清明日,
我沈沈地到街上去跑;
插在门上的柳枝下,
仿佛地看见簪豆花的小妹妹底影子。

——冯雪峰《清明日》

来自浙江中部一个叫武义的偏僻小城的潘漠华,是个身世凄凉的愁容童子,"饱尝人情世态的辛苦人",则是在诗中一味地悲苦了:

我想戴着假面具,
匆匆地跑到母亲面前;
我不妨流我底泪在里面,
伊可以看见而暂时的大笑了。

——潘漠华《归家》

四个湖畔少年中,应麟德年岁最大,也最有资格去吟唱含苞欲放的"纯洁的蔷薇":

我爱这纤纤的花苞儿
蕴藉着无量的美,
——无量地烂漫的将来。
你尽管慢慢地开,

我底纯洁的蔷薇呵！

——应修人《含苞》

而来自著名的徽商发源地之一的安徽绩溪、自小家境优裕的汪静之，几乎对每一个姑娘都在吐露着他廉价的“相思”：

不息地燃烧着的相思呵！

——汪静之《小诗(五)》

四位横空出世的少年诗人一下子得到了鲁迅、胡适、周作人等新文化运动领军人物以及叶圣陶、郁达夫、朱自清等文坛名家的赞誉。原来要出名也这般的容易。次年冬季，他们的第二个诗歌合集《春的歌集》出版，卷前照例有两行诗：

树林里有晓阳
村野里有姑娘

周树人先生看了他们的诗作，说这些年轻人的谈情说爱里有“血的蒸汽”，是“醒过来的人的真声音”。说他愿意“肩住黑暗的闸门，放他们到光明的去处”①。同时代作家废名后来在其论著《谈新诗》中，更是称赞“他们写诗的文字在他们以前是没有人写过的，他们写来是活泼自由的白话文字……《湖畔》里的诗当得起纯洁的尝试了。”自称从不看新诗的毛润之先生也看了，时任广州国民政府代理宣传部长的他，看了后还托人转信，请湖畔四少年里的冯雪峰到革命的广州去——革命家兼诗人毛泽东何以能从冯雪峰缠绵悱恻的爱情诗里看出他胸中的革命的火苗实在是个谜②。

---

① 转引自贺圣谟《论湖畔诗社》，杭州大学出版社 1998 年版，第 9 页。

② 见陈早春、万家骥《冯雪峰评传》：“毛泽东还托人带话给他，说他的诗写得非常好，并希望他能到南方去，以便一起参加大革命工作。”重庆出版社 1993 年版，第 20 页。

很久以后，毛还对乔木同志说，《湖畔》是很好的诗①。

4. 金钱传

应麟德有钱。应麟德又有古时孟尝君之风，拿自己的钱不当钱。做一个穷学生而有应麟德这样的好朋友是多么惬意啊。这就意味着，你不时可以拿友情作透支卡向他要几个花差花差，意味着你食堂里的咸菜窝窝头吃得胃痛了可以偶尔下馆子犒劳一下自己，意味着你有了底气可以向恋爱中的小女生献点小小的殷勤。反正应麟德很大方，他把钱借给你了就不会问你作什么用，更不会今日一封快信明日一封电报追着你要。

很长一段时间，钱，成了应麟德生活的中心。白天在银行里，应付的是流水一样进出的钱，下了班，还是一个钱，借钱给朋友，再向别人借钱，他向上线借来的钱又分散成好多股流到了下线。应麟德的钱囊鼓起来，又瘪下去，成了一个中转站，成了朋友们的共有的小金库。

这年初（就是我们前面说到的 1923 年），杭州的汪静之恋爱了，写来一封信，肉麻如一幅春宫图。“伊那甘馥馥的嘴儿真有味，我吻不释口。藕嫩嫩的臂儿煞软和，我摸不释手。最不可形容的是似水柔情，我醉！我醉！……阿修，你当贺我俩！我见伊那娇憨，婉淑，贞静，柔和的神情，我怎不拜在伊的裙下！”两天后，应麟德得去年津贴 105 元，即寄 5 元于汪。

三月，日记有一条，“代（康）白情寄北京康选宜 50 元，邮汇四川张瑞仙嫂嫂 100 元”。同月，闻听一师学生集体中毒，情急之下，又寄 5 元与汪静之和冯雪峰。

六月间，潘漠华来信告急，说要投考北大去了，无奈还有 10 元的债没

① 胡乔木《在诗歌创作座谈会上的讲话》，1979 年 1 月。

还掉，应麟德即刻去信，并汇去15元，交让潘把其中5元交与汪。如此折腾，再加一个文艺青年的日常开销，听戏、看电影、下馆子什么的，七月的某一日，应麟德终于发现，自己的口袋里只剩下“一角几板”了。

但事情还没有完。八月，有个叫“贻”的朋友说要去湖南桃源了，向他开口借10元盘缠。此时的应，已瘦得布贴袋，只好向同事借了10元，又怕见了面朋友再次大开口，只好托辞太疲，请人转送。还有一个叫“青”的(好像是个一直在通信的女友)，说要入校读书了，少10元学资。应接着信，又寄去10元。这10元钱，还是从另一个叫白梅的朋友那里借的。

九月，冯雪峰和汪静之联合来急信哭穷，说情况万分困难，让应麟德把他们的诗稿卖个好价钱，寄去个五六十元。应回信说，我将于后日再储款二十元左右寄上，不足部分，当缓缓设法。他甚至还想把一架风琴卖了，以多凑一点钱。接着冯雪峰又来信要旅费。应麟德寄去六元，又给汪静之二元。在此期间，他自己也在找房子，约了一个叫陈文廷的朋友去北四川路，靠铁路边的两幢房子还中意，可每月要二十元。幸亏这月略有进账，亚东送来了120元的版税。不然，这个月有钱人应麟德真的要喝西风去了。

十月。又寄汪静之十元。向一个叫令涛的上海美专学生借款八十元……

“身体坚硬，皮色焦黑”的“纯粹山里人”冯雪峰向应麟德借钱倘还说得过去的话，出身于茶商之家、家境又可说小康的汪静之也老向他借钱就有点令人费解了。当时一师的学生伙食费校方承担一半，一般学生全年所费约60—70元；汪家虽非富甲一方，但每年提供给汪的约在200—300元之间，高出一般学生数倍，汪又何以总是向银行职员应麟德哭穷呢？唯一可信的解释是汪的女朋友多(汪自称，“每个星期都是和女朋友主要是和绿漪在西湖上游览终日”)，而他的恋爱成本又较一般的穷学生高数倍。

汪静之优渥的生活和浪漫的天性，使他与三个朋友间保持着谨慎的距离。当应、冯、潘三人在通信中探讨革命、理想、人生这些宏大命题时，汪只是一心一意地写诗，在西湖边做隐士，并同时和几个女人不紧不慢地恋爱着，以致被应麟德讥为他的爱是“一天高一天”。泡在西湖山水和女人们的温情里，使得汪无心旁骛，几年后，当他的朋友们从青春期的闷骚走上铁与血的政治道路时，他还是自得其乐地过着他安稳又不乏色彩的诗人兼隐士的生活：

我冒犯了人们的指摘，
一步一回头地瞟我的意中人，
我怎样欣慰而胆寒呵。
——汪静之《蕙的风》

并经由《蕙的风》和《寂寞的国》，在"道德家"们的攻伐中成为五四初期屈指可数的几位著名诗人之一。也是这种性情使然，使他在半个多世纪后奇迹般地成为未受任何冲击的五四老人，比他的任何一个朋友都活得更长久。

十一月。应麟德的父亲从邻人处借得五百元，让他去兑。应麟德马上忙开了，"代洪章寄四川康玉贞女士款百元，邮汇汇水二十元"。接着又在亚东和华丰印局之间奔走，想要出版和朋友们的诗歌合集《春的歌》。

亚东的门槛还是很高，印小本的也不肯。华丰印局开出的价码是，用新闻纸，照一年前出的《湖畔》的格式，加倍厚，印一千本，外加封面，计价八十二元。应麟德很高兴，马上给冯雪峰去信说，"……费共约百元，归我去借，你们不必管，我可以再节省些，徐徐去还；但要你们也苦些时，因稿费没有也。"欣欣然借钱去了。一个叫浩的朋友寄来了汇票一百一十一元。福源钱庄的老同事伯研又送来了一百元。看来印费是有着落了。竹英女士（汪静之的"主要"女朋友绿漪）寄来了《春的歌集》的封面画，画的是"花冢"，下一新坟，上一些深蓝色的流云——"虽不大好，终是自家人画的"。和华丰那边谈妥了价钱，是用瑞典纸印一千本，每二百页九十五元，封面两包五六元。十四天可出书。先付定洋四十元。书终于出来了，版权页上写的是，"一九二三年八月编成，十二月印，一九二三年末日出版"。

至此，统共这些钱的去向是：汇给冯雪峰二十五元，其中二十元给汪静之，五元给冯作出书后买醉用。购买日金八十元，寄给日本一个叫万的朋友，汇给一个叫水的朋友二十元，托易耜云转交瑞仙夫人一百元汇票，最后二十元留下，以备印费之不足……

5. 丁九的死

1933 年 5 月，左翼作家丁玲在上海寓所神秘失踪。几天后的《申报》，在一个不显眼的位置以《昆山路发现惨死之男尸》为题报道了一则跳楼暴尸事件。报道说，5 月 14 日，星期日下午，三时五十分左右，北四川路昆山路第 8 号后门口忽发现一名无名男尸，身穿灰雨纱长衫，头戴呢帽，足穿直贡呢鞋，年约 20 岁左右，形似广东人，经由虹口捕房巡逻巡捕查见，当即上前查看，"见头部鲜血直流，并已气绝，乃报车送同仁医院，经该医生检查之下，发现该尸头骨已断，大肠流血，形似高处失足坠地，伤重致命……"

北四川路昆山花园 7 号，是丁玲在上海的寓所。这则本埠新闻中死在第 8 号后门口的男尸，则成了疑案中的疑案，他是谁？是谁杀了他？人们认定，丁玲是遭当局秘密逮捕了。一个叫沈从文的青年作家通过社会闻达胡适之向上海市长吴铁城询问消息，可是吴断然否认了。

一段时间后，上海的一家英文报纸《大美晚报》，突然发表一篇署名蔡飞的文章，指出死者的名字叫丁九。文章详细叙述了当局秘密警察在公共租界绑架丁玲、潘梓年以及丁九因拒捕，从屋顶阳台上失足坠楼而死的经过。文章说，秘密警察到昆山花园 7 号时，潘梓年恰巧在丁玲家里，两人被当场带走，特务们密谋一番，又留下两个。丁九推门进来，发觉情势有变，立即退出门外。丁玲的屋子在二楼，丁九发现楼口已有特务把守，便向三楼屋顶退走。特务纵身追上，丁九与他们在屋顶阳台上徒手搏斗。丁九想尽早脱身，边战边退，不想一脚踏空，从阳台边缘失足跌下。

两个特务趁乱跑了。看白相的人们在尸体周围黑鸦鸦站成一圈。在那具渐渐冷去的身体上，有人发现了一张为烟草工人罢工起草的宣言……

死者丁九，即前中国棉业银行出纳股主任、湖畔诗人、1923 年的文艺青年、朋友们最大的债主应麟德，亦名应修人，死时系中共江苏省委宣传部长。

应麟德横卧街头的尸体，因朋友们不忍告诉他年迈的父母，又无人能往认领，后来被埋在普善山庄——那是一个专埋无主尸体、类似于今天的福利公墓的地方。

半个多月后，当年的湖畔四诗人之一、应修人的密友冯雪峰，由中共中央宣传部文化工作委员会书记调任江苏省委宣传部长，接替了他的朋友的工作。

附记 1:废名的话

据我的意见，最初的新诗集，在《尝试集》之后，康白情的《草儿》同湖畔诗社的一册《湖畔》最有历史意义。首先我们要敬重他们做诗的“自由”。我说自由，是说他们做诗的态度，他们真是无所为而为的做诗了，他们又真是诗要怎么做便怎么做了。……中国的新文学，在自己知道要解放之后，其命脉便在作者依附着修辞立其诚的“诚”字，新文学便自然而然地发展开了。湖畔诗社四个年轻人在当时也真是难得……在大家要求不要束缚的时候，这几个少年人便应声而自由地歌唱起来了。他们的新诗可以说是最不成熟，可是当时谁也没有他们的新鲜，他们写诗的文字在他们以前是没有人写过的，他们写来是活泼自由的白话文字。……《湖畔》

里的诗当得起纯洁的尝试了。①

附记 2:一个冷酷的人

大革命失败后,他又秘密地回到上海,并悄然地丢下家人,到莫斯科去了。三年之后,他从苏联回来,已完全埋身于地下工作,连自己家的门口,也没有踏进一步。我曾陪同他的母亲,在一个小菜馆,同他见面,不管痛苦、留恋、眼泪和怨诉,他又飘然地离开了。每次见到他和家人的分离,都使我感到他的冷酷。因为经常与他的家人往来,我亲眼看见他老母亲日夜流泪、梦想,甚至向宗教去找求安慰。他的父亲为生活劳苦地挣扎,他的妻子惨白而寂寞的脸色,我都觉得他太冷酷了……

他在不断地追求,不断地前进,当他一旦获得更好的东西,他便非常决绝地抛弃旧的事物。……他是一个诗人,我们深深惋惜他没有继续诗人的事业。但是他最后的也是最好的一首诗,是用他自己鲜红的热血写的,这将是一首永远不朽的诗。②

---

① 冯文炳(废名)《谈新诗》,人民文学出版社 1984 年版,第 111—113 页。

② 楼适夷《话雨录》,三联书店 1984 年版,第 34—35 页。

两种生活

一个民国“文青”的经济和爱情生活

1. 一个左翼自由撰稿人的经济生活

他的父亲起先是个农民。他的母亲，是宁海县城一家小豆腐店老板的女儿。到这个叫福的男孩出生的第二年，他父亲在城里西大街的市门头一间租来的屋里开起了一家贩卖海鲜的咸货店。店号“赵源泉”，显然寄托了把这个小店视为赵家日后经济生活来源的期望。这种江南县城小商人家庭式的拮据、勤俭与操劳，以后将一直是这个男孩成长、生活的经济背景。那是新世纪的最初几个年头，天朝正背负着巨额的赔款趔趄前行。在这个古称“缑城”的浙东小城，一个叫王锡桐的乡村秀才带领愤怒的农民烧掉了传教士的天主教堂。一把火的后面又是 13 万两白银的赔款，这给本就年成歉收的萧条日子又降了一道寒霜。但恰逢这个男孩出生的那年(1902 年，时为清光绪二十八年)，年景还算不错。那时他们租住在城里西方祠前一个华姓人家的房子里，站在华家大门前望去，稻田一片金黄，男孩的外婆不禁喊道：呵，好个熟年儿，一个上好的熟年儿！他们有理由相信，这个属虎的男孩出生时的吉兆将会给他们带来好运。

4 月是个残忍的季节。当呼啸着南下的寒流驱跑了前几日还酒浆一样流淌的春阳，天地又回复了隆冬时的萧瑟。2002 年 4 月，我来看他，双脚沾满泥泞。站在许广平题写的故居门前，放得很轻的脚步还是惊飞了庭院里觅食的一群小鸟，扑喇喇地飞上屋顶。其实也只是来看他出生并度过人生初年的那几间屋子。看了他的房间，他的床，他用过的桌子椅子和识字课本，我很快就出来了，一个人漫无目的地在山城里走。一只黑狗不紧不慢地跟着我。就这样来到了那条沿城而过的大溪边上。雨后的溪水奔涌得浑浊而激情，看着灰色的天空下挤在一处的闾里人家，忽然想起电影《早春二月》里，孙道临演的萧涧秋来到芙蓉镇，也是这样的天气。溪水打湿了脚，这情景让我很不相干地想到鲁迅当年说《二月》时的话，"浊浪在拍岸，站在山岗上者和飞沫不相干，弄潮儿则于涛头且不在意，惟有衣履尚整，徘徊海滨的人，一溅水花，便觉得有所沾湿，狼狈起来。"①是的，那天在城里乱走，我是挺狼狈的，满脚的泥，就像是鞋子外面又穿了一双黄泥的鞋子。回去的时候，大巴又经过了那几间上午造访过的屋子，小桥边，一个瘦小的老妇人向我们招着手。风很大，她一直目送着我们。她的头发是秋后经了雨水的稻草那样的一种苍然的白。同车有人说，她就是柔石的女儿。她？女儿？有一瞬间，我怎么也无法把这个老妇和印象中那个还不脱稚气的青年联系起来。是的，死者是不会老的，因为时光的箭矢再也不能穿过他，所以在时间的河床里他是永远的三十岁。而那个看起来像他的祖母一样老的他的女儿，她还记得年轻的父亲的音容和笑貌吗？那一刻忽然心里钝钝地撞了一下，为这个家族的故事，也为流动的时间和停滞的时间在这样一种情势下的相遇。我忽然感觉到了他，一个年轻的生命的气息。这种气息，在我走进那幢百年老屋时并没有如预想中的出现。它的出现，全然是因为那个站在风口在我的视野里变得越来越小的老妇。

好了，接着来说他的故事。因家境的拮据，这个小商人家的男孩十岁才开蒙。小学校的旁边，就是那个被明成祖朱棣磔杀的方孝孺方正学先生的祠堂，男孩不知从何处竟觅得了这个道德家的一帧木刻画像，题上"永远保存"，装上镜框挂在了自己的居室的墙上。好多年后——那时他已经死了——鲁迅这样说到他和那个缑城乡贤："这只要一看他那台州式

---

① 鲁迅《〈二月〉小引》，最初发表于 1929 年 9 月 1 日《朝华旬刊》第一卷第十期。

的硬气就知道，而且颇有些迂，有时会忽然令我想到方孝孺，觉得好像也有些这模样的。"[①]顺便提一下，男孩的出生地宁海，旧时辖属台州府。

男孩小学毕业就到台州去念书了，可是那所学校学费昂贵，他听说省城杭州有一所省立第一师范学校，可以享受官费，就决定中途退学自修，准备报考那所学校。1918 年初秋，改名为赵平复的少年从北乡的薛岙埠头坐上"宁波航船"，转道宁波从招商局买了一张开往上海的轮船票，到了上海又坐上开往省城杭州的火车，来到了位于西湖边上旧"贡院"院址的浙一师。同学多为贫苦子弟。学校不仅免学费，而且食宿便宜。赵平复在一封家书中这样向父母汇报在学校里的心情，"战战兢兢，如履深渊，如履薄冰"，因为一种道德使命感的驱使，他的日子过得像一个苦行者，"于身体则晨昏谨慎，饮食适宜，于功课则克勤自进，努力前行，修养品性，完善人格……"到读书的第二年，寒假回家，赵平复就和老家一个老童生的女儿结婚了。这个还未脱尽童稚味的青年很快就做起了父亲。可在他毕业前，他未满两周岁的儿子染上了麻疹——"鼻息的呼引如风箱一般"——针药无效，竟然夭亡了。接到消息时他在杭州，他感到"心，如蔽了一张黑布那样"。

他变得怕赶回家，放假了，同学星散，他一个人待在空旷的校园里，要么就在夜色下的西湖边像个疯子般乱走，走得心力交瘁了才回到学校，把自己交给逼窄板床上的睡眠。一边是夫妻间的琴瑟异趣，一边是年轻人对爱情的天然的向往，这撕心般的纠缠中他只有把自己交给或许也并不可靠的文字，涂抹日记以遣闷怀。同学都在轰轰烈烈地恋爱，那湖边的爱情带着江南水汽的迷蒙，也带着那个年代新青年的革命腔加文艺腔。只有他，只是"空看着时表跑去"[②]，"过的是渣滓的生活"。西湖边上的春梦，虽说醒来后了无一痕，但在梦里抱着"伊"，"久长的 KISS"，纵是醒了也还是如饮过葡萄酒一般的酣畅的，也难怪他不想回去了。

---

① 鲁迅《为了忘却的纪念》，最初发表于 1933 年 4 月 1 日《现代》第二卷第六期，后收入《南腔北调集》。

② 见 1922 年 10 月 26 日日记。《柔石日记》，陈漱渝等编，山西教育出版社 1998 年版。

可是又有谁逃得过生计问题呢，革命家不能空着肚子去喊口号，恋爱家也不可能兜里没有一点下馆子的钱就去泡女生。马上就要毕业了，同学们聚在一起谈以后的志向，赵平复同学说了一通云里雾里的话：“我，好比是几何学上的所谓的点，有位置而无长、宽、厚，有时它渺不可言，在轻尘中飞荡，实在毫无意义，有时它会扩充到无限大，穷宇宙所不能盈。真正的我，应该是几何学上理想的点，能过一点，可作无限长之直线，通过一点，可作一任意形状的曲线。”这时候的他已经在复习功课，准备报考设在南京的国立东南大学。这年七月初，赵同学取道上海，坐了八个小时的慢班火车到南京，冒雨去报名时得知报考有两千多人，而实际录取不足五十人，又被告知若录取需学费 60 银洋，一腔热望好似给雨浇了个透湿。

落榜的消息是意料中的，但赵平复还是感到“死神的翅膀在我头上拍着”。不得已，到了 9 月，由一位朋友举荐，他应聘到杭州葛岭一个姓应的留法博士家，受聘担任应家两个孩子的家庭教师。

1923 年甫出校门的青年赵平复的心境是灰暗的，世界正是末劫之年，满目河山的疮痍，即将被赶入尘世的焦虑，使他在这一年的旧历正月初一就发出了这样的郁愤之声：

> 军阀专横于朝，贪吏欺诈于市，而一部分人民又愚焉不敏，甘心于自苦，辗转于水深火热，互相嘲弄，全不知自拔！①

而奔走途中的风雨飘摇，也成了他步出校门后彷徨无依的内心镜像，其间流露的颓废心情几近于郁达夫式的“沉沦”了：

> 秋雨滴滴沥沥的落着，正如打在我的心上一样，使我的心摇曳出和秋同色的幽秘来。②

---

① 见 1923 年 2 月 16 日日记，《柔石日记》，陈漱渝等编，山西教育出版社 1998 年版。

② 见 1923 年 11 月 16 日日记，《柔石日记》，陈漱渝等编，山西教育出版社 1998 年版。

这已有了成年人沧桑感的“和秋同色的幽秘”，比之一年半前不识愁滋味的“天云的变化，不要惊破我心，阻止我的去路，那些微波细浪，总能战胜它”①，心境的起落实在霄壤之间。

第二年春，妻舅吴文钦帮忙联系，赵平复应聘到慈溪普迪小学做教师。这是由旅沪实业家秦润卿开办的一所小学，由“普迪学会”(类似学校基金会的组织)委聘校长，按年拨给办学资金。据闻当时的校长只知一味克扣敛财，给教师的年工资压低到了只给 60 银洋。但赵平复在这里还是得着了所谓的“小学教师的清福”，这情致就是他在日记里所说的：晚餐后，十余位同事聚坐在牵牛棚下，嚼着杨梅，喝着白酒，自由地谈，任情地唱，互相说些个人经历的不平，而此时，微风吹动白衣，远处的晚灯透过牵牛花架的叶子投在身上，一个个都像白衣飘飘的天使②。

这期间，赵平复把以前写的一些小说辑作一册，取名《疯人》，于第二年元旦在宁波华升印局印刷自费出版。他颇为乐观地估计，卖了书就能收回钱款。但这本不起眼的小说集的上市，在这座终日喧响着算盘声和桐城派古文的诵读声的海边小城几乎没有激起一点回声。因薪水微薄，购买图书报刊又花费甚大，他只好回家帮助经营父亲的“赵源泉号”，想增加一点收入，但经营不善，反而亏损了一百几十银元。就在此时，他的又一个儿子出生了。

接下来是为期大半年的北游。1925 年 2 月中旬，无业青年赵平复做起了“京漂”，到北京大学旁听哲学英文两科，也旁听鲁迅的“中国小说史略”课程。此时的经济状况如下：

由父母寄 200 银洋，与好友邬光煜同住北大红楼附近的学生公寓孟家大院通和公寓(隔壁是潘漠华和冯雪峰合住)，每月食宿费 20—30 元，购书的钱至少 10 元。到北京，他本来是想一边做些文章去卖，一边等小说集《疯

---

① 见 1922 年 5 月 22 日日记，《柔石日记》，陈漱渝等编，山西教育出版社 1998 年版。

② 见 1924 年 7 月 3 日日记。《柔石日记》，陈漱渝等编，山西教育出版社 1998 年版。

人》卖完，可大半年过去了，他让书局结账，寄来的钱还不满5元。“囊中时空”，有时竟然窘迫到了“没有早餐的钱”。只好时而打一些抄录、校对的短工，以补生活之用。穷困再加疾病，他连死的念头都有了，在一封写给好友陈昌标的信中还出现了这样的话：“自己时想投北海以自决者。”

这期间，青年赵平复经常在想的一个问题是，“我现在究竟算个什么人呢”？学生不是学生，职员不是职员，工人不是工人，最后他依吴稚晖先生的说法把自己自嘲作了一个“野鸡学生”。北大于2月22日开学，听课一学期后，9月收到父亲的信，希望他报考北京师范大学，可以减免学费、食宿费，又可谋一个好的前程。父亲也是望子成龙心切了些，他一个小县城的咸货店主哪里知道在北京上一个大学要多少费用。赵平复回信说，“复，岂不愿读书，实以家中之故，六年长期，断难遂愿而毕！”到第二年初，终因病且财力不济，只得怏怏地离开“苦闷的北京城”，回他那个“绿色的海滨”了。北京是那么好待的地方吗，北京，是你一进去就想着总有一天会离开，离开了又觉得住过的一个地方啊。

南归后的一段时间，生计的鞭子驱赶着赵平复频频奔走于沪杭道上。在上海，他邂逅了也正为找不到工作犯愁的浙一师同学汪静之。两人在宝兴路悠远里合租了一间小屋，一边切磋文艺，一边寻找就业的机会。此时，赵平复认识了一个叫王方仁的镇海人。此人身上一股子商人的机灵能干，据说有个哥哥在上海的四马路上开设了一家教育用品社。王方仁正联络几个同道谋划着在杭州创办一所私立中学，与赵平复一说，赵平复当即高兴地表示愿意参与。他们的计划是，拟找10个朋友，集资开办费1000银元，每人出资100银元。在一封家书中，赵平复颇为乐观地估计：“如此举成，则儿偕二三友人将至杭州筹备，是则下半年即可招收学生矣。儿之友人中，多半做过中学教师，努力办一初中，当不无相当成绩，此可断言也。如此初中能办成而完善，则儿辈此后之生活，高枕无忧矣”。①

---

① 1926年4月21日家书，转引自王艾村《柔石评传》，上海人民出版2002年版，第117页。

但创办私立中学哪里是容易的事，身体的困顿再加心力交瘁，赵平复病倒了，还时有咯血。秋天回乡养病，父亲埋怨他说，一个才 25 岁的青年，竟这样憔悴，连背也驼了。“你今年正二十五岁呀，正该是壮气凌人的时候，你自己知道么？你却带了一身的悲与痛，躲避在家里，负了百万债似的，什么心事呢？谁给你有委屈吗？还是你怨自己之不得志？”终日飘荡着中药味的屋子，哥嫂的不解，侄儿辈的嘈杂，让他觉得这家里是无论如何也待不了一天了。他频频在向外面的同学和朋友发信，希望有个“做事吃饭的地方”。封闭的环境最易于使人的思维走入极端，他竟然还有过吞金自杀的荒唐念头，只因金子太贵不易到手才作罢。

已经年老体衰的父母，决定把家产分给平西、平复兄弟两人。分配办法是：兄长平西得西大房住居，并继承“赵源泉”店铺；平复与父母住西厢，分得 500 银洋，作为股金存入店铺，支取分红。① 赵平复那时已是家乡中学的一个教员，对家中日常经济生活从不过问的他，或许是愧于自己毫无建树，对这一分居析产“心甚悲苦”。他时常独自步出县城西门，登上崇寺山，那里埋葬着他一个早逝的朋友。和死者的对话庶几可以抚慰他内心的难言之痛。他为亡友的荒冢摄下一张照片，背面写下的题记流露了他那时的凄苦心情：

> 1927.3.14，父母将予与西哥分居，杂事纠葛，心甚悲苦，以此常至崇寺山绕友仁夫妇墓徘徊。墓周五十步，每次必六周，很能体贴生死之滋味。

赵平复本就性格内向，敏感多虑，在学校也少与人往来，分家让他感到一个人被孤零零地抛进了险恶的世道，竟至到了“体贴生死之滋味”。这些日子他聊以自遣的，只是埋头修改前些年写的一个长篇《旧时代之死》。他的想法很美好：希望卖了这部作品能到法国去。

可能是近山傍海的地理环境使然，旧属台州府的宁海人的血液里总

---

① 引自《柔石日记》第 45 页注，陈漱渝等编，山西教育出版社 1998 年版。

是渲腾着造反的因素，未几，一次失败的农民暴动涉及了宁海中学。那时赵平复刚刚出任政府的教育局长，同时还兼着这所学校的课。看着学校封闭、解散，同事遭难、星散，心灰意冷的赵平复也不想做这个小官了，找了一个借口单身出走，跑到上海，在法租界内租了一个亭子间住下。说是“赴沪谋生”，其实也是前途茫然的。夏天他写信到老家，说是正在学习德文，想出国留学，希望父母支持。父母把他存放在咸货店里的500银元寄给了他。不久，他又写信来，说是500银元还不够盘缠（当时赴欧起码要1000银元），没有办法，只能望洋兴叹，圆不了去德国的美梦了。他在信里说，“眼前到外国去，钱从何处来，外国最少一年要一千元用，来回路费每次要二百……到外国去的心，等一两年再谈了。”①

好在也不是全然断了希望，上海之行虽说仓促，赵平复还是带出了“用毛笔誊写得非常漂亮”（林淡秋语）的那部长篇手稿。初到上海的两个月里，他把这部稿子重新修改了一遍，并端端正正地在书稿的最后一页签上“1928年8月9日午前誊正于上海”。两天后，在一封写给兄长平西的信中，他报告了这一消息，“夙兴夜寐，努力读书作文，目下已将二十万字一书著好。”②在这封信中，他还隐喻自己虽然寄身上海小小的亭子间，但那是暂时的，总有一天，他这条胸怀吞舟大志的鱼儿一定会游进更广大的海域。

这部气氛悲苦的小说写的是一个叫朱胜禹的青年在贫穷和疾病的双重挤迫下心理变态，最后在未婚妻自缢后服毒自杀，写作者自身和时代的病症使得小说的叙事像一场咬牙切齿的诅咒。他在小说前面简短的自序中，流露了表现“时代病”的野心：

> 在本书内所叙述的，是一位落在时代的熔炉中的青年，八天内所受的“熔解生活”的全部过程……我就收拾青年们所失落着的生命的

---

① 《柔石日记》，陈漱渝等编，山西教育出版社1998年版，第152页。

② 1928年8月11日柔石致赵平西信，转引自《柔石年谱简编》，王艾村《柔石评传》，上海人民出版2002年版，第142页。

遣恨，结构成这部小说。这部小说是我意识地野心地掇拾青年苦闷与呼号，凑合青年的贫穷与愤恨，我想表现着"时代病"的传染与紧张。①

一日，从广州中山大学来沪的旧时朋友林淡秋来看他，问起目前生活如何，以后怎样打算，他从抽屉里取出了那两大厚册的稿子，翻了翻说，"暂时只有靠这部稿子了。"林淡秋问他，找好了出路吗？他回答："还没有，打算去找鲁迅先生。"

同年 8 月，赵平复在一封给兄长的信里说，"近日此间亦有一中学聘弟，如月薪有八十元，福即允诺，若太少福决不就，仍自求读书作文，为前途计也！此信一到，望西哥为福设法（银）洋五十元寄下。"过了些日子又去信说，中学教书的事也靠大不住，倒不是为钱的多少，而是因为有别的缘故，实在是不想去了。"沪外友人，虽时有信来邀弟，而弟情愿在沪谋生，并望一有机会，即赴海外读书，故不愿离此。""但求人不如求己之态，愿自己吃苦，自己努力，开辟自己之路！"②有一种说法是，他那时认识了鲁迅，鲁迅劝他不要去中学教书，专心文学，并把他的稿子寄给了北新书局。

1928 年 9 月 27 日，赵平复的名字首次在《鲁迅日记》上出现。这天晚上，鲁迅邀请林语堂、周建人、许广平、王方仁等八人往"中有天"晚餐，赵平复也在被邀之列。这显然不是赵平复初次与鲁迅相识，三年前，他就在北京听过他讲《中国小说史》，但对鲁迅来说，这个操着一口浙江话的模样淳朴的青年是第一次进入他的视野。或许是他的淳朴，也或许是他殷殷无助的眼神让大师动了恻隐之心，他一下子就喜欢上了这个小同乡，慨然应允一定会细细看他这部长篇的稿子。

这年 9 月，鲁迅从靠近宝山路的闸北横浜路景云里 23 号迁居到里内 18 号屋，他随即就想到了这个居无定所的青年，介绍他和厦大的学生王方

---

① 柔石《〈旧时代之死〉自序》，上海北新书局 1929 年版。

② 1928 年 8 月 11 日柔石致赵平西信，转引自《柔石年谱简编》，王艾村《柔石评传》，上海人民出版 2002 年版，第 142 页。

仁、崔真吾一同租下他刚刚搬出的屋子。考虑到他们在上海都没有眷属，饮食多有不便，还叫他们来与自己一起搭伙用膳。在日记中，赵平复这样叙述他在鲁迅家吃饭的感受，“好几次，我感觉到自己心底是有所异常的不舒服，也不知为什么，可是在周先生吃了饭，就平静多了。”他说出这样的话也应该不是对一饭之恩的奉承：“先生底慈仁的感情，滑稽的对社会的笑骂，深刻的批评，更使我快乐而增长知识。”①

赵平复按捺不住兴奋，致信兄长说，“福已将小说三册（《旧时代之死》上下册和《二月》）交与鲁迅先生批阅。鲁迅先生乃当今有名之文人，如能称誉，代为序刊印行，则福前途之运命，不愁蹇促矣……”信中还说：“福近数月来之生活，每月得香港大同报之补助，月给廿元，嘱福按月作文一两篇。惟福尚需负债十元，以廿元只够房租与饭食费，零用与购书费，还一文无着也！不能不请西哥为我设法五十元，使半年生活，可以安定。”②可见当时他每月维持衣食住行和零用购书的基本生活费为 30 元。相当于今人民币 1000 元左右。

鲁迅悉心看完这部书稿，赞之为“优秀之作”，并慨然介绍给北新书局的李小峰。1928 年 10 月，长篇小说《旧时代之死》由北新书局出版，合同约定版税 20%（当时上海各书局所订的版税通常为 15%—20%）。他以前的《疯人》是自费出版的，像这样由书局正式出书，有版权又有版税的收入，还是破天荒头一遭。他给兄长写了一封空前长的信，详细说了“卖版权”还是“抽版税”的情况：

> 福现已将文章三本，交周先生转给书局，如福愿意，可即买得八百元之数目。惟周先生及诸朋友们，多劝我不要卖了版权，云以抽版税上算。彼辈云，吾们文人生活，永无发财之希望。抽版税，运命好，前途可得平安过活，否则一旦没人要你教书，你就只好挨饿了。抽版

① 《柔石日记》，陈漱渝等编，山西教育出版社 1998 年版。

② 1928 年 9 月 13 日柔石致赵平西信，转引自陈明远《文化人与钱》，百花文艺出版社 2001 年版。

税是如此的：就是书局卖了你一百本的书，分给你二十元。如福之三本书，实价共二元，假如每年每种能卖出二千本，则福每年可得八百元，这岂非比一时得到八百元要好？因此，福近来很想将此三部书来抽版税，以为永久之计了。①

其实像赵平西这样一个小县城里的咸货商，哪里搞得清他兄弟说的什么版权版税的，赵平复只是想有人分享他的快乐罢了。一个叹贫嗟苦的青年，现在总算有了“自由撰稿人”的社会地位而获得文学界的承认（虽然他当时的稿酬标准是千字 2 元，在作家里面是属于比较低的），经济和文艺命途上出现的这一线光明怎不让他欢欣雀跃呢。经济上的初步自立连带着说话的口气也壮了不少：“福总想做一位于中国有贡献的堂堂男子，我现在已经有做人的门路了，只要自己刻苦，努力，再读书，将来总不负父母之望。”②他给日后的自己定的做人信条，一是努力、刻苦，忠心于文艺，二是如有金钱的余裕，就补助于诸友。

赵平复把那一时期的经济状况报告如下：“福现今每月收入约四十元。一家报馆每月定做文章一万字，给我廿元。又一家杂志，约廿元至三十元。不过近来食住两项，每月要抽去廿五元，书籍每月总要十元。因此这两笔所赚，没有钱多。”③

为了多多进款，他就要让自己像磨道上的驴子一样不断奔跑，不停下来，以至于“每夜到半夜一二点困觉”，“一边吞胃药，一边再写”。④

---

① 1928 年 10 月 25 日柔石致赵平西信，转引自陈明远《文化人与钱》，百花文艺出版社 2001 年版。

② 1928 年 10 月 25 日柔石致赵平西信，转引自陈明远《文化人与钱》，百花文艺出版社 2001 年版。

③ 1928 年 10 月 25 日柔石致赵平西信，转引自陈明远《文化人与钱》，百花文艺出版社 2001 年版。

④ 1928 年 10 月 25 日柔石致赵平西信，转引自陈明远《文化人与钱》，百花文艺出版社 2001 年版。

那一时期他在致兄长的一封信中说："近日生活亦好，每天可写两千字。"①以稿酬千字2元计算，每日可得国币4元，如能顺利卖掉文章，则每月收入可达国币120元(合今人民币4200元)，赵平复那时候的收入也应该是颇为可观了。

这种一不依附于官，二不依附于商的经济自由状况，是知识者言论自由的后盾，也是一个作家心性自由的物质基础。赵平复就这样成了当时一个左翼自由撰稿人的典型。

迷惘的时候，这些青年想到了合伙办刊物搞出版，二三十年代的文艺青年，到了上海不卖文、不办报刊就好像白在上海混了似的。他们想好了，合伙建一个文艺社团，出版一种刊物，以后再陆续出版图书。特别是王方仁说到他哥哥开的"合记"教育用品店可以帮助先垫付印刷的油墨、纸张，还可以帮助代售，他们更是好像看到了成功了的样子。开办的时候说好每人股金50元，鲁迅参了一股，拉许广平参了一股，赵平复的那一份，因一时交不出钱，也是鲁迅垫付的。所以鲁迅在里面参到了一大半。取陆机的"谢朝华于已披，启夕秀于未振"之意，"朝华社"就这样开张了，拟办的刊物也就名之为《朝华》周刊。

尽管只是一本16开8版的小刊物，鲁迅还是为之倾注了大量心血。首期出刊，他为刊名"朝华"设计了美术字，还选用了英国版画家阿瑟·拉克哈姆的一个画来饰刊头。他手把手地教会赵平复他们如何编辑一本刊物：办刊物既要求文章内容扎实，版面设计、编排形式也要生动，不能搞得密密麻麻，给人以压抑之感。他还帮助他们编选了一些近代木刻画的选集。

几个合伙人里，崔真吾在复旦大学附属中学当教员，王方仁常东奔西走，实际都是赵平复一个人承担着编辑、制图、发稿、印刷的一揽子事务。可是王方仁那个开教育用品社的哥哥给他们供应的纸都是从拍卖行拿来的次货，油墨也是廉价的，用来印刷木刻图版，质量次得没话说，自然影响

---

① 1928年12月6日柔石致赵平西信，转引自陈明远《文化人与钱》，百花文艺出版社2001年版。

了刊物销路。再加他欺赵平复不懂经营，“相信人们总是好的”，常常借故不付拖欠书款赖账，以致刊物出到一年后竟至出不下去了。赵平复只好用自己著译所得的仅有一点稿费去抵偿债款，鲁迅也赔了 120 元，至此社事彻底告终。

鲁迅后来回忆这事：

> 他躲在寓里弄文学，也创作，也翻译，我们往来的许多日，说得投合起来了，于是另外约定了几个同间的青年，设立朝华社……然而柔石自己没有钱，他借了二百多块钱来做印本。不过朝华社不久就倒闭了。柔石的理想的头，先碰了一个大钉子，力气固然白花，此外还得去借一百块钱来付纸账……一面将自己所应得的朝华社的残书送到明日书店和光华书局去，希望还能够收回几文钱，一面就拼命地译书，准备还借款，这就是卖给商务印书馆的《丹麦短篇小说集》和戈里基作的长篇小说《阿尔泰莫诺夫之事业》。但我想，这些译稿，也许去年已被兵火烧掉了。①

经此挫折，赵平复觉得自己在这个坚固的社会面前还是太敏感太脆弱了，“神经末梢太灵动的像一条金鱼”。鲁迅像一个父亲一样告诉他“象的哲学”：“人应该学一只象。第一，皮要厚，流点血，刺激一下子，也不要紧。第二，我们强韧地慢慢地走去。”②

越来越沉入孤独的黑暗中的鲁迅，对他中意的青年自觉不自觉地流露着父爱的感情。这青年身上一种特殊的东西拨动了他的心弦，他对之的喜爱之情与日俱增。他喜欢每日的晨昏、昼午与这个青年海阔天空地谈论社会、人生与文艺。每次会见友人，上馆子请客吃饭，更是把赵平复当作家人，邀他与许广平、周建人一道作陪。即便是偶尔的看电影、游公

---

① 鲁迅《为了忘却的纪念》，最初发表于 1933 年 4 月 1 日《现代》第二卷第六期，后收入《南腔北调集》。

② 见 1929 年 10 月 14 日日记。《柔石日记》，陈漱渝等编，山西教育出版社 1998 年版。

园、逛书店、看画展，也喜欢邀他同行。而赵平复，这个乖巧的年轻人，也总在合适的时机出现在先生的面前，问他有什么需代办的事，相帮着处理一些诸如寄书、寄信、汇款、去出版社取版税等杂务。当时鲁迅想搬家，他就一次次地陪同着去北四川路、老靶子路、蓬莱路、海宁路等处看房子。他成了鲁迅在上海“一个唯一的不但敢于随便谈笑、而且还敢于托办点私事的人”①。在鲁迅日记中，随处可见这样温暖的记载：“中秋，煮一鸭及火腿，治面邀平复雪峰同食”，“因有越酒，遂邀雪峰柔石”。即便是 1930 年 2 月 13 日这日，中国自由运动大同盟成立，鲁迅到会演说，查这一天的日记，也有“晚邀柔石往快活林吃面，又赴法教堂”的记载。

他们之间的交往，在《鲁迅日记》里载及近百次，在不完整的《柔石日记》中，也载到百余次。就连美国友人史沫特莱，也看出了鲁迅对他那种格外的关爱，多年后她回忆说：“其中有一个以前曾当过教员叫柔石的，恐是鲁迅朋友和学生中最能干最受他爱护的了。”

《为了忘却的纪念》中，他和鲁迅相扶着过马路的细节，是何等的温暖、动人：

> 他和我一同走路的时候，可就走得近了，简直是扶住我，因为怕我被汽车或电车撞死；我这面也为他近视而又要照顾别人担心，大家都苍皇失措的愁一路，所以倘不是万不得已，我是不大和他一同出去的，我实在看得他吃力，因而自己也吃力。

这期间，赵平复浙一师时的同学冯雪峰因遭当局通缉从家乡义乌避居上海，在他的安排下，冯雪峰住进了景云里甲 11 号。那房子的后门斜对着鲁迅住的屋子的前门，冯每天晚饭后就在三楼阳台上张望，一看鲁迅家里没有客人，就跑过去聊天。冯这个“在中国最了解鲁迅的人”（许广平语）后来说：“正是柔石的介绍，使我很快就能够受到鲁迅的指导和取得他的友谊了。”他也发现了鲁迅与赵平复之间那种超越于寻常友情之上的父

---

① 参见鲁迅《为了忘却的纪念》。

爱式的亲情：

> 我那时感觉到，现在也同样感觉到：在柔石的心目中，鲁迅先生简直就是他的一个敬爱的塾师，或甚至是一个慈爱的父亲，却并非是一个伟大的人物，而鲁迅先生也确是像一个慈爱的父亲似地对待他的。[①]

1929 年 1 月的一个晚上，鲁迅问赵平复，明年的《语丝》，你去看看稿并校对，可不可以？可以的话我给北新书局的李小峰去说说，北新每月会给你 40 元钱的编辑费，这样你的生活便安定了，此后也可以安心做点文学上的工作。[②] 赵平复想人的一生真的是由机会促成的啊，以前他也想把自己的短篇寄到《语丝》去，可是总怕门槛太高，编辑老爷们看不上，没想到自己现在居然要亲手编这个刊物了。

戊辰年的除夕，赵平复是在鲁迅家里和许广平、周建人等一起分岁过年的。这一天他回去后记日记：“今天是旧历十二月三十日，此刻是夜半后二时，从吃夜饭起，一直就坐在周先生那里，夜饭的菜是好的，鸡肉都有，并叫我喝了两杯外国酒。饭后的谈天……什么都谈，文学哲学、风俗、习惯，同回想、希望，精神是愉悦的。”[③]并意犹未尽地写下了一首小诗：“我是一个完全无过去的人了/将努力捉住那阳光的白点开始有新的光明了。”

这年 11 月，赵平复的中篇小说《二月》由上海春潮书店出版，鲁迅为之作《小引》。合同规定抽版税 20%。不久，作为中国自由运动大同盟和

---

① 冯雪峰《回忆鲁迅》。

② 参见 1929 年 1 月 11 日日记：“晚上鲁迅迅先生问我，明年（指旧历）的《语丝》，要我看看来稿并校对，可不可以。我答应了。同时我的生活便安定了，因为北新书局每月给我四十元钱。此后可以安心做点文学上的工作。”《柔石日记》，山西教育出版社 1998 年版。

③ 见 1929 年 2 月 9 日日记《柔石日记》，陈漱渝等编，山西教育出版社 1998 年版。

"左联"发起人之一，赵平复被推选为常务委员和编辑部负责人，主持《萌芽》月刊，每月得编辑费30元。

此后经济生活日见好转，月收入可达100多银元，他写给故乡妻子的信中说，"我今年的生活比较好些，以后我当按月寄二三十元给你，作家里零用。店里我亏空了的钱，再由我补还。今年一年以内，我当补足，你无用担心。"①

据《中国劳动问题》的资料(光华书局1927年版)，20年代上海市民一般生活水平为：一个典型的市民五口之家生活水平，以每月200银元为中上等之分界线；每月66银元为一般市民经济状况；每月30元以下为贫民的下等生活分界线。一家月消费66银元，也就是每年800银元，每个"等成年人"每月16元6角7分，这样水平的家庭，在当时上海工人里大约占4%，而在普通的知识阶层和职员中占多数。这也是当时上海一般文化人的经济状况。

另据国民政府工商部对于工人生活的调查统计，1928—1929年上海产业工人中的男工月工资最高为50元，最低为8元，一般工资为15元8角；女工月工资最高为24元，最低为7元，一般为12元5角。此外尚有奖金、津贴等附加收入。上海工人家庭一般为4—5口人，以两人同时做工计，一般月工资收入为28—32元，年工资约为336—384元，加上奖金和津贴部分，年收入估计在400元左右。而当时中国城市底层一个5口之家的月均生活费为27元2角。照这样看来，左翼自由撰稿人赵平复的日子也算是滋润的了。

但赵平复的稿费收入并不稳定，亏空的日子还是经常有，一遇到经济拮据，都是鲁迅帮他解决。翻检《鲁迅日记》，鲁迅就曾五次借款给他，合计达270元。照鲁迅的行事方式，这些钱除非是赵平复主动归还，否则他是不会开口索要的。

从没出过远门的"西哥"到上海来探望弟弟了。告知他家里的一切情形，还带来一个消息，说妻子又为他生下一个儿子。陪着兄长在上海玩了

① 《柔石日记》，陈漱渝等编，山西教育出版社1998年版，第156页。

八九日，送他回去的时候，他给父母买了葡萄酒，给妻子买了法兰绒衣料和花帕，还给儿子买了皮书包和乳粉，都托兄长带到乡下去。

很快就到了他母亲六十大寿的生日，本来把吉期定在了十一月的初一日，因一些杂事缠身，他到家已是十一月初四日。尽管错过了吉期，家人还是很高兴。他母亲更是笑得合不拢嘴。她坐在儿子从上海买来作为生日礼物的一把木质朱漆藤座靠背摇椅上，心疼地说，人来了就好，何必买介考究的东西，路上又不好带的。在老家住了四五天，他又匆忙赶回了。他那时还不知道，这是他最后一次回他那个山海之间的小城了。

最后的结局我们都已经知道了，那是来年二月的一个深夜，我们年轻的主人公饮弹十枚，死在了上海龙华的荒场冻土上。他在东方旅社被当局拘捕前的二十四小时，据说是这样度过的：

前一日的中午，在景云里吃过中饭，换上西装，对合住的朋友说要到外面开一个会，可能要住几日才能回来。晚间，去鲁迅家问版税的支付办法，鲁迅将以前与北新书局所订合同抄了一份给他。第二天上午，到永安公司右面隔墙一座三角形样式建筑的小咖啡馆里，出席左联的一次执委会。在朋友处吃过午饭，就匆匆离去赶赴三马路的东方旅社 31 号房，那里还有一个会在等着他。就在那里，他和其他七八个人被警察带走了，警察局的案卷上记着他的名字叫“赵少雄”。

得知他被捕的消息，鲁迅当晚烧掉了与朋友的信件，仓皇出逃，在日本朋友内山完造的帮助下，全家避居到黄陆路一家日本人开设的“花园庄公寓”。

后来，鲁迅这样回忆那个诀别的夜晚：

> 明日书店要出一种期刊，请柔石去做编辑，他答应了；书店还想印我的译著，托他来问版税的办法，我便将我和北新书局的所订的合同，他向衣袋里一塞，匆匆的走了。其时是一九三一年一月十六日的夜间，而不料这一去，竟就是我和他相见的末一回，竟就是我们的永诀。第二天，他就在一个会场上被捕了，衣袋里还藏着我那印书的合

同，听说官厅因此正在找寻我……①

刚入狱时，他还有生的念想，且对形势的险恶估计不足，以为还会有获释的可能，在狱中想方设法托人带出了两封给同乡的信。其中的一封经鲁迅在《为了忘却的纪念》中的引述已广为人知：

> 我与三十五位同犯（七个女的）于昨日到龙华。并于昨夜上了镣，开政治犯从未上镣之纪录。此案累及太大，我一时恐难出狱，书店事望兄为我代办之。现亦好，且跟殷夫兄学德文，此事可告周先生；望周先生勿念，我等未受刑。捕房和公安局，几次问周先生地址，但我哪里知道。诸望勿念。祝好！（背面附字——洋铁饭碗，要二三只如不能见面，可将东西望转交赵少雄）

另一封，鲁迅应也是亲见了的，但他没有抄录，或许是信中流露的强烈的求生欲望与监禁中非人的折磨之间的反差让他愤怒且悲哀，或许是信中惨苦的措辞让他不忍卒引，"赵少雄"入狱十几天后发的这封信的全文是这样的：

> 在狱里已半月，身上满生起虱来了。这里困苦不堪，饥寒交迫。冯妹脸膛青肿，使我每见心酸！望你们极力为我俩设法。大先生能转托得一蔡先生的信否？如需赎款，可与家兄商量。总之，望设法使我俩脱离苦海。下星期三再来看我们一次。借钱给我们。丹麦小说请徐先生卖给商务。祝你们好！
>
> 雄　五日②

---

① 鲁迅《为了忘却的纪念》，最初发表于1933年4月1日《现代》第二卷第六期，后收入《南腔北调集》。

② 《柔石年谱简编》，参见王艾村《柔石评传》，上海人民出版2002年版，第309页。

信发出后隔了一日，我们的主人公并他年轻的恋人，和其他二十二人一道，在一个寒冷的夜晚，被当局秘密处决了。

2. 青年赵平复的爱情生活

自从嫁到赵家，这个叫吴素瑛的女人就经常梦见自己被抛弃。梦中的场景一律是在春天泥泞的田野上，下着雨，她和小她两岁的丈夫一前一后地走着，回娘家，或者是去城外的村庄为病着的儿子去请郎中。雨不大，结在草尖上像闪亮的露珠。他们不住起落的脚踢得这些水球四处飞溅。忽然她抬头，或者回头 看，那个好端端走着的男人就不见了。她哭，她喊，可是无济于事，那个男人就像一片水汽化入了天地间的苍茫之中。

她知道，时光是再也不能回转了。那一年，黄坛的元宵灯会初相见，她二十岁，他十八岁，都是花儿一样的年龄啊，她记得他会立马红起的脸，记得他把脸凑近她耳边时急促的呼吸，像一头雄性的小动物，咻咻地响。她还记得，他初次上她东溪的家，喝多了她父亲家酿的米酒，鼻尖上渗着细密的汗珠，给她的弟弟们讲除暴安良的侠义故事。真快啊，一下子就成了拖着三个孩子的母亲(还有一个他称作“我爱”的，没有照顾好，早早夭亡了，这是她一想起来就觉得对不住他的)。都这个年纪的女人了，她不再有别的奢望，只希望那个男人和别人家的丈夫一样，同出同入，点灯说话，吹灯做伴，和自己安安稳稳过一生。

可他总是不着家，先是省城读书，后来是北京上海满天下地跑，偶尔回趟家，也只知捧着一本书呆呆地出神，视她和儿女如无物。天哪，他会不会在外面有了别的相好的女人？听说城里的女学生现在胆子都大得很呢。一冒出这个念头，她把自己都吓了一跳。越是要把它按下去，越是要冒上来。结婚那么多年,尽管相伴无多,可她自信不会有别的女人比自己更懂得他:外表像绵羊,内心却潜藏着一只暴烈的老虎。她是知道他有个乳名叫“归山虎”的。她希望自己孝敬公婆的懿德终能感化这只一年到头游荡在外的老虎回家。

吴素瑛的父亲是个老童生,一生也没有考取什么功名,但这并不妨碍这个可爱的小老头以读书种子自居,并把方孝孺方正学先生成天挂在嘴上。想当初,他不也是冲着那个咸货店主的儿子是个读书人,才把女儿嫁了过去吗。现在,出于某种对文化过于尊崇的心理,那个嫁出去的女儿嚷着要回娘家来,跟表妹们一起上私塾念书了。丈夫识字,自己不识字,这在她看来已成了横亘在自己和夫婿之间最大的障碍。

老童生说,你一个过了门的媳妇,不做家务,不帮翁姑持家,反倒要回娘家读书,招人笑话哩。但终拗不过宝贝女儿,让她留下了。塾师是个老妇人,除了教些打算盘、记账,再就是如何给外出夫君写信的《女子尺牍》之类。这倒是投她所需。赵平复在杭州葛岭做家庭教师的时候,收到了妻子写来的第一封信。他后来说自己当时读信的心情,刚开始,“也似有昙花一现的甜味”,但马上——“悲哀就满浃了全身”。何至于如此呢?她后来也觉得自己太傻,怎么可以在信中直截了当地说什么担心变心不变心的话。果然他的回信是一番赌天咒地的发誓。第二封信,她学聪明了些,一边告诉他家里兄嫂反对她读书,以示自己要跟上他的脚步是多么不易,一边呢,试探着问他明年的打算。女人小小的机心谁能知晓啊,她真希望明年就随在丈夫身边,不要回这个家了。但这也只是一厢情愿的想法。人一到穷途,最怕你问他明天的事,果然,赵平复的回信都带着一股怒气了:“你的明年,这四个字我早已预想过了,容易和艰难,就是痛苦与幸福所羁绊的我们未来的人生。”和女学生、女友在纸上谈人生、谈未来当然是很惬意的事,可她又不是女友顾君或者李君或者柳君,能引得他的心“完全在信笺上舞蹈”,那是乡下的结发妻子呀,谈什么?怎么谈?

校园里女学生们银铃般的笑声把空气荡出了小小的漩涡,她们黑裙青衫的轻盈身影在教学楼和操场的小径上倏忽来去。这空气中到处飞扬着肾上腺激素和欲望的日子呀,这忧伤、绝望的青春期,汪静之们大胆直露得让人脸红的诗句正在校园里无耻地流行。满目的姹紫嫣红莺莺燕燕，已婚男人赵平复真要感慨自己过着的是“渣滓的生活”了。但也只是做做春梦，“从昨夜到今晚，却有两件可纪念令我心悦的事：第一，当然要算是昨夜的亲美梦，和一位——就是伊，拥抱着久长的 KISS，就是醒了，还觉得全身如饮过葡萄酒，眠在爱人怀里一样。”①更多的时候，则是把性苦闷与婚姻生活的琴瑟异趣的冲突在日记中作一番自慰式的发泄。“种种意见和我不合，我的计划又难融洽。我本来知道所谓爱，是肉体上的一部分……夜里计算一夜的生命之账，结果总是破产。我精密的判断——这是我恻隐之心太富的缘故，理想也被人道所支配了！现在想起，怕已绝了方法。唯一的路，走上周赫王所建筑的避债台了。”②

过年前两日到家，吴素瑛还在黄坛念书，家人火速传讯去，大年初一的早晨她回来了，脸让北风吹得红扑扑的。进入房门的一刻，他不由自主地紧握了一会她的手。待放好包裹，坐在床框，他迫不及待地拥抱起了她。她嘤咛了一声，你总是如此的，就红着脸跑了出去，扔下他一人对着屋梁发怔。他叹息了：唉，到底是浸惯于旧风气的女子，不知日间的拥抱，是更甜美于夜半的接吻。在家住的这些日子里，他再也没有在白天抱吻过她。

知道了妻子在黄坛念书的大概，赵平复心里忽然起了一丝感动。他说，还是我来教你吧。吴素瑛以为他说着不当真的，没想到接下来几天他真的编起了教材。他为她选的白话文是郭沫若翻译的《少年维特之烦恼》，古文是《春夜宴桃李园》《秀州刺客》几篇。她埋怨道，这里一篇，那里一篇，翻也翻不着，怪讨厌的。话这样说着，心里却是喜欢的。他做发恨状，那就去抄起来！她抿嘴笑，你对学生仔也这么凶的？就不抄，抄是抄不起来的！她嫌“维特”里面的句子“如刺蓬般，扳来扳去，搞不清楚”，他便又依着她，找来了《红楼梦》。这闺房调笑的一幕在他们的婚姻里可算是最动人的了，但一下也就过去了，更多的时候，倒是隔膜着，两颗心之间

---

① 1922 年 10 月 26 日日记。陈漱渝等编，山西教育出版社 1998 年版。

② 1922 年 7 月 18 日日记。陈漱渝等编，山西教育出版社 1998 年版。

忽近忽远的，像漂移着的大陆一样越来越觉着远了。

“同未出嫁的姑娘通信是应该的么？”

“半年所赚的钱，非但一文没多，倒要从家里汇去，并不见你买回好东西，不过几本书而已！”

这样的一连串诘问下，赵平复直觉得自己在家里成了一条灰头土脸的狗，直不起腰。后来的去上海，不管什么堂皇的理由，有一条就是想避开这个女人。在外两年多了，时间没有消去他对她的不满，竟至于说出这样的话来：“想想妻的不会说话，常是副板滞的脸孔，有时还带着点凶相，竟使我想得流出眼泪来！……冷静一些，旷达一些，朋友已说我现在能这样恬淡静默做人，和以前的多感、烦恼，处处发现情愫冲动，已相差很远了。但我的内心，火焚的内心，谁知道！”①而此时，他已在半冷不热的婚姻生活中挨过了近十个年头，并成了三个孩子的父亲。

大哥平西去上海看他回来，带来的消息是令人高兴的。家人也和吴素瑛一样，不知他一个人在外面做着什么紧要的事，但汇来的钱毕竟是看得见的。他托大哥给她带来的法兰绒外套和一方花帕、给孩子买的皮书包和乳粉，这一切让她相信，他心里还是有她的，有这个家的。可是她还是放不下心来，他在外头会不会有别的女人？这个念头一天又一天地折磨着她。

初冬的天气变化无常，两个孩子都病倒了，求医问药，端汤端水，搞得吴素瑛人都消瘦了不少。偏偏有一天在村头听到有人在说，她丈夫在上海和某某好上了。本就疑心的她，这下一心要赶往上海了。急得她公公只好写信给儿子，让他无论如何回家一趟，安定家人之心。接到父亲来信，赵平复在日记中写道：“弟妹均小病，景况萧瑟，药石为难，且年成荒歉，告贷不易。素瑛一心要外出，意不愿任我一人在外，逍遥自在。于是母亲叮嘱年内归家一次，以安家人之心。我读了信，心灰意冷！问自己不

---

① 见1929年1月19日日记。《柔石日记》，陈漱渝等编，山西教育出版社1998年版。

知如何解脱。”[1]赵平复向朋友借了五十元寄回家，本来以为可以聊作安慰，没想到女人还真说得出做得到，就拿着这五十元钱作盘缠，抱着最小的儿子跑到上海来找他了。

见妻子大老远地跑来，赵平复自是好言劝慰。住了几天，她也觉得市尘嘈杂的上海远没有乡下来得清静。看丈夫那么老实相，也不像有女人的样子，再加住房狭小，儿子又是屎又是尿的，搞得日子很狼狈，她就想回家了。那天，赵平复一手抱儿子，一手提藤箧，送她去十六浦码头坐船。刚出门的时候天还阴沉着，到得码头，天竟下起了雨。怕她们娘儿俩淋着，他又折回去买了一顶油布伞。吴素瑛也是个容易满足的女人，看他一来一去跑得满头大汗的，她心里头又是甜蜜又是痛楚。

很不幸的是，女人的直觉往往是对的。敌人果然已经出现，只是她一直蒙在鼓里罢了。那是个姓冯的女人，有个男性化的名字，冯铿，还有个女人味很重的名字，岭梅，广东潮州人，正当二十四岁的妙龄。这个文艺女青年人也长得像她的名字，浓眉大眼，貌似男子，不喜装饰，而爱辩论，从不拿自己当女人看，很小的时候就据说立志要学秋瑾。冯女士在潮汕的时候本就有一个恋人，叫许峨，是一起做小学教员的同事，两人在那边因“赤化”的嫌疑待不下去了，才一起跑到上海的。感情的事也真说不明白，冯女士跑到景云里蹭过一顿饭后，竟一门心思迷上了那个清清瘦瘦的江南书生柔石。柔石对她的印象看起来也不错，称她是“烈火般的性子与秋水般的心灵荟萃于一身”。就在吴素瑛来上海探夫之前，冯女士已经是景云里的常客了，不久前，她还和柔石一起跑到杭州西湖玩了几天，用他们的说法是，“度过了几天欢快的时光”。

他们曾带着几枚产自广东新会的橙子去拜访过鲁迅。鲁迅对冯女士的第一印象并不佳，“她的体质是弱的，也并不美丽”。谈了一会天，鲁迅还是觉得这女子“很隔膜”。“有点罗曼谛克，急于事功”[2]，这是鲁迅对她

---

① 见 1929 年 11 月 26 日日记。《柔石日记》，陈漱渝等编，山西教育出版社 1998 年版。

② 参见鲁迅《为了忘却的纪念》。

的初始印象，很不幸这印象到她死了也没有改变。而且他疑心，柔石那时候说要“转换作品的内容和形式”，要做大部头的小说，也是来自这女子的主张。他终于发现除了自己，还有一个女人能够影响他一向视作儿子的柔石了。

有谁能阻挡一个热情如火的女子向着爱情飞奔？除非她自愿意停止这扑火一般的飞翔。冯铿这样向他倾诉，“自第一次碰见你便觉得给你吸引了去”，“你把我的精神占领了去”，“一种神秘的、温馨的情绪萦绕着我”①，这如火的情话，哪一个男子听了不动心？赵平复的小说《二月》完稿了，第一个给她读，她几乎把小说里的女主人公陶岚看作自己的化身，而他理所当然成了“萧涧秋”，那个“极想有为，怀着热爱，而有所顾惜，过于矜持”②的青年才俊。这样的比附连她自己也觉得了“不可救药”。真是个罗曼蒂克的女子！他们经常见面，还一起开会，可她总嫌在一起的时间不够，坐在有轨电车上也没忘了忙中抽闲写个条子给他：“这是我要告诉你的零碎的话句：我的金鱼本来是黑色的，但这几天已渐渐变成红色的了！你看，多漂亮的信笺，我好像在你的心上写着一般，一坐下来，你便使我空虚；同时，把这空虚充实了的也是你。”过了些日子，甚至还弄出一首请托终身的七绝递给他看：天涯何处托孤枝？清冷门前柳叶垂！海燕年年来话别，多情唯有托相知。

后来，冯女士在柔石那儿看到这条子，自己也奇怪当时为什么要说金鱼。那条金鱼早就死了。一个女人向着男人敞开自身的时候，总是会絮叨她生命里一些小小的物事，小小的快乐。她想，我变得多唠叨了呀，真是此情无计可消除！

连她自己也觉得了欲念的可怕，它会让你抛开广大的人群，只想和爱人住在一个荒岛上。在情欲的煎熬中，她给他写信，问他：所谓爱情，是不是一定要离开群众的、神秘而玄妙的东西？一边又在矛盾的心情中，自责

---

① 1930年10月14日冯铿致柔石的信，转引自王艾村《柔石评传》，上海人民出版社2002年版，第216页。

② 鲁迅《〈二月〉小引》。

沉溺于缠绵幽婉的儿女之情的这样一种"可耻的心情"。

爱情让女人变得细心。她一直记着他的生日，只是埋在心里不说，到了他生日的那天，她出其不意地来了，只是想给他一个惊喜。没遇见他，只好留下字条，怏怏回去。他回来了，惊喜之情是不难想见的，把一个个空吻印在了她留下了纸条上。他连夜给她写信，称她"梅"，"我的小鸟儿"。安慰她"我们有明天，有后天，有永远的将来的晚上"。他说他现在相信了真理是单纯的，唯一的。两人都明白，这真理，就是两个人的爱情。

已婚男人赵平复要有所行动了。他要努力做得像一个绅士，而不是一个卑劣的横刀夺爱者。第一步是给她的前情人写一封信。他称那个见过三次面的男人为"亲爱的同学许峨兄"：

> 你现在或者在怨我，在骂我，我都接受……一月前，冯君给我一封信，我当时很踌躇了一下；继之，因我们互相多于见面的机会的关系，便互相爱上了。在我，以于事业有帮助，但同时却不免有纠纷；这是事实告诉你我，使我难解而且烦恼的。[①]

在这封不长的信中，这个恋爱中的男人一面理直气壮地告诉情敌，"我是一个青年，我当然需要女友"，一面晓谕于他：你若爱冯君愈深，你亦当顾冯君有幸福愈大，如果冯君与你仍能结合，仍有幸福，我定不会再见冯君，相信你不会强迫一个失了爱的爱人，一生跟在身边，我也决不会夺取有了爱的爱人，满足一时肉欲。

赵平复带着胜利者的高姿态劝他，我们的全副精神，都应该放在和旧时代的斗争上，我们的前途是光明的，我们所需要做的是事业，恋爱，这不过是辅助事业的一种"次要品"。

上海，真是个好地方，有革命，有恋爱。恋爱是为革命，因此愈是革命就愈是要恋爱。连"大先生"都与他的"广平兄"住到一起了，还有什么好顾忌呢，这就是开化，这就是文明社会。信发出没几天，左翼自由撰稿人

---

① 转引自王艾村《柔石评传》，上海人民出版社 2002 年版，第 222，223 页。

赵平复(现在圈子里的人都叫他柔石)就和文艺女青年冯铿在静安寺泰利巷找了一处秘密的房子,正式同居了,时当寒风吹彻的1930年隆冬。

两个月后,在上海城外的龙华,一阵排枪洞穿了他们的爱情之舟。两人的血流在了一处。

夜色如年老的瞎眼的母亲,
抱着我感到一溜紧贴而凄凉的温存。
而我却几次地像一支白白小飞蛾般挣扎,
愿扑向那灯光自寻到了殒灭。

——柔石《熄灯后,兀自在窗前》

这几句谶言般的诗,正是柔石自己也是那个时代无数青年的命运的一个寓言。他们不甘于黑屋子里的沉闷,为着对光明的渴望和找寻,终于不愿仅仅流连于小我的安稳而走上了一条更为危险莫测的命途,直至青春殒灭,韶华永逝。他们的生命如流星一样划过黑暗的天幕,留给生者的是永不忘却的纪念。

附记:柔弱与坚硬

我和柔石最初的相见,不知道是何时,在那里。他仿佛说过,曾在北京听过我的讲义,那么,当在八九年之前了。我也忘记了在上海怎么来往起来,总之,他那时住在景云里,离我的寓所不过四五家门面,不知怎么一来,就来往起来了。大约最初的一回他就告诉我是姓赵,名平复。但他又曾谈起他家乡的豪绅的气焰之盛,说是有一个绅士,以为他的名字好,要给儿子用,叫他不要用这名字了。所以我疑心他的原名是“平福”,平稳而有福，才正中乡绅的意，对于“复”字却未必有这么热心。他的家乡，是台州的宁海，这只要一看他那台州式的硬气就知道，而且颇有些迂，有时会令我忽而想到方孝孺，觉得好像也有些这模样的。

看他旧作品，都很有悲观的气息，但实际上并不然，他相信人们是好的。我有时谈到人会怎样的骗人，怎样的卖友，怎样的吮血，他就前额亮晶晶的，惊疑地圆睁了近视的眼睛，抗议道，“会这样的么？——不至于此罢？”……后来他对于我那“人心惟危”说的怀疑减少了，有时也叹息道，“真会这样的么？……”但是，他仍然相信人们是好的。

……他的迂渐渐的改变起来，终于也敢和女性的同乡或朋友一同去走路了，但那距离，却至少总有三四尺的。这方法很不好，有时我在路上遇见他，只要在相距三四尺前后或左右有一个年青漂亮的女人，我便会疑心就是他的朋友。但他和我一同走路的时候，可就走得近了，简直是扶住我，因为怕我被汽车或电车撞死；我这面也为他近视而又要照顾别人担心，大家都苍皇失措的愁一路，所以倘不是万不得已，我是不大和他一同出去的，我实在看得他吃力，因而自己也吃力。

无论从旧道德，从新道德，只要是损己利人的，他就挑选上，自己背起来。

我记得柔石在年底曾回故乡，住了好些时，到上海后很受朋友的责备。他悲愤的对我说，他的母亲双眼已经失明了，要他多住几天，他怎么能够就走呢？我知道这失明的母亲的眷眷的心，柔石的拳拳的心。当《北斗》创刊时，我就想写一点关于柔石的文章，然而不能够，只得选了一幅珂勒惠支（Kathe Kollwitz）夫人的木刻，名曰《牺牲》，是一个母亲悲哀地献出她的儿子去的，算是只有我一个人心里知道的柔石的记念。

——（摘自鲁迅《为了忘却的纪念》，最初发表于1933年4月1日《现代》第二卷第六期，后收入《南腔北调集》）

少年血
半岛兄弟

1. 红色恋人之少年版

1928 年 10 月，少年徐白出狱后乘坐一艘从上海开往象山港的小火轮回到了浙东故乡。他对上海这座喧嚣之城的嫌恶，在面对故乡静穆和平的山水时终于爆发出来。此时，已如一场噩梦般遥远的上海，在这个 19 岁的少年看来是“白骨造成的都会”——一个鬼狐魑魅到处横行的世界。

家人把他安置在城西的一处寺院里。

同年秋天，少年的小阿姐——一个叫徐素韵的省立女子蚕桑讲习班的学生，也回到了这座叫“丹”的江南海滨小城。因时任县教育局长的姐夫的关系，这个小女子得以出任县立女子完全小学的校长一职。她还写信邀来了在蚕桑讲习班的一个叫盛淑真的杭州同学做她的帮手。也在这年 10 月，浙东山地的红柿子像灯笼一样挂满枝头的季节里，已在省城杭州一所教会学校里谋得教职的盛淑真兴冲冲地来到了丹城。

谁都可以预料这个故事的方向：在少年和这个多愁善感的杭州姑娘之间会有故事发生。其实故事已经发生，事件的起始可以追溯到两年前的一个夏天。这个当时还叫徐白的少年从上海民立中学毕业后，暑期无事，到杭州游玩，住在广福路他大哥的家里。徐素韵放假带了盛淑真来玩。少年羞怯的天性使他不敢与这个模样纤秀的女学生对视。直到两个女孩清冷的笑声在绿茵蓊郁的庭院尽头消失，他还没有和她说上一句话。不久，他们开始了频繁的通信。这些混合着青春期激情和20年代进步青年人生苦闷情绪的书信今天已不可寻觅,但有据可考的是少年从上海这座摩登之都向他的女友频频寄送了《奔流》《妇女杂志》《拓荒》这些当时的时尚杂志。

这是新文化的启蒙,也是爱情的启蒙。启蒙是必要的,因为那个年代他们的精神和身体都禁闭在整齐划一的校服里。但少年徐白从来没有看清过她的面容,提笔作书时更是无从忆想,只好似一个美丽的幻影——幻影中的女孩戴着一顶夏天的草帽,穿着白色大襟倒大袖圆角短衫和一袭齐膝的黑色葛裙,像传说中的洛神一样缥缈。

通信的结果是“徐白”成了“殷夫”(他同时还有一个笔名叫“白莽”)。这个同济大学德文预科补习班的学生,喜欢在每封信的信尾把“殷夫”两个字写得大大的。殷者,红也,不经意间他把自己的一生与红色系连在了一起。恋爱出诗人,他要做一个红色的诗人。

小女子徐素韵用心良苦,两年前她介绍少年和盛小姐相识,又写信告知小弟要多关心盛,希望他们成为好朋友。现在她又把盛小姐从杭州邀来,安排小弟也来女子学校代课。但少年突然面对现实中的女孩却惊慌失措,再也没有了面对一叶信笺的轻松与自信。他们一道在女子学校教课,同桌吃饭,他却故意装出一副素不相识的冷漠。

只有到了晚上,他才又变回自己,把白天没说的话涂抹在一页页白纸上。从上海回到象山的三个月里,他写了20多首诗。在诗里,他小布尔乔亚地称盛“我的心”,“星”,“玫瑰花”,他思念,表白,狂想,忏悔。

不去爱近在眼前的美女却偏偏去和纸上的美女说话—现在的人也实是看不明白了。说清楚其实也很好理解:一、青春期轻微的内心幽闭症;二、负罪感。

每个从青春期幽暗的长廊过来的人,大多都会有程度不一的内心闭锁的经验,这一点不去说它了。说说少年在盛姑娘这件事上的“负罪感”,即他自以为“罪恶深沉”的“罪”是什么。

这一年他为盛淑真写的情诗里,死亡拖着长长的影子在游荡——“死以冷的气息,吹遍你的柔身”;“我蹂躏你,我侮辱你,我用了死的尖刺,透穿了你的方寸”—这“罪”,跟死亡连在一起,既预见到自己的死亡,又怕连累爱人。这话听来好像矫情了些，像文明戏里刻意安排好的一段爱情台词。但唯其是真实的，方显出少年的纯洁和真诚来。

以此“临终的眼”看去，人们习见的乡野上死婴的坟冢，那些倾听晚风无依的悲诉的“稚骨的故宫”，也被赋予了别样的意义：

孩儿塔哟，你是稚骨的故宫，
伫立于这漠茫的平旷，
倾听晚风无依的悲诉，
谐和着鸦队的合唱！
呵！你是幼弱灵魂的居处，
你是被遗忘者的故乡。

白荆花低开旁周，
灵芝草暗覆着幽幽私道，
地线上停凝着风车巨轮，
淡曼曼天空没有风暴；
这哟，这和平无奈的世界，
北欧的悲雾永久地笼罩。

你们为世遗忘的小幽魂，
天使的清泪洗涤心的创痕；
哟，你们有你们人生和情热，
也有生的歌颂，未来的花底憧憬。

只是你们已被世界遗忘，
你们的呼喊已无迹留，
狐的高鸣，和狼的狂唱，
纯洁的哭泣只暗绕莽沟。

你们的小手空空，
指上只牵挂了你母亲的愁情，
夜静，月斜，风停了微嘘，
不睡的慈母暗送她的叹声。

幽灵哟，发扬你们没字的歌唱，
使那荆花悸颤，灵芝低回，
远的溪流凝住轻泣，
黑衣的先知者蓦然飞开。

幽灵哟，把黝绿的林火聚合，
照着死的平漠，暗的道路，
引主无辜的旅人伫足，
说：此处飞舞着一盏鬼火……

——殷夫《孩儿塔》

一个19岁抱着政治热望的青年学生，在与政府的冲突中已经两次入狱，这个现代监禁制度下的漏网之鱼，死亡对他来说并不陌生——它一直紧贴着他的生命，像一个住在隔壁的小丑，说不定什么时候就会破墙而入。他向往红色，他选择了红色，红色是激情的，炫目的，也是危险的。少年徐白要革命，也要恋爱，但恋爱就要把“死的尖刺”“透穿了你的方寸”。因此——爱，还是不爱，确实是一个问题。

1928年秋天，红色少年徐白在象山半岛上的犹豫、彷徨、迟疑和不决由此而来。

再叙述下去就有点索然无味了，因为它掉进了似乎早就预设好的红色经典叙事的模式：革命高于爱情，爱情服从革命。他终于决断了——“我不能爱你，我的姑娘！”（《宣词》）他要把自己的“微光”加入到整个“燃烧着的朝阳的旭辉”，直至“丧钟狂鸣，青春散殒”。想是这么想了，却还没来得及说出口。放着这么一个美人在眼前，心就是硬不起来。那些诗稿也是深锁屉中，从没有勇气拿给姑娘去看。这就好似鞘中长剑，寒光内敛，伤不着人的一隐秘的语言还没有造成事实。一个还蒙在鼓里一相情愿地等着你来捅破那层薄纸，一个却在理智与情感的纠缠中把绝望的话语在舌底下盘来盘去就是吐不出口。这种情感的“悬搁”状态对谁都是一场疲惫不堪的折磨。1928年的年末就在这种看似永远没有尽头的拖延中来临了。这是江浙人所说的一个“烂冬”。邋遢的天气，邋遢的心情。惨白如盐的浙东丘陵浸泡在一场又一场的冻雨里，却没有落下哪怕是半片的雪花。就在这样糟糕的时日里，盛的父亲，杭州警察局的一个小科长从省城拍来电报，催盛速归，说是在省建设厅已为她谋得广播员一职。盛姑娘银牙一咬，即刻准备起了行装，准备天一亮就离开这个叫丹城的伤心之地。

那个雨夜的情状在一本当地的乡土教材中被描述得像数十集的电视连续剧中的一个分镜头：

> 在昏黄的烛光下，盛淑真一件一件地整理皮箱里的衣物，整着，整着，回顾这半年来的生活，她忍不住哭了起来：我怀着一颗火热的心来，希望的是一个美满的结局，哪知道……①

而此时的少年——“站在室外，冒雨徘徊”。

他想敲门进去，理智又制止了他。他在室外站了半个多小时，全身都湿透了，冷风吹来，牙齿咯咯打颤。

他终于没有如你希望中的破门而入。那不是20年代的做派。那个晚上他又回去写诗了。怯懦和绝望使他对着一张白纸才有勇气叫喊。这句打动芳心的话盛姑娘要在三年以后少年真的“青春散殒”了才有机会看到—你第一个勾起我纯洁的爱念。现在的恋人分手不咬牙切齿算好的了，谁还会有这样温柔的情话。

叙述到这里，还有一个人物应该出场了。她就是少年的母亲，一个叫钱月娥的乡村女人。在少年的这场情事中，一开始她和女儿徐素韵都是

---

① 引自《海山仙子国——象山》，象山县委宣传部编。

有力的撮合者，她把盛姑娘视作未过门的媳妇青眼有加，后来她不知从哪儿得来的消息，说盛早已在杭州订婚，就变了脸。这个大家族事实上的当家婆——育有九胎，存活六胎——像大观园中的贾母一样在儿女的婚姻上手腕沉着。如同那些儿子—情人—母亲这一类型的小说中发生的一样，儿子在一场失败的爱情之后又回到了母亲身边，把母亲视作失衡的情感的依赖。她在少年的眼里成了"东方的圣玛利亚"。少年描述她苦辛、屈辱的生命"如永不见天日的苍悴地草"。但年轻的"太阳社"社员终究不甘在慈恺的母恋中自缚手足，他很快找到了离开母亲和家庭的一个理由。他夸张地说，在深夜的山风中他听到了"时代悲哀的哭声"。

他要去救世了。他还要去上海。

在很大程度上，诗，替代了这个害羞、固执的乡村少年的嘴和舌头。真如你已经看到的，在许多该说话的时候他的舌头似乎胶住了，他变得像一个重度的失语症患者，他能做的只是在一张纸上释放出所有被禁锢的声音。现在，诗又成了他疗诊"爱情的苦毒"的一剂猛药。1928 年冬天，这场失败的爱情终于有了一个结晶，一首散发着自由精神的五言诗歌。半个多世纪以来，它一直被革命青年阴差阳错地挂在嘴边当作爱情的誓言：

生命诚可贵，爱情价更高；若为自由故，二者皆可抛。

这是少年从德文版《裴多斐诗集》转译的。诗集是 1927 年冬天少年的大哥徐培根送的。

2. 多余的话

故事的后面还有一条尾巴：

盛小姐回到省城去建设厅应聘，可是她的国语太臭了，做广播员的事也就黄了。她想去上海读书。怎么说她也算是个新女性呀，一个新女性怎么可以躲在闺房里等着父母把自己给嫁出去。可是她那个做着警察局小科长的父亲极力反对。盛小姐发狠说，你就把将来陪嫁的那笔钱给我读书去吧。在上海，她上的是一所私立的法学院(她的一个兄长也是从这所学校毕业的)，可是她去上海好像存心不是读书的，没多过久，她就想法子搞到了少年在上海的住址，兴冲冲地找去了。

少年已经是一个年轻的职业革命家了。每天混在一帮码头工人和人力车夫中间搞"工运"。同时他也成了监狱的常客，前不久又进去了一次，才出来不久找到"组织"。那天盛小姐像一只刚出笼子的小鸟，叽叽喳喳大讲与父亲的斗争，少年则一如惯常地沉默。傍晚分手时，他请她吃了一碗阳春面。前嫌似乎尽释了。几天后，少年约她坐小火车去吴淞口看了海，回来后的第二天，少年和一个画家朋友一起把一只装有宣传品的柳条箱扛到了她那里，说要存放一段时间。盛小姐把箱子藏在了自己床底下。少年终于意识到这样做是在玩火，盛小姐这样一个小公务员家庭出身的女子，怎么可能成为一个烧炭党人的妻子呢？半个月后，他又偷偷跑去把那只危险的箱子取了回来。此后，他们再也没有见面。

少年后来又进过监狱。他自己都记不得是第几回进去了。反正他的运气总是很好，关进去了，就像外面跑累了去休息几日，便又生龙活虎般跑了出来。鲁迅曾记述他"又一次被了捕"刚释放出来时的模样，那是一个夏天：

> 有人打门了，我去开门时，来的就是白莽，却穿着一件厚棉袍，汗流满面，彼此都不禁失笑。这时他才告诉我他是一个革命者，刚由被捕而释出，衣服和书籍被没收了，连我送他的那两本。身上的袍子是从朋友那里借来的，没有夹衫，而必须穿长衣，所以只好这么出汗。①

---

① 鲁迅《为了忘却的纪念》，最初发表于1933年4月1日《现代》第二卷第六期，后收入《南腔北调集》。

3. 一本家世的流水账

少年的父亲是个乡村郎中，识得几个字，擅治妇女病和麻疹。这样的人物在乡村算得上一个知识分子。徐家祖籍是一个叫上虞的邻县，大约在19世纪上叶迁至大徐村——象山县城东南30里一个500户人家的大村。开门见山，山名珠山，为半岛濒海第一峰，海拔545米。峰名由来，照例是一段捕风捉影的传说：旧志载，古时有海船遥望岩顶宝光直射星汉，寻之不获乃去，岩之半则有古松如张盖，人取则不见。百年乡村生活如古井深水，波澜不惊，超稳定的乡村生活盖缘于一个家族宗法制的社会结构，家族体系是乡村传统的权力结构方式，多子多福多寿即其重要的价值取向。乡村知识分子徐郎中和他的妻子钱月娥生命不息耕耘不止，育九胎，活六胎——这在当时已经是一个很不错的成绩了。一部家世的流水账，背后是泪和笑，是等待、祈盼、屈辱和生活重轭下的喘息。

一、二胎，女，生下后得“七日疯”(小儿破伤风症)夭。

三胎，女，取名祝三。

四、五、六胎，男，按徐氏宗谱，排行“孝”字辈，谱名依次为孝瑞、孝祥、孝邦，取名芝庭、兰庭、松庭。

七胎，女，早夭。

八胎，女，取名素韵。

少年是这个大家庭的第九胎。生下这天是1910年农历五月初五，一个挂艾蒿插菖蒲的节日。时其母40岁，大姐18岁。按“芝兰松柏”序，取名柏庭。

4. 亲情地狱，温情罗网

写以上这段文字时，总想到传统宗法制社会里的一个规则：长兄如父。

少年的长兄徐培根，是个标准的现代军人。查有关资料，在徐培根条下有以下履历式的介绍：北京陆军大学毕业。辛亥革命时曾参与攻打军械局。北伐时在广东革命军总司令部任职。1923 年回杭，任驻浙陆军第一师中校参谋。1927 年春，奉调上海，任国民革命军第 26 军司令部上校参谋处副处长。

徐培根的修养品性，是典型的儒家传统一脉：对父母孝，对弟兄爱，对朋友信，对上司忠，于生活俭。1927 年，少年徐白入读上海浦东中学，时徐培根已经杭州调至上海，驻扎龙华，对兄弟自然关爱有加。他要求小弟每半个月到他那儿报到一次，一、领取生活费；二、报告学业；三、改善伙食。“四一二”事变，少年第一次被捕入狱，又是他利用军界的关系把他救了出来。

少年在浦东中学开始接受新知识，他学会了两个新名词，“阶级”和“斗争”。一个史姓同学动员他加入了党的外围组织青年团，理由是——“因为你是一个热血青年”。出狱后，少年住在虹口公园附近的大哥家，兄弟俩时常就时局争论。虽是在书房和饭桌上进行的温和的争论，但兄弟分歧已一日深似一日。徐培根为了照顾好小弟，把妻子从象山老家接来调理打点。20 天后，少年体重增加了 4 公斤，身高增长 3 公分。

一年后，少年徐白再度入狱，时徐培根留学德国未归，这个大家庭的又一个女人——大嫂张芝荣——凭着丈夫的关系疏通了关节，再次营救出狱。当女人们在乡下哭成一团时，少年惊叫着，“世界大同的火灾已经被我们煽起”。

1929年农历正月里的一天，少年的爱情创伤刚刚敉平，又迫不及待地重返上海。在三哥徐松庭处，他读到了大哥从德国写给他的信。他觉得再也不能重投温情罗网，当夜写了一首《别了，哥哥》的诗，要他大哥把“二十年来的手足的爱和怜”、把“二十年来的保护和抚养”作为一场噩梦收回去。他说他已经选好了一条道路——这条路，“有的是黑的死和白的骨”，但他决意要走下去了。诗的最后两句像一封火药味浓烈的战书：“再见的机会是在，当我们和你隶属着的两个阶级交了战火。”

别了，我最亲爱的哥哥，
你的来函促成了我的决心，
恨的是不能握一握最后的手，
再独立地向前途踏进。

二十年来手足的爱和怜，
二十年来的保护和抚养，
请在最后的一滴泪水里，
收回吧，作为噩梦一场。

你诚意的教导使我感激，
你牺牲的培植使我钦佩，
但这不能留住我不向你告别，
我不能不向别方转变。

在你的一方，哟，哥哥，
有的是，安逸，功业和名号，
是治者们荣赏的爵禄，
或是薄纸糊成的高帽。

只要我，答应一声说，
“我进去听指示的圈套，”
我很容易能够获得一切，
从名号直至纸帽。

但你的弟弟现在饥渴，
饥渴着的是永久的真理，
不要荣誉，不要功建，
只望向真理的王国进礼。

因此机械的悲鸣扰了他的美梦，
因此劳苦群众的呼号震动心灵，
因此他尽日尽夜地忧愁，
想做个普罗米修士偷给人间以光明。

真理和愤怒使他强硬，
他再不怕天帝的咆哮，
他要牺牲去他的生命，
更不要那纸糊的高帽。
这，就是你弟弟的前途，
这前途满站着危崖荆棘，
又有的是黑的死，和白的骨，
又有的是砭人肌筋的冰雹风雪。

但他决心要踏上前去，
真理的伟光在地平线下闪照，
死的恐怖都辟易远退，
热的心火会把冰雪溶消。

别了,哥哥,别了,
此后各走前途,
再见的机会是在,
当我们和你隶属着的阶级交了战火。

——殷夫《别了,哥哥(算作是向一个“阶级”的告别词吧!)》

这些革命话语在激情的驱使下如洪水奔涌,固执、自信而谵妄。“阶级”“斗争”这些词语滋生的新知识的谱系,把亲情驱赶到了一个角落,而代之以“阵营”:革命的阵营和反革命的阵营。在这种新的话语系统里,曾给他以温暖的家庭成了“地狱”,少年要抛开它,“踏着虹的桥,星河的大道”,是造他的“新生”去了。

这年夏天,少年的大嫂张芝荣来到上海,意外地得到了一本新出的《拓荒者》,上面正好有少年的大作《别了,哥哥》。她把这本杂志寄给了徐培根。徐培根读了此诗,又从德国给小弟写来一封长信,谈为人信条,父母期望,兄弟情谊,家庭荣耀,要少年早早悔悟。但少年以为这封看似温情脉脉的信不是一个大哥写给一个小弟的,而是“一个狰狞的阶级向另一个新生的阶级的胁迫和威压”,于是他回信说,觉得读那封信比读一篇滑稽小说还要轻松,觉得好像有一把不重不轻的担子从肩头移开了,觉得把他的生命苦苦地束缚于旧世界的一条带子,使他的理想与现实不能完全一致的溶化的压力终于是断了,被消灭了。

他承认,“当我的身子已从你的阶级的船埠离开一寸的时候,我就开始欺骗你,利用你或者甚至鄙弃你了。”

他也承认,纯从个人的角度,他感谢和佩服兄长,父亲早逝,他的确做得不一般的周到——“你是一片薄云似的柔软,那么熨帖”。可是一当他站在“阶级的立场”上,他就“不禁要愤怒,不禁要反叛”。

哥哥,这是我们告别的时候了,我和你相互间的系带已完全割断了,你是你,我是我,我们之间的任何妥协,任何调和,是万万不可能

> 的了，你是忠实的，慈爱的，诚恳的，不差，但你却永远属于你的阶级的，我在你看来，或许是狡诈的，奸险的，也不差，但并不是为了什么，只因为我和你是两个阶级的成员了。我们的阶级和你们的阶级已没有协调、混和的可能；我和你也只有在兄弟地位上愈离愈远，在敌人地位上愈接愈近了。①

说到底，他还是一个孩子，一个任性、固执、容易害羞的孩子，当世界在他面前刚刚打开，他就像一只飞蛾满怀献身的渴望扑了进去，并被推到烈焰的中心。他对一直关爱着他的大哥的恶劣态度，看似绝情，更似一场孩子气的游戏。这里找不到情感上的根源，大哥对他谆谆关怀，他们兄弟感情一直不错。也没有有力的思想的支撑。环境和新知识在这里起了决定性的作用。一次次的监禁已经使少年的内心暗暗发生了逆转（现代监禁制度下什么样的可能不会发生，它可以使一个享乐主义者奉受苦为生活真谛，可以让绅士变流氓、流氓变圣徒），禁锢中埋下的仇恨和叛逆一直在寻找释放的途径。他遭遇了新知识、新学说，并进而奉之为奋斗终生的信仰，于是当他祭起"阶级"这面空镜，滔滔天下，两个阵营泾渭分明。

"别了，哥哥"——哥哥在这里成了一个符号，一个"阶级"的符号。在少年新的知识谱系中，这个符号代表着一个腐朽、残忍、不人道和终将没落的旧制度，还隐约透露出传统的权力体系——父权的阴影。他是个叛逆者，弑神者。革命者的崇高感和弑神者的快感在少年的心中交替出现互为消长。

当一种知识成为信仰，一种话语成为霸权，它在方法论上的简单和粗暴势必造成人性的戕害、扭曲和异化。好在少年的纯朴和本性的天良还没有让他完全走到亲情的背面去，把这一切全部埋入"孩儿塔"。这一封信和一首诗是一次告别的仪式，仪式之后，革命家还要继续生活。因为没有生活的附丽就没有战斗。几次入狱，冬天到了，他只穿两件夹袄，穿街过巷，站在寒风凛冽的大街上演说。夏天，他在太阳底下奔走晒出一身的

---

① 殷夫致徐培根信，转引自张潇《殷夫传》，浙江人民出版社 2001 年版。

臭汗,清苦的职业革命家开始向家里人求援:

> 我的工作是忙碌的,在整天的太阳火中,我得到处奔跑!但是天哪,我所有的只是件蓝色爱国布大衫,两件麻布的衬衣,我想我怎么过得了这夏天啊!所以我迫切地请求,给我想法十元或十五元钱吧!我没有办法再可以想了。①

他还写信劝阻小阿姐陪母亲去南京,理由是"近来时局太坏,南京也不是什么太平地方"。

> 这笔旅费倒还不如让我做件夏衣呢!(再:夏布衫及衬衫已在去年为恐怖所吞没,所以没有了。附告。②

信发出不久,他收到了一件夏布衫,十五元钱。

5. 少年血

1931年1月17日,他与八个同志在上海的一家小旅店开会时被英国巡捕逮捕。两天后,被引渡至警察局。

这是少年第四次入狱,也是最后一次。这次再也没有奇迹发生,没有人把他从死亡的边界线拉回来。20天后的一个深夜,少年在龙华监狱遭当局枪决。和他一起处死的四个作家中,有一位是他的同乡,宁海人

---

① 殷夫致家人信,转引自张潇《殷夫传》,浙江人民出版社2001年版。

② 殷夫致徐素韵信,转引自张潇《殷夫传》,浙江人民出版社2001年版。

柔石。

附记1:兄弟

“东有启明,西有长庚”,语出《诗经》,意思是说金星有两个名字,当它出现在凌晨,是启明星,出现在黄昏,又叫长庚星。1923年,融泄一时的北京新街口八道湾周氏大家庭彻底破裂,鲁迅愤而迁到西四砖塔胡同,从此两人不和,成为参商,一变以前“兄弟怡怡”的情态。时人曾借用这种天象形容兄弟间的失和(鲁迅周岁时取法名“长庚”,周作人字启明),长庚和启明不能在一起,似乎是天命注定。

安顿好新居,鲁迅最后一次回八道湾取自己东西时,爆发了兄弟之间最激烈的一场正面冲突。周作人抄起一尺高的狮子铜香炉,朝鲁迅的头上打去,幸好被门客抢下。鲁迅也不客气,回敬了一只陶瓦枕。

鲁迅日记关于1924年6月11日的记载是这样的:“下午往八道湾宅取书及什器,比进西厢,启孟及其妻突出骂詈殴打,又以电话招重久及张凤举、徐耀辰来,其妻向之述我罪状,多秽语,凡捏造未圆处,则启孟救正之,然终取书、器而出。”

许多关于周氏兄弟的传奇里都有意无意地省略了这现代性伦理叙事的一节。

事后,兄弟两人竭力避免正面接触,但免不了在各自的文章中对此事的隐秘影射。周作人写了篇《破脚骨》。“破脚骨”在绍兴话里是撒泼流氓的意思,这种人不惜残害自己的身体来达到制服对手的目的。在周作人看来,他的兄长正是这样的流氓。鲁迅回击一篇《兄弟》,取材于1917年周作人刚到北京时治病的故事,无情嘲讽了兄弟之情。

1925年10月12日的《京报副刊》上,周作人发表了短文《伤逝》,借用古罗马诗人的一首诗和英国画家的一幅画，传达了他对不可再得的兄弟情谊的追念，“只嘱咐你一声珍重！”这是他向兄长发出的一份意味复杂的密码电报。看到此文的九天后，亦即10月21日，鲁迅完成了短篇小说《伤逝》，这个以“涓生的手记”为副题的第一人称的小说是他的小说中最沉郁悲痛的一篇，“如果我能够，我要写下我的悔恨和悲哀，为子君，为自己……”世人都误以为这是一篇爱情小说，但只有周作人看出来了，这不是一篇普通的爱情小说，而是假借小说中男女主人公的死，哀悼兄弟之情的断绝。

他在一则读后感中（后收入《知堂回想录》）如是说：

> 《伤逝》不是普通恋爱小说，乃是借了男女的死亡来哀悼兄弟恩情的断绝的，我这样说，或者世人都要以我为妄吧，但是我有我的感觉，深信这是不大会错的。因为我以不知为不知，声明自己不懂文学，不敢插嘴来批评，但是对于鲁迅写作这些小说的动机，却是能够懂得。我也痛惜这种断绝，可是有什么办法呢，人总只有人的力量。[①]

从新文化运动肇始时的兄弟一体而分道扬镳，他们施向对方的每一招，也都无情地伤着了自己。

阿忆的文章写到，鲁迅死后的第二天，周作人正好有一堂关于六朝散文的课。他没有请假，而是挟着一本《颜氏家训》，“缓缓走进了教室”。

在长达一个小时的时间里，周作人始终在讲颜之推的《兄弟篇》。下课铃响了，周作人挟起讲义说，对不起，下一堂我不讲了，我要到鲁迅的老太太那里去。这个时候，大家才看到周教授的脸色是如此幽黯，让人觉得他的悲痛和忧伤不是笔墨可以形容的。

---

① 周作人《知堂回想录》，第一四一篇《不辩解说（下）》，群众出版社《周作人文选》1999年版，第381—382页。

附记 2:何其不堪

1931 年那个寒冷的冬天,一起被处决的共产党嫌疑分子中,还有四位文人是:柔石,冯铿(女),胡也频,李伟森。这五位左翼作家的死,几经渲染,成为耸动国际的“五烈士”事件。

同时赴死的五人中,以教师为业的柔石年岁稍长,死时也不过三十一岁。柔石饶有文才,极得鲁迅赏识(从 1929—1930 年鲁迅日记的记述来看,两人情逾父子)。一篇《为奴隶的母亲》写女性身体被剥削的痛苦,充满人道主义的深情。他的唯一一部长篇小说《二月》以江南水乡为背景,娓娓叙述五四之后知识分子在启蒙热情和传统桎梏间的两难,是早期现实主义小说的典范之一。平心而论,柔石之外,其余四人在文学上皆是泛泛之辈。但事实是成了烈士之后,他们文名反而为世人所知。王德威有一段话说得好:

> 求仁得仁,原是革命作家的宿愿。何其不堪的是,日后资料显示,五烈士之被捕牺牲,未必是当局侦警如何的神通广大,倒可能是出自红色左派人士的内讧及告密。①

① 《文学的上海——一九三一》),见王德威《想象中国的方法——历史·小说·叙事》,三联书店 1998 年版。

舞，舞，舞

穆时英一生中的十一个词

1. 模仿

天才作家、舞厅的狂热顾客穆时英，在“月宫”里单相思地迷上了一个大他六岁的舞女，从上海追踪到香港并最终娶了她。这则发生在三十年代初上海滩上的传奇，太像“新感觉派”小说的情节模式了，给人的感觉是穆时英的生活在自觉不自觉地模仿艺术。一般以为是穆时英从上海追到香港的狂热无畏打动了舞女的心并最终有了这一段并蒂连理的佳话，殊不知穆时英赴港的最初动机倒并不是这个曾让他梦萦魂绕的舞女，欢场如同猎场而尤物们又永远是胜利者，年岁不大却又洞悉此理的穆时英对此早已不抱什么希望，这年冬天的香港之行，他是应大鹏影片公司之邀为他们执导《夜明珠》一片的。这部被吹嘘“有《逆旅奇观》之作风、有《茶花女》之艳事”的影片好像是穆时英自身故事的一个拙劣翻版，说的是有一个舞女，遇上了一个真正爱她的男人，可是这段情爱却不为社会所容，最后舞女含恨而终。影片公司或许是看中了穆时英以往的小说中对都市景观的电影化的描述而让他来执导这部影片，的确他的视觉天赋和电影技法再好不过地呈现在了《夜总会里的五个人》和《上海的狐步舞》等给他带来巨大声誉的这些小说里。就在香港的某次社交场上（除了舞厅又会是哪儿呢），他再次遭遇了那个曾经让他心动不已的舞女，他乡遇旧识的兴奋过后是旧情的复燃。世事的流转不定让穆时英相信，生活未始不是在模仿艺术并照着艺术的路子在走。于是在再度高涨的情爱中他恍然成了自己执导的电影中那个忧郁又不乏冲动的男主角，一个新时代的阿尔芒斯。唯一不同的是电影的结局是灰色的而他在情爱的猎场上得以胜出把舞女变作了他名正言顺的妻子。一个一门心思泡舞厅、下馆子、追女人、掷骰子的人哪还有精力拍电影，再说又要侍弄新妇又要应付屡屡上门要债的赌友（好赌的穆时英一到香港就欠下了一笔不菲的赌债），正好他的朋友、另一位都市作家刘呐鸥致信相邀，他趁机携妇回了上海。他不可能不知道，他的小说家朋友刘呐鸥此时已是傀儡政权的一个要员，他的欣然前往要么是甘心附逆要么就是负有某种不能为世人知晓的使命。但这一切不可能清楚地写在一个人的脸上，要不历史的烟云也不会这么吊诡莫测了。现在的穆时英已是使君有妇了，尽管妻子从前做过舞女，他也没有理由像以前那样任性地出入欢场了，生活或许会在某些转折处似乎模仿了艺术但它还是有着物质生活打底的密实的底色。可是他在上海刚刚展开的生活似乎又成了对好友刘呐鸥的一次模仿：当他准备接管汪伪政权下的一份报纸并出任“国民新闻社”社长一职时，被秘密特务组织“除奸队”枪杀。在这之前不久，他的前任刘呐鸥的生命也是在四马路上的晶华酒家终结于一颗黑暗处射出的子弹。

2. 香港

如前所述，穆时英曾在 1938 年抵港制片，但除了收获了一个出身舞女的妻子外他对香港文化并没有作出什么贡献。虽说男人的一生不是精子太忙脑子太闲就是脑子太忙精子太闲，但后来的文学史家普遍认为穆时英的浮华与好色还是让他失去了在香港文化的草创期留下自己身影的机会以致成了一个匆匆过客，这对一个有着文化创造和传播的使命感的人来说不能不说是坐失良机，当然这个新派的小说家是否有这种所谓的使命感现在已是一个未知。当 1938 年穆时英来到香港时，这个岛已被英国殖民统治近一个世纪，所有的市政建筑都是依“格林威治皇后别墅”的原型全盘复制建成的。它旧有的文化也同这建筑一样呈现出荒诞的殖民色彩以致被内地讥为一片沙漠。这一年起，日本人对上海的占领使得大批知识分子成群南下，他们的目标不外是大后方重庆和延安，但在绕路香港时出于这样那样的原因好多人都滞留了下来。看看这些同时代人在这文化的荒芜之地做过什么，身为新派小说家的穆时英能不惭愧吗：这一年，茅盾在《立报》编文艺副刊，招揽大量作家撰稿；老朋友兼妹夫戴望舒早他两年抵港，先后居留十三载，编辑一系列的杂志和当地的报纸副刊（最有名者当数《星岛日报》的文艺副刊《星座》）；诗人徐迟，到达香港后在与左翼人士的接近中信仰了马克思主义；1938 年离沪抵港的还有一个耻辱的流放者、被左翼作家联盟除名的小说家叶灵凤，在这里他把二十七年的余生浸淫在一生未变的书籍嗜好中终于成为一代藏书名家；更不必说稍后到来的“双城”故事书写者张爱玲了。

3. 舞厅

他喜欢上海。除了年少时的欧游求学和这次短暂的香港之行，他还真没有离开过这个东方的都会。下午茶、咖啡馆、大光明电影院、星期六的 PATTY，身上的明星牌香水与晚上的百乐门舞厅构成了他在上海的日常生活要素。他喜欢上海的夜，这夜会因无数的女人和珠宝而像一片云母石一样闪闪发光。印度手鼓的节拍，上百个乐队的音乐声，色欲的交响乐，曳步而舞，身体摇摆，休止符，灯海里的欲望，欲望的浓烟，杜松子酒，爵士乐，伴舞女郎——一毛钱到一美元，俄国的，中国的，日本的，朝鲜的，欧亚混血的，全都对你亲亲热热……这就是夜生活中心的舞厅，这就是欢乐，这就是生活。尽管跳社交舞就像赛马一样是一种西方人的习俗，但当在上海的外国人最初把它介绍进来，时尚的男女就热烈拥抱了它并乐此不疲。穆时英，这个光华大学的毕业生，这个年轻的天才小说家，这个衣着时髦烫着头发懂得享受“举凡近代都市的各种知识无不具备”的摩登boy型人物，操着一口堀口大学（日本新感觉派小说家）式的俏皮话，把无数个夜晚和不可计数的钱财都扔在了这里。百乐门舞厅、大都会花园舞厅、维也纳花园舞厅、圣安娜、仙乐斯、洛克塞，这闪闪发光的夜晚这暧昧的灯影这情色味的空气，他潜入其中就像鱼在水中一样自如。因了他小说家的虚衔，人们以为或许他是在舞厅里为他的小说寻找灵感，笑称他把舞厅当作了丈母娘家，把所有的钱财都挥霍在了夜生活上，却没有人看到昏暝的光线中他盯着女人乳沟的眼睛像猎手一样锐利。那些舞女，坐在离他一臂远的台子上，嗑着西瓜子，也在打量着男人。她们摆出一副做作的冷漠就像在等待一辆辆欲望的街车驶近，她们敷了白粉的脸和猩红的唇搭配着就像日本能剧中的人物。都市的夜把这个游手好闲者磨炼得收放自如老辣沉着，他熟习从快步、狐步、华尔兹、探戈到新查尔斯顿和伦巴的各种进退姿势，懂得如何为看中的舞女开上足够的香槟而不至于丢脸，如何在舞池中调动腹部的肌肉以有效地吸引女性。他挺拔的身材轮廓分明的脸和阔绰的出手使他获得了小姐和舞女们一次次的青睐。作为对他大方的回报，这些高瘦各异妍媸不一的女人中也有出去和他欣然上床的，并在他写实主义的叙写中进入了他一篇篇照相摄录式的小说。作为男人欲望的对象，她们也把自己的欲望投射在了男人身上，在情感的方式上也在做爱的体位上显得比男人更大胆更恣肆更激情，甚至扮演起了控制男人的角色。他在“月宫”里喜欢上又屡追赶不得的那个舞娘，谁说不是在与他玩欲擒故纵的情爱游戏呢，只是后来这情爱游戏演到了天边是他始料不及的。

4. 尤物

于是故事便在这灯红酒绿的都市景观下上演了，大同小异的模式不外是男性主人公在这里邂逅摩登女郎或者说尤物。虽然邂逅的结局不外是男性的落败（都市里的一个奇怪逻辑），但其过程中包含的精妙的形式和细节却足以让一个游手好闲者怡然自乐。从词源上探究，“尤物”本指超群拔萃的人或物，当穆时英和他的朋友们用这个词来指称这些美艳而惹祸的舞女、交际花、饱暖思淫欲的都市中上层女子时，已经把她们另眼相看同正常的妇女群区分了开来。她们在穆时英的眼里已经只有了“女”而没有了“人”，她们成了品鉴、消受的宝贝和捕诱、伤害男人的猎手。

那是些有着“蛇的身子、猫的脑袋”的温柔和危险的混合物，有着“柔滑的鳗鱼式的下节”和“石榴一样的神经质的嘴唇”。她们穿着红绸的长旗袍站在轻风上似的飘摆着袍角，踏在海棠一般可爱的红缎的高跟鞋上的一双脚看一眼就知道是一双惯于跳舞的脚。她们外表妖冶，富于挑逗，像一朵朵丰肥妖艳的花，让你明知有毒却又甘于被她的色泽和醇郁所魅惑。她们工于心计、狡黠淫荡、爱慕虚荣，追逐肉的享受和浮华的生活。美丽的外表下藏的是一颗狐狸的心，“红菱的嘴”里吐出的只是谎言。她们相貌的挑逗诱惑和狐狸般的性格正象征着都市的浮华、淫侈与奢靡。一眼看到这些尤物你就会有这样的疑问：我到底是个好猎手，还是只不幸的绵羊？在一篇题为《骆驼·尼采主义者与女人》的短篇小说里，男主人公邂逅了一个神秘女郎，一个异国情调的尤物：“她绘着嘉宝式的眉，有着天鹅绒那么温柔的黑眼珠子和红腻的嘴唇”。他挑逗她的方式是说了这样一句话：小姐，我要告诉你，你喝咖啡的方法和抽烟的姿态完全是一种不可饶恕的错误。然后是一场调情斗智的对话：男——小姐，人生不是莲紫色的烟圈,而是那燃烧着的烟草。女——我不懂你的话。男——人生是骆驼牌,骆驼永远不会疲倦,骆驼永远不叹一口气。女——先生,我不懂你的话。男——不懂吗?我告诉你,我们要做人,我们就抽骆驼牌。女笑了起来——你真是个有趣的人,也生得很强壮,我想和你一起吃一顿饭,看你割牛排的样子。随后是一对风尘男女在"亲切友好的气氛中"共进晚餐,那风情万般的尤物在餐桌上教了他"三百七十三种烟的牌子,二十八种咖啡的名目,五千种混合酒的成分配列方式",一腔欲火的男主角终于一无所获,敢情她是拿他当消遣品来着!

被当作消遣品的男子——人影幢幢的舞池里又未尝不是如此,这欢场上的追逐到后来谁又分得清哪个是猎物哪个是猎手。明月装饰了我的窗我又装饰了你的梦,你承载了我的欲望我又满足了你的虚荣,真个是你中有我我中有你大捣欲望的糨糊。在这个不无SM色彩的标题的短篇里,穆时英借集合着"JAZZ、机械、速度、都市文化、美国味、时代美"的女大学生蓉子小姐之口,道出了30年代上海滩上的时尚男女追逐的艺术家的名字:

"我喜欢读保尔穆杭,横光利一,崛口大学,刘易士——是的我顶爱刘易士。"

"在本国呢?"

"我喜欢刘呐鸥的新的艺术,郭建英的漫画,和你那种粗暴的文字,狂野的气息……"①

对于左翼作家们把舞女们描绘成社会底层受尽欺凌的可怜的生物,穆时英认为最好的办法是让他们进舞厅来亲眼看看,他们不看怎知道这些尤物的一身春装行头,从皮鞋、丝袜、吊袜带、奶罩、卫生裤、扎缦绉夹袍、春季短大衣到胭脂、面油、唇膏、皮包、烫发、眉笔要花去通用银元五十

① 《被当作消遣品的男子》,《穆时英小说全编》,学林出版社1997年版。

二元零五分[1]，这在1930年代的上海相当于一个小学教师或者普通记者编辑一个月的薪金，更抵得上一个四口市民之家一个月的生活费。而这无非就是为了吸引男人的欲望投射并在这投射的应对中刺痛男人的眼球！尤物啊尤物。

5. 女体

这个故事讲的是一个医生对一个女子身体的探究。有一天，一个女子走进了一个作息刻板得像时钟一样的医生的诊所。医生注意到她的身体，窄肩膀，丰满的胸脯，脆弱的腰肢，纤细的手腕和脚踝，高度在五尺七寸左右。她说她感到衰弱，没有胃口，还饱受失眠之苦，医生的诊断是她要么患了“没成熟的肺痨”，要么就是“性欲的过度亢进”。他要求她脱下衣服躺在床上，以便对身体作进一步的检查。然后他看到这个一丝不挂的女人，这个女体让他想到了一尊塑像：把消瘦的脚踝作底盘，一条腿垂直着，站着一个白金的人体塑像，一个没有羞惭、没有道德观念，也没有人类的欲望似的无机的人体塑像。他的目光在“金属性的、流线感的躯体的线条”上面一滑就滑了过去，这个没有感觉也没有感情的塑像还在那儿等着他的命令。这不是一个医生面对女体应有的解剖学的描述，它是情欲主义的，身体肤色的“白金”更强调了女体的混血意味，而这也是一个时代的口味。果然要命的事情发生了，医生在这具好像没有血色的女体面前感到了欲望的勃动。他喃喃着主救我白金的塑像啊，他是在祈祷摆脱女病人的身体诱引得到拯救吗？问题是女病人并没有作出什么诱惑性的动作，那么他的呓语是为压抑的性幻想折磨所致了。故事的最后是他被女

---

[1] 《摩登条件》，《时代漫画》1934年2月。

病人唤起了欲望找到了一个出口——他的新婚妻子——一个合法的占有物。这个故事就是穆时英把笔墨首次集中于女性身体的经典文本《白金的女体塑像》。

还有一次他把一个女性的身体画成了一幅国家地图。故事的开始是男主人公看到一个坐在歌舞餐厅里的摩登女郎(又一个摩登女郎!),在角落里一边静静地抽着一种 Craven A(他把这作为了这个小说的题目)牌子的香烟,闻着“纯正的爵士乐里边慢慢儿地飘过来”。很快他就非常专注地窥视起了她,并非常夸张地描述起了尤物的脸和身子:他全景式的注视从女郎的头发(“黑松林地带“)开始,接着是眼睛(湖泊),嘴(“火山,中间颤动着一条火舌”),乳房(“两座孪生的小山”),一直向下看到南方“更丰腴的土地”和“更神秘的山谷“(下体),直到他的视线被桌子挡住了,这个窥视者还要低下头去,他还会说出什么话来形容他的所见?——“在桌子下面的是两条海堤,透过了那网袜,我看见了白汁鳜鱼似的泥土。海堤的末端,睡着两只纤细的、黑嘴的白海鸥,沉沉地做着初夏的梦,在那幽静的海滩旁。在那两条海堤中间的,照地势推测起来,应该是一个三角形的冲积平原,近海的地方一定是个重要的港口,一个大商埠。要不然,为什么造了两条那么精致的海堤呢?大都市的夜景是可爱的——想一想那堤上的晚霞,码头上的波声,大汽船入港时的雄姿,船头上的浪花,夹岸的高建筑物吧!”

没有人会以为看到的是黄浦江入海的一景,“两条海堤”是尤物的大腿。“三角形的冲积平原”是尤物的阴阜,那么“大汽船入港的雄姿”又是什么呢,这幻想中的地貌里潜在的色情寓意真是摄人心魄。1930 年代的上海真是个五彩斑斓的大杂拌,一边是像萧军、萧红这样的爱国作家把遭受日军践踏的东北比作女人的身体,一边是在白日梦的谵妄中懒洋洋地描绘着一幅色情的身体地图,难怪后来周树人先生对上海文人会有才子加流氓的恼怒断语,虽则在京派海派的分割中无论从文化渊源还是气质特征上说周更近海派文人,但由此存下的芥蒂使他一直耻于与之为伍。

6. 狐步舞

《上海的狐步舞》，穆时英短篇小说，最初发表于《现代》杂志第二卷第一期。如果舞厅是穆时英的小说里最重要的场景，舞女是他小说里最重要的人物，那么他也习惯了用舞厅里的声色去比照外面的都市。舞厅，那是他为"被看"的对象——都市——找的一个"看"的视角，由此他得出一个重要的发现，1931 年的上海正在跳着"狐步舞"：这是一个声光电气的现代生活，一切仿佛都在生成，一切都没有规律可言，这无法捕捉的眩惑就像舞池里灯影幢幢下的一支 fox trot——狐步舞："蔚蓝色的黄昏笼罩了全场，一只 saxophone 正伸长了脖子，张着大嘴，呜呜地冲着他们嚷，当中那片光滑的地板上，飘动的裙子，飘动的袍角，精致的鞋跟，鞋跟，鞋跟，鞋跟，鞋跟，蓬松的头发和男子的脸。男子衬衫的白领和女子的笑脸。"何其的轻快狡猾，眩人欲醉，资本家姨太太黑白道交际花投机客小市民会在这狐步中舞着自己的韵律。这个比喻，在今天看来就像 E.L. 多克特罗用"拉格泰姆"这种带切分音的爵士音乐来指称一次大战前夕的美国一样经典。

这个小说以火车道边的一场暗杀开场（这笔法让人想到早期桀骜不驯的穆时英），这种残酷的对帮会生活的描写似乎在预言着这个都市便是在杀戮中存续。没有细节，只有动作和对话。接下来的片断就像现代电影的一个分镜头剧本，传达出光怪陆离的都会意象：

> 上海，造在地狱上面的天堂！
>
> 沪西，大月亮爬在天边，照着大原野……原野上，铁轨画着弧线，

沿着天空直伸到那边儿的水平线下去……①

然后,“嘟的吼了一声儿”,我们看到一道孤光从水平线底下伸了出来。铁轨隆隆重地响着,铁轨上的枕木像蜈蚣似的在光线里向前爬去。要的就是这电影一样的刺激,要的就是这高效的刺激,要知道这是舞池里足不点地般滑行的年代,热爱时尚的人们需要的不再是京剧式的眉眼之间的传情品味而是速度和力量。画面再一转,开始了一个富人家庭不伦的恋情:富商刘有德“法律上的妻子”(论年龄只能算作他的女儿),与刘有德的儿子小德“开着1932的新别克,却一个心儿想1980年的恋爱方式”,深秋的晚风吹来,吹动了儿子的领子和母亲的头发,“法律上的母亲”偎在儿子的怀里道:“可惜你是我的儿子。”欢场上的逢场作戏不会有也不需要灵魂的苦痛和挣扎,所以在舞场上他们各自在舞伴之间上演着已操练了无数遍却依然动听的话语:“有许多话是一定要跳着华乐滋才能说的,你是顶好的华乐滋的舞侣——可是,蓉珠,我爱你呢!”真是都市里的香艳1930年代的香艳。而小说开头和结尾时的一句“上海,造在地狱上面的天堂!”,正好流露出了小说家穆时英本人对都市的复杂认知:它是地狱,也是天堂。

然而狂欢总有一个终结,当舞会结束,随着舞场里白灯一亮,那种迷离和疯狂全像布景一样消失了。“剩下的是一间空屋子,凌乱的,寂寞的,一片空的地板,白灯光把梦全赶走了。”作为一个风月场中的常客,穆时英那张因纵欲而苍白的脸想必也被这种寂寞的酒深深浸染,不然他怎么会说:“每一个人,都是部分的,或是全部的不能被人家了解的,而且是精神也隔绝了的。每一个人都能感觉到这些。生活的苦味越是尝得多,感觉越是灵敏的人,那种寂寞就越加深深地钻到骨髓里。”②

穆时英写《上海的狐步舞》时还有一个更大的野心,他声明,这是他准备写的长篇《中国一九三一》的“一个断片”。在那个尚未问世的小说里,他暗示说会让都会景观承载更多的意义,并借此成为民族寓言的一部分。

---

① 《上海的狐步舞》,见《穆时英小说全编》,学林出版社1997年版。

② 《公墓·自序》,上海现代书局1933年版。

如果对照茅盾的长篇《子夜》(它的副标题是“1930 年的一个中国传奇”)，这或许可以看作是穆时英作出的对茅盾的一个挑战姿态。而且在方法论上他们有惊人的相似之处:即都不约而同地把城市作为了动荡岁月里的国家缩影图。

这个以旋风般的速度行进着的小说，到了最后几段竟然出现了一个别扭暧昧的光明的尾巴:随着在浦东响起一个男人的最高音“嗳……呀……嗳……”，接着便来了雄伟的合唱“歌唱着新的生命”。这合唱里暗示着什么呢，是无产阶级队伍的壮大?还是资产阶级的夜生活的狂欢者最终留在了太阳背后的黑暗里?不管怎样，这个带有左翼意识形态色彩的结尾的出现，有理由让我们对那本不存在的小说《中国一九三一》充满好奇和想象。

在这个诡异的小说里，小说家自己也情不自禁滑入了舞池，与夜总会里的人们黑白道资产阶级少奶奶们翩翩起舞。在这个夜上海的断片快要煞尾的时候，出现了一个游手好闲的作家，他正试图为构想中的一部关于上海的巨著寻找一个合适的题材。他计划从赌场、妓女和歌舞厅开始这部充满“人道主义”精神的巨著。从这半是认真半是自嘲的语气里，我们已经知道，穆时英是永远不可能完成他那个计划中的小说了。

7. 南北极

当左翼作家们把穆时英看作 1931 年(岁次辛未的 1931 年是无足为奇的一年，1931 年又是一部众声喧哗的复调小说)中国文坛的“重要收获”时，他们不会想到，短短的一两年间他会来个意想不到的大转变。《南北极》(穆时英的第一部短篇小说集)在湖风书局的出版，让左派人士对普罗小说的前景充满了乐观，因为他们从穆时英的身上看到了一种“简洁、明快、有力的新形式”，看到了一套“无产者大众的独特的语汇”。穆时英在这部充满着粗野暴戾之气的集子里描绘了一群生活在城市底层受着贫困与过剩的“力比多”双重挤压的男人，这些海盗、盐枭、匪徒、人力车夫、乞丐和青红帮弟子像上个时代的草莽英雄和市井小混混，他们满嘴粗口，鲁莽、残忍、好杀、狡狯，动不动就给你一个大耳刮子吐你一身仇恨的唾沫，他们学着水浒人物慷慨任侠快意恩仇拿女性不当人看(女人也一次次地背叛他们)。一个不到二十岁的年轻人写出这一堆粗犷泼辣的故事，怎能不让人惊呼“左翼作品中出了尖子”？他们唯一感到不满的是，这样的小说居然不是登在《拓荒者》《奔流》这些主流的左翼刊物上而是登在了一帮学生张罗起来的《新文艺》上。正当他们对穆时英寄予厚望，期待着他在这个方向上为无产阶级文学事业的振兴作出更大贡献时，穆时英却背叛了他们——至少在左派文人眼里是这样——跳开了风流奢靡的“狐步舞”，且一跳就没有终场。他以后写得越多在他们眼里是愈益加速了在道德上的滑坡，从一个无产阶级的写实主义者蜕变成了一个醉生梦死的都市里的颓废者。后来那些香艳而又糜烂的故事居然出自写出《南北极》的同一人之手，其水火之不相容就像南极与北极之迢遥，但这是一个人内心的南北极一个人内心的海水与火焰。穆时英就像一个孤魂被抛在劳工阶级掀动的尘嚣之外孤独地飘摆着。但他不后悔，他要用他的“第三只眼”冷冷地注视着上海这造在地狱上的天堂。诚然上海不全是歌台舞榭的升平，但上海也不见得全是菜市场里的低级消费，他只是相信这“第三只眼”所看到的，相信这所见或许更逼近上海的真相。所以他要写下另外的一些故事，从繁华的台前拉你到深不可测的陷阱前让你倒抽一口凉气，让你感受到生活的飘忽与轻浮，感受到眼花缭乱的疯狂的节奏背后荒漠般的悲哀。他把这工作悲壮地称为对时代的审判。他不知道，什么都可以审判唯独时代是审判不得的，它的重压足够让你死上十次。

在同时代评论家们的眼里，穆时英真称得上是个聪明人，虽然组织故事的本事不甚高明，却长于作平面的描绘，于一枝一节中，颇能领会艺术的技巧。但他们受不了他装模作样的做作，认为他所写的离真实的人生总觉隔了一层，那些眩目的都市场景下来来往往的男男女女，如同博览会上的临时牌楼和冥器店的纸扎人马车船，一眼看去，也还热闹，细究之下，全是不牢靠的。这样一个写手，只配给妇女杂志、电影画报写写装饰性的稿子还差不多，要写出大千世界真实形象，可谓全无希望可言，因为“都市”成就了他，同时也限制了他。持这种意见的作家和评论家当不在少数，比如小说家沈从文就在自己主编的报纸副刊上如此断言：“照这样下去，作者的将来发展，宜于善用所长，从事电影工作，若机缘不坏，可希望成一极有成就的导演，至于文学方面，作者即或再努力下去，也似乎不会产生何种惊人好成绩了。”①

8. 刘呐鸥

或许要到临死前一刻，穆时英才会发觉自己短暂的一生太像他的朋友刘呐鸥的复制品了。两人生活在同一个城市，一起写着一种被世人称之为“新感觉派”的都市小说，多次结伴上舞厅、下馆子、看电影，对女人的趣味和态度也是大同小异的浪荡子行径，到最后连怎么个死法也好像事前商量好了似的。刘年长穆时英七岁，原名刘灿波，生于台南，长于东瀛，他到上海比穆时英要晚得多，时间大约在 1926 年秋天。当时他是作为日本青山的高等学部文科毕业生，到上海震旦大学法文班插班入学。20 年代的最后几年，刘呐鸥创办了两份重要的先锋文学刊物《无轨列车》和《新文艺》，把他的同学和朋友施蛰存、戴望舒们捧红的同时，自己也以日本“新感觉派”宗师横光利一的传人的面目横空出世。当创造社和太阳社的年轻作家们大声呼吁“革命文学”时，这个小圈子里的人却拒绝依附于任何一派政治力量，相似的学

① 沈从文《论穆时英》，原载《大公报·文艺》6 期，1935 年 9 月 9 日，见刘洪涛编《沈从文批评文集》，珠海出版社 1998 年版，第 217 页。

业背景和对艺术纯粹性的追求使他们成了中国先锋文学最初的实验者。在刘呐鸥的身上，奇怪地融合着三分之一的日本文化基因、三分之一的台湾土著文化基因和三分之一的上海都市文化基因。和穆时英一样，刘呐鸥年轻时也是个十足的浪荡子行事派头的都市摩登绅士，热衷时尚，服饰讲究，喜欢在舞厅、咖啡馆、电影院、酒馆这些地方优游岁月，在朋友们中间有“舞王”之称。让人奇怪的是，穆时英并不是刘呐鸥最好的朋友，在当时的社交场上两人几乎很少同时出现。刘的死党是几个台湾同乡和震旦的几个同学戴望舒、施蛰存和杜衡，他们轧在一起谈论文艺和女人时也从来没有主动邀请过穆时英来参加。明眼人都能看出来刘对穆时英的轻慢之心和敌意。但事实上这刻意做出的轻慢态度实际上正好泄露出了他对穆时英的不敢轻视。作为同样热衷于描写都市景观的小说家，刘呐鸥不无悲哀地发现，自己好像在扮演一个开路先锋的角色，而这个比自己小一大截的年轻人却后来居上远比自己走得漂亮，自己全部的作品也就薄薄的一本《都市风景线》外加几篇翻译过来的日文小说，而这个年轻人从《北极风》到《公墓》到《白金的女体雕像》再到《圣处女的感情》，一步一步走得越来越像个年轻的大师了。有人不明就里对刘呐鸥说，你和穆时英很相像呀，真是一对双子星，刘的回答在谦和之下散发着浓浓的醋意，我和穆时英最大的区别就是他的小说写得比我好。

尽管如此，倒并不妨碍两人在合适的场合和心境下谈谈共同崇拜的格丽泰・嘉宝这样的好莱坞女星，谈谈那些让人血脉为之贲张的都市尤物并相互交换猎艳的手腕和经验。穆时英清楚地记得 1927 年春天和刘呐鸥初识在一家舞厅时，刘刚回了一趟台南老家，他还没有从妻子(同时也是他的表姐)带给他的灰败情绪中走出来。刘把火柴一根一根地折断往烟灰缸里扔(一个新感觉派小说中的经典动作!)，一个晚上竟折断了六包火柴。刘呐鸥一次又一次地向他描述对那个台湾女人的嫌恶。同时他还以一个过来人的口气教导小阿弟穆时英说：“你一结了婚，地狱的门就在你身后关上了。”①听着这些奇谈怪论，穆时英觉得他的朋友对女人的态

① 彭小妍《刘呐鸥一九二七年日记》，载《读书》杂志 1998 年第 10 期，第 135 页。

度是十分不公的，比如把性以及属于肉体的一切都与女人连在一起，既贪女人的肉体又嫌恶她们的智力，说真的，他认为男人或许比女人更具动物性呢。但他又觉得这些谈论里有一种吸引自己的东西。他本能的判断是，坐在面前的这个男人患上了“女性嫌恶症”。但看着刘呐鸥在舞场上左右逢源神采焕发对女郎们迎拒适度，他很快调整了自己的判断：他把妻子看作负累和包袱实则是在为自己寻花问柳找一个正当的理由。真是用心良苦啊！

但谁也想不到，以后的刘呐鸥随着子女的陆续出世（他的台湾妻子黄素贞为他生下二子一女），完全改变了对妻子的态度也完全销匿了浪荡子时期的行径和美学。三十年代中期起，刘呐鸥把全家接到了上海，经常带儿女们一起去看电影，儿女们也习惯了一放学就坐在门口等他回来带他们出去玩。他也偶尔带妻子去舞厅或者咖啡馆这些从前常去的地方，只有此时他还隐隐有着昔年“舞王”的影子。他替妻子选购的衣饰、胸罩和皮鞋，根本不用试穿，尺码绝对正好。床单、香皂、牙膏等一应日用品也都是他成打成打地买回家来。朋友们都说他变了，年少风流，人到中年却成了顾家恋家的好丈夫和好父亲。

9. 穆妹妹

穆丽娟，穆家小妹，小穆时英五岁。这个把鸳鸯蝴蝶派小说当作情感启蒙读物的女孩有着端庄秀丽的容貌和沉静如水的性格，穆时英的朋友们都很喜欢她，亲昵地叫她穆妹妹。戴望舒与施绛年长达八年的苦恋结束后，穆时英安慰情绪消沉的戴望舒说：“施蛰存的妹妹算得什么，我妹妹要比她漂亮十倍。”那时他们都住在江湾公园坊公寓，经常在一起玩的。因了穆时英的介绍，穆妹妹自然与多情的诗人交往起来。诗人先是教她玩一种刚学会的法国式的桥牌，再约她一起出去跳舞，最后发展到穆妹妹成天躲在诗人的小房间里帮他抄写诗稿。很快他们结婚了，虽然新娘要比新郎小整整十二岁，但外人看上去还是那样的琴瑟和谐。随着时日的推移他们的婚姻像天气回暖的冰河出现了裂缝，那时他们已经举家迁到香港，家庭的沉闷丈夫的寡言让穆丽娟觉得生活在一片情感的沙漠里，连聊以安慰的空虚的幻象都没有一个。说到底这还是中了鸳鸯蝴蝶的毒。可悲的是到了此时戴望舒还是那么麻木，一味地沉浸在书墙隔成的自己的世界里而把妻子看作一个不懂事的"小孩子"。他怎么就不知道，男人可以生活在思想里但女人却一定要生活在情感中。或许对他来说穆丽娟太容易上手了他们的结合太没有戏剧性的波澜诡谲了，他的感情不再有初恋时那样强烈的爆发力和冲击力。向一个诗人要感情——这很可笑——但事实就是这样，她终于爆发了，说，你的感情给了施绛年去了。这是往诗人的伤口上撒盐哪，说实话这也是给逼出来的，她以一个女人的直觉意识到不让他在剧痛中回头这日子就过不下去。几年前，戴诗人以跳楼相挟迫使施绛年同意了他的求婚，随后施绛年又以学业和稳定的收入为由逼他赴法留学，其间移情别恋于一个小胡子的冰箱推销员，这让他曾经有"心的枯裂"之感的往事的重提，完全有可能激怒忧郁内向而又不乏冲动的诗人。很可能戴诗人对她动了粗，因为她后来发出了这样的威胁："你再压迫我，我要和你离婚。"她和女友们在一起时说起丈夫也是一副怨气：他的第一生命是书，我和女儿是第二位的，说到底，他是他，我是我，谁也不管谁干什么。他们的感情更加冷淡乃至对立了，穆妹妹开始认真思考起自己的前途和命运，自己还才二十三岁，怎么可以想象和一个没有了感情的人生活一辈子。她回了上海，在书信中正式向丈夫提出离婚。完全可以想象外表高大、面孔黝黑的诗人在收到这封信时的可怕模样，他像一只动物园栅栏后面的豹一样咆哮着、诅咒着，把这封信扯成了碎片。诗人回到上海，低声下气的，找她长谈了三次，都没有效果。一贯温和的穆妹妹决绝地说一旦决定了我就不再轻易改变。有一点让戴诗人没有想到的是穆妹妹在上海已经陷入了一个姓朱的大学生的火热攻势之中，虽然她最后没有跃过雷池但已然感受到了另一份感情的抚慰。鬼影幢幢的上海让戴感到了迷惘，他只得在一个晚上离开了这伤心之地并发誓不再回来。但他一直没有放弃挽回婚姻的努力，并期望着穆妹妹回心转意。穆丽娟的坚持让他感到了绝望，终于在发出了那封著名的绝命书后服毒自杀，幸而被发现获救。这次没有成功的自杀是诗人为女人第二次自戕。这封信是这样写的："从我们有理由必须结婚的那天起，我就预见这个婚姻会给我们带来没完的烦恼，但是我一直在想，或许你将来会爱我的，现在幻想毁灭了，我选择了死……"事情到了这一步，只好经中人办理了分居协议，他们相约半年为期以观后效，在这半年中双方都是不争论政策把这个问题暂时悬搁起来。说实话，到了这一步我们的诗人还没有放弃修补残破婚姻的努力，在一封封信函中表达着重归于好的企图。她终于在已然崩溃的婚姻的边缘找回了一直想要的感情，几经正反感情的震荡她答复他：我也等待着那一天的到来。然而战争的爆发打乱了他们的步伐，戴诗人因涉嫌反日被关到了日本人的监牢里，后几经曲折出狱，穆妹妹已然找到了情感上新的归宿。以后的几年里，他一直住在香港薄扶林道一个可以看到海景的山腰别墅里，直到 1949 年应左翼作家之请回到大陆。第二年他就死了，身边没有一个亲人。离婚五十年后，他们共同的女儿问母亲穆丽娟："妈妈，你为什么要和爸爸离婚？"年华老去的她能够告诉女儿上一代的苦衷与感情的磨难吗，面对这诘问她终于无言以对。

10. 慈溪

这座地处宁波腹地的县城是穆时英的出生地，它悠远的历史可以追溯到两千年前，据说秦朝的方士徐福带着五百童男童女就是从这里启程东渡日本。近代以降，鼎盛的商风和大量涌入的外来物品使它一直是中国东南沿海最开化的县份之一。1912 年出生的穆时英在这里度过了一生中最初的年头，在他十岁那年他离开了这里。他的身为银行职员的父亲把他接到了上海，开始按中产阶级的趣味打造他的性情与生活。如果不出意外他或许会成为一个银行经理或者精明的买办。这不是没有可能，浙东作为近现代商帮勃兴之地，自清末起就有无数俊彦才杰、贩夫走卒进入上海，并有如叶澄衷、虞洽卿、黄楚九等实业界人士打拼而出以他们各自的方式影响着一座城市，他们是乡人眼里神话般的英雄。比之他们，穆时英自己都觉得成了一个异数。父亲生意场上的失意致使家道中落，也使他在一个儿子的眼里早早失去了为父者的尊严，失去了管束的少年在眩目的都市背景下成长为一个堕落于声色的都市客。他后来能写一些被时人称之为小说的文字了，这却使他更不敢走近老家。他能告诉乡人他是一个小说家而且是一个"新感觉"小说家吗？他们说不定会用一种看传说中的学了屠龙之技的人的眼光看他呢。从 10 岁离乡到 29 岁猝然遭杀，他短暂的一生中再也没有回去过。他也很想把他的笔伸向乡村，可是面对慈溪这个生分的词，他的记忆中只留下洁白如同梦境的棉花田和同样洁白的盐田。他终于不无悲哀地发现，他生活在都市，都市的奢侈也改变了他，离开了上海，他简直不知怎样生活怎样写作了。这就是"一个都市人"的哀叹："脱离了爵士舞、狐步舞、混合酒、秋季流行色、八汽缸的跑车，埃及烟……我便成了没有灵魂的人。"中国的城市生活书写者都有着深浅不一的乡村背景，并在一种集体无意识中把城市当作乡村的镜像，然而庞大的中国乡村对他来说实在太遥远了，远得就像从地球到火星一样，终其一生他都是一个都市欲望的器官。

11. 档案

第一声枪声响起的时候，穆时英正举着酒杯和坐在旁边的一个朋友说着什么。这是一次安排在法租界里的小范围的朋友聚会，来的都是些公认为有教养的人士，语声都不太高。从饭店阴暗的廊柱背后猝然射来的子弹击中穆时英的右胸的同时也收割走了席上所有的喧哗。有一瞬间穆时英还以为出现了幻觉，他诧异地看着周围突然安静下来的人群而他们则把眼光齐刷刷地投向了他。无边的寂静把这一短暂的时刻无限拉长了。随后，他听到了第二声枪响，这一声要干净得多也响亮得多，像从前浙东乡下人家过年时的爆竹，他的胸口感到一阵锥心的痛，好像有一只小黄蜂蜇了一下他的心脏。他重重地倒下，听到了钝钝的一声闷响好像自己的脑颅骨摔裂了。他躺在地上，眼前飞快地奔过那些惊慌失措的脚，还有从廊柱后面若无其事地走向门口的那个穿着黑风衣的男人的影子。他现在知道了，那就是死神。没有谁知道这个人的来路，中统、军统、还是青红帮的喽罗？也没有人知道是谁安排了这次看上去天衣无缝的暗杀行动。无可奈何而又可以预料到的结局是，穆时英被杀的卷宗和一大堆发生在战时的偷窃、绑架、谋杀、失踪、车祸、欺诈等案件材料和大事记、物资供应清单等一起堆放在了上海法租界公董局的杂乱的档案架上，越积越厚的时间的尘埃使他无可避免地坠入了遗忘的深渊。

生如夏花
民国女子苏青

生如夏花之绚烂，死如秋叶之静美

——泰戈尔

1. 大屋里的女孩

这个叫冯和仪的女人将要出世时，父亲考取了庚子赔款留学生去国外读书了，母亲就去娘家生产，生下她后，母亲也去女子师范念书了，她就一直住在外祖母家。她的外祖父，据说是一个有着很多风流韵事的不第秀才，早年经过商，由殷商而成了地主，在她出生前十二年就已经去世了。这样的家道，虽算不上十分殷实，但靠着祖上遗留下来的山林、田地和房子，一家人倒也衣食无虞。这样，在她人生的初年，外婆家的那所古老大屋内，就清一色全是女性：外婆、姨婆（外祖父的小妾）、瘪嘴奶妈及做粗活的郑妈，唯一的男性就是看门的阿花。

外婆家的老屋背山临水，共有十余间房间。房屋分为前后两进，后进的正中是厅堂，厅堂的左右各有两间房，分别为一间正房，一间厢房，正房与厢房之间有小弄相隔。外婆住在右边的正房，右厢房为女佣郑妈所住，左边的厢房作为佛堂。每逢初一及十五，一生礼佛的外婆总要去烧香跪拜一回。每晚临睡前，外婆都要叫郑妈在前面举着烛台引路，她自己带着女孩在后面一路巡视家中的各个房间。大屋的有些地方是长年不见阳光的，穿堂风倏忽来去，都是冷的，在这阴盛阳衰的空气里成长的女孩，却是热情的、直率的。这或许是因为，一个人出落成什么样，取决于他与家庭成员间的关系，更取决于他处身的家庭在时空中处于一个什么样的点上。

她出生并度过人生初年的山乡距离宁波五六十里。稍大一点，她回到了祖父母身边，宁波城西约十公里处一个叫浣锦的地方。这一带广阔的地域是浙东到上海的门户，浙东的鱼、盐、丝、茶、皮革和上海的洋货对流，给了宁波的行家以兴起的机会。这个早在十九世纪中叶就开埠的商城还有外滩与轮船公司，它们是旺盛的，热闹的。近百年来，宁波人就有了这么一种新兴的市民的气象，热辣，实利，不陈腐，却也缺少回味。冯和仪虽然生长在一个破落的缙绅之家（她的祖父是一个举人），却也是属于这新兴的市民群的，现实，干净，爽利。和她说过话的人说，那真是个喜欢说话的女人啊，脆崩崩的，语气连珠炮般快捷，听她说话你会感受到现实生活的活力与热意，不阴暗，也不特别明亮，就是平平实实的那种快乐。作为吴方言一个分支的宁波话，男人女人说来都是石骨铁硬的，掷地有声的，这也像她的内心，什么也藏掖不住，也不想去藏掖。她也说俏皮话，但她的俏皮话没有一句不是认真的。她长的模样也是同样的结实利落：顶真的鼻子，无可批评的鹅蛋脸，俊眼修眉，有一种男孩的俊俏，面部的线条虽不硬而有一种硬的感觉。闺中女友张爱玲这样形容她的脸：像从前大户人家有喜事，蒸出的馒头上点了胭脂。

把她和张爱玲放在一起看，两个都是明白人，但张爱玲的通透坦白，会让男人看了之后不敢去爱、不敢去追求、不敢娶她，这样一个小妖一样的女人娶到家来，男人就要像瓷器店里的猫一样小心了。而冯和仪的通透和坦白，却让男人瞧了之后愿意去爱她，追求她，娶她到家来，跟她过着稳健的日子。为什么？她看上去就是一个为过日子而生的女人啊。奇怪的是这两个性情大异的女人竟会成为密友，出身名门、对人不无挑剔的张爱玲，说起冰心、白薇来语气透着一股鄙夷，说起她，连语气也是欢畅的了：“把我同她们（冰心、白薇）来比较，我实在不能引以为荣，只有和苏青相提并论我是甘心情愿的。”①

在张爱玲眼里，这个女人“比较深”，话很多，又都是直说，却并不是一个“清浅到一览无余的人”。这也是这个女人吸引她的原因——“我喜欢她过于她喜欢我”。作为她们私密友谊的一个见证，张爱玲还以她小说家的笔法描绘过女友的一幅肖像：

> 镜子上端的一盏灯，强烈的青绿的光正照在她脸上，下面衬着宽博的黑衣，背影也是影憧憧的，更显明地看见她的脸，有一点惨白。她难得有这样静静立着，端相她自己，虽然微笑着，因为从来没这么安静，一静下来就像有一种悲哀，那紧凑明倩的眉眼里有一种横了心的锋棱，使我想到“乱世佳人”。②

2. 一个新女性的婚姻生活

她5岁那年，父亲冯松卿从哥伦比亚大学毕业回国了，先是在汉口的中国银行谋得一份工作，后来到了上海，两年后做到了一家银行的经理。经济一宽裕，就把妻女接到了上海。他们按自己的愿意装扮她、教育她，每天晚上把她打扮得花蝴蝶似的，带着出去应酬、兜风、吃西洋大餐，还专门请了家庭教师，教她英语、音乐和舞蹈。“这是她将来当个公使夫人所必需的。”银行家父亲说。可是女孩让他们失望了。乡野的空气放任了她的性情，她总喜欢和车夫、仆人和他们的孩子处在一起，还为上

---

① 张爱玲《我看苏青》，《张爱玲散文全编》，来凤仪编，浙江文艺出版社1992年版，第256页。

② 张爱玲《我看苏青》，《张爱玲散文全编》，来凤仪编，浙江文艺出版社1992年版，第266页。

海的水泥汀地不能像乡下一样攀野笋、摸螺狮埋怨。女子师范甲等毕业的母亲也想不出法子来，只能叹息，“这孩子实在是没有当公使夫人的福分”。

未几，一次经济风潮中她父亲经营的银行倒闭，忧急之下，一病身亡。母亲带她回到宁波，在城内月湖竹洲的县立女子师范念书。那一年她 12 岁。不久转入县立女子中学念书。那时起，这个爱笑爱闹的女孩已经显示出了编故事的才能，信口胡编的一些故事还赚了女同学们不少的眼泪，这也满足了她小小的虚荣心。流年似水，四年后，她升入省立第四中学。这时候她迷上了看戏，戏台上的才子佳人故事吹开了她最初的情窦。在双方家长的暗许下，她和一个男生开始通信并迅速订了婚。即便是同校读书，他们还是喜欢采用书信这种方式来互诉衷曲，多年的鱼雁往返，这个平庸的男子在少女的梦幻中早成了《三国演义》中赵子龙一样白衣飘飘的人物。但这恋爱更多的是被一种虚幻的激情驱动着，浮在想象中无处着落的，所以也并不妨碍学业，以她的聪明，除了完成功课，高中的三年里她还看了近三十部英文原版小说，及各种报刊散文无数。因有了这基础，高中一毕业，她就考入了中央大学外文系，去南京读书了。这一年，她虚龄 20 岁。

这个出身于书香门第的女孩，有幸受到了新式教育，然而在世人眼里那到底不是女儿家的正经事，于是大学才读了一年，她早早地结婚去了——这也没什么，那个时代的许多女人都这样。丈夫是一个叫李钦后的宁波人，就是中学同学时订婚的那个，当时在东吴大学上海分部读法律。李的父亲是一个茅盾小说《子夜》里的高老太爷一样的古董，怕上海大街上满是妖妖娆娆的女人，把宝贝儿子的魂勾走，催着儿子早日完婚。而冯和仪家里，一个寡母供着一个女大学生，日子也过得殊为不易。双方家长软硬兼施，不管女大学生愿不愿意，这个婚她还非结不可了。

定下了婚期，女大学生哭吵着不依从：“他们怎么能言而无信，我还要读书呢。”

母亲说：“你既然许给了人家，便是他家的人啦，说娶就得娶，不然我做娘的还有脸去见人吗？好在你同他结婚了，也还是可以继续读书的嘛。”

然而这场婚姻从一开始就显露出了危机，还在婚礼的仪式中，和仪就无意中发现李钦后与他家的一个寡妇亲戚关系暧昧。她突然觉得这个通了多年书信、即将成为自己丈夫的男子是那么的陌生。喜筵既散，行将熄灭的烛光映在窗上，幽暗地、寂静地悄然无语，她对以后的日子不自禁地生出了恐惧。这与新婚日的气氛是多么的不相宜。很多年后，她这样回忆那个无聊的洞房花烛夜：

> 我们两个谁都不敢开口，我本来是斜倚在梳妆台旁的，这时索性面对着镜，疲乏而无聊地剔着自己的指甲。他在桌上拿了支香烟，擦根火柴把它燃着了，吸不到两口，却又把它放下，口中轻轻吹起口哨来……①

婚后回校，正是新学期的开始，随着天气回暖，她的肚子不争气地鼓了起来，虽然新做了宽大的衣服，一天天鼓起来的肚子还是要让人看出来，于是校方劝她退学。她回到宁波，在夫家心安理得地享受着一个孕妇短暂的尊贵。家人都预言她会生下一个儿子。难堪的是她生下的却是一个女儿。大户人家婆媳间的龃龉不说也罢，回想产女前后别人态度的变化，她才感到真个是“人情冷暖、世态炎凉”，发誓再也不生孩子了。“养的时候多痛苦，养下一个女的来又是多么地难堪呀！”还连带着对婚姻也发生了失望。寒假丈夫从上海回来，按理说小别胜新婚，但不管丈夫在床上如何百般温软做前戏，她却实在鼓不起热情，嗔着把他推开了，还说，“结婚真没多大意思，说到两个人的心吧，心还是隔得远远的，说到男女间的快乐，一刹那便完了，不过十分钟，却换来十月怀胎，十年养育的辛苦。”

在婆家的日子虽说衣食无虞，却又是空洞苦闷的，想去小学做代课教师又做不长，和母亲说些体己话想觅得些安慰也终究是隔膜着，聊以消遣

---

① 苏青《结婚十年》。

的只有家中几本翻得起了毛边的《论语》和《人间世》(30年代林语堂在上海创办的两本杂志)。于是幽闲寂寞中的少妇以自己生女儿过程中的种种难堪为素材,写下一篇《产女》寄给了《论语》。只是她那时还不知道,这预示着这个女人的另一条生活的路。终于,忍受不了在婆家生活的苦闷,丈夫毕业前她也去了上海。

三北轮船公司的申甬班轮,开出了宁波轮船码头。海面骤然宽阔,海风激起浪花打在船头。偌大的一条船漂在滔滔海水里,显得那样的孤独而渺茫。“我怕。”她尖叫起来,抓紧了男人手臂,“要是轮船遇了险沉下去,我们怎么办呀?”

“我也没有办法呀,这么大个海,我又不能救你。”男人说。

“我知道你会这样说的。不过两个人一起死,比一个人孤零零地死要好些。”

男人掩住她的嘴:“不许你讲这么不吉利的话,我们就要去上海筑我们的新巢,应该说喜庆的话才对。”她却觉得即将到达的上海就像无边大海上一只颠簸的船,心中生出一种无依无靠的恐惧来。

他们租的房子是房东家的三楼朝南的一间,卧室兼客厅兼书房兼餐厅。房间里摆设的亦新亦旧,透露出了主人的趣味,是纯西式的,或方或圆的桌子,围着四把椅子,居于房间中央,这是为了便于就地打麻将,也便于在打麻将的时候,旁边放两张高脚茶几,随时可以抓一点茶几上的零食吃。没有大床,两张钢丝床悬空放着,带镜子的大衣柜并不紧贴墙壁,而是在两堵墙之间搭角放着。写字台前放一张单背靠椅。五斗橱上有一个收音机,插着鲜花。因为收入有限,这样的新婚家庭,在上海只能过最低限度的日子,连佣人也不可能雇,幸亏她母亲安排周详,让家里的林妈跟着到了上海,也好有个照应。

她不太说话,见人只礼貌地笑笑。旗袍,高跟鞋,烫成微卷的长波浪,淡淡的胭脂朱红的唇膏,弄堂人家的眼里,她是个很难亲近的人。偶尔,房东家的小孩子会上她家玩,她就给他们一人一颗糖,不几分钟就把小孩子打发出来,嫌他们闹。她的这一份嫌,让隔壁的房东太太不满意了,虽不至于给看脸色,但总归是隔。她对丈夫说,等我们自己有了钱,要租一栋房子，独门进出，免得受人闲气。可要等到什么时候才有钱啊——他还在一边读书，一边靠去中学代课赚一些薪金——可别到吃得起上好的牛排了，牙齿却不行了。

为结婚而中途辍了学，在亲戚朋友看来都是理所当然的，在她的心里，却总是有些不甘心，她甚至羡慕那个叫烟鹂的同班女同学，人不聪明，也不漂亮，脸上还长着一个个愚蠢的红痘痘，却能够太太平平地把大学念完。然而，她又明白，女人终究是嫁了的好，时代是这样的亦新亦旧，新的好处都让男人瓜分了，而旧的坏处又时时追捕着女人，自己又能怎样？哪一个新女性能逃脱家庭的牢笼？读不读完大学，读不读大学，有什么要紧？

许多结了婚的女朋友都这么说。午后的寂寞，把上海的日脚拉得格外长，她们常常会聚在谁的家里，叽叽呱呱地谈衣服谈头发谈化妆品谈哪里好白相，发一通做小女人的牢骚和感慨，有时也搓搓麻将。更多的时候，是女主人端出瓜子、糖果，泡一杯绿茶招待。谈着谈着，就问："我这里有红枣、桂圆、莲心、木耳，你们要吃什么点心？"七嘴八舌地说了，就唤娘姨烧了来吃。吃完，便到打道回府的时候，披披挂挂地整装说再会再会，走时，不忘相约下一次聚会的时间和地点。急着回家迎接丈夫的人，一脚跨在楼梯口一脚踏在门里，催着同伴："好了好了，再打电话联络好啦。"

虽然晚饭是林妈的事，但服侍丈夫还是新女性的事。每天早晨，服侍了丈夫早餐、出门之后，还是有许多事好做：铺床叠被，简单打扫，去四马路的各个书店翻翻杂志书报，去风和日丽的公园读读《论语》和《人间世》，翻看《良友》画报，按上面说的学着如何统筹家务如何美化居室如何美容。回来时在街角一家店看中了的乔其纱衣料印花竹布，暗暗地记在心里，预备与丈夫一起出门的时候再来买。半日将尽，踏着梧桐叶间漏下的碎碎点点的阳光带回家的，不是香糯的糖炒栗子，就是沙利文的糕点，预备着宵夜或当明日的早餐。刮风下雨的日子，她会一整日坐在家里沙发上，与收音机相伴，翻翻最新一期的欧美流行杂志，嗑嗑瓜子，听听百代公司的各式唱片。兴致好的话，就织织绒线衫。柔软蓬松的绒线，缠在手里，有一丝微醺，一丝慵懒。周末的夜晚，两个人去国泰、大光明看一场电影，各人有各人的所爱，或者阮玲玉或者胡蝶，或者顾兰君或者王人美，反正女儿留在宁波有公婆照看着，这日子大可用来挥霍。

还有一个消遣的办法，是她偶然在旧书架上找到一本《The Best One-Act Plays》(独幕剧)时发现的。那本书的第一篇是爱尔兰剧作家格雷戈里夫人的《新月》。她读了几遍，忽然觉得有好几种声音在身体里面撞击着要跳将出来。她在中学时是演过几次话剧的，于是一个人关起门演起独角戏来。她把全剧看熟后，就模拟剧中的不同人物，用不同的表情和语气说对白，又自己当导演和剧评家，每当进入高潮，自己也禁不住笑出声来。这样，到上海虽没多久，却也自演了五六个本子了。

不甘心，是新女性的通病。萧红女士在香港浅水湾的医院里，吐尽最后一口气说不甘不甘，那是在叹她的事未成身先死，是带着血声的悲啼。像她这样过着寻常日子的女人，没有这般的死生契阔，不甘心的只是寻常日子里自己的庸庸碌碌，丈夫的颐指气使。

可是时代是这样的半新半旧着，新的女人旧的男人，要改变都不是那么容易，不甘心又如何呢。那个自己羡慕过的女同学烟鹂，大学毕业了，嫁的男人不是连自己也不如吗？芥蒂已经种下，洗洗刷刷汤汤水水的日子里不免焐得发芽，再加上女儿一个接一个地出生，于是手忙脚乱，把盐瓿当作个糖缸，于是心浮气躁，看丈夫的脸色像是欠着他几吊子的钱。于是这样一个少奶奶她也当不下去了。这一切在日后都成了一个经验至上的小说家的素材，自传体小说《结婚十年》有一处写到夫妻矛盾的爆发，多半是纪实的：

> 先是家里的佣人林妈对女主人说，一斗大米快要吃完了，女主人当即告诉丈夫家中没了米，说时心急，语气自然是不婉转的。丈夫当着佣人面，自然觉得脸上挂不住，便陡地把脸一沉，道，没有米你去买呀。妻子一听来言不善，脸色顿时也阴了下来，心里虽然自劝不要发作，嘴里却不甘示弱地说，钱呢？却不料他回答得更干脆，这个我就不知道了。她气得手指发冷，心想你虽有难处，可这也怪不得我呀。

我向你要钱又不是瞎花掉,饭是烧给大家吃的。当即心里一阵委屈,眼泪便扑簌簌地滚落下来,可这眼泪并没有打动丈夫,反而刺激得他的无名火一窜老高,冲着一步指着妻子骂道:你嫌我穷就给我滚!我是人,你也是人,凭什么你问我要钱?这下把她气得心里发苦,眼泪也倒流了回去,只冷笑作答道,我就是出去也不怕饿死,嫁给你这种只会做寄生虫的男人!说时只图心里痛快,也就不管出语的轻重。这话正击在了男人的痛处,他怒目圆睁,连脖子也涨得红紫了,大喝一声,你要出去马上就给我滚!说着就抢步上前揪住她的头发往外拖。她再也没料到丈夫真的会动武,一时竟没觉得痛,倒像是被吓坏了。佣人一见,赶紧插在中间死拽活拉也把他们劝开了,男人气喘如牛转身头也不回地甩门而去……

真实的情形是李钦后确实打了她一巴掌,并说了诸如“我们一样是人,你凭什么向我要钱”这样的话。后来的情形或许如小说中所写,夫妻吵架当夜就和好了,但她这样一个要强的女子自尊心受到如此的伤害肯定不会轻易释怀,所以说,倘若不是在向丈夫要钱家用时挨了一耳光,她也许不会想到卖文谋生。她发表在当时有名的《论语》杂志上的《生男与产女》(编辑自作主张把题目改了),为她带来了五块钱的稿费收入,也为她打开了另一重生活的大门。一卖文,她就有了另一个名字:苏青,有了这个名字的女人就像伍尔芙说的有了一间自己的屋子一样在精神上获得了独立。

自1935年秋天到上海以来的四五年间,她一口气生下了三个女儿(其中一个刚出周岁就因病夭亡了),其间他们一家子的经济状况时好时坏。李钦后东吴大学毕业后,先是进洋行做买办,后来自己挂牌做律师,在著名的金门饭店租了几间房做事务所,收入好时每月有三五千的进款。有了钱,口衔烟斗、戴副玳瑁眼镜的大律师就在外面花天酒地起来,后来还勾引了一个从慈溪跑到上海的作家的妻子做情人。日军进占租界,李钦后失业了,心境恶劣时借酒浇愁,迁怒于妻子,恶言相加竟至发脾气打人,而此时他妻子的腹中正怀着他们的第五个孩子。家庭失和的刺激,再加物质条件差,她生下儿子不久就患了肺结核，还吐了血，连死的心都有了。

文章只值三两个小钱，夫妻越来越像仇人，她终于熬不住了，感到"这日子真不是人过的"，于是，先是分居，忍痛离家八九个月后，在一位医生朋友的帮助下正式办了协议离婚手续。她一次性付给丈夫四万元，就此了结。这时已经到了 1944 年初，距结婚正好十年，此时的苏青已是三十一岁的妇人了。

关于她的不成功的婚姻，朋友张爱玲的话还是比较公允的："其实她丈夫并不坏，不过就是个少爷，如果能够一辈子在家里做少爷少奶奶，他们的关系是可以维持下去的。苏青本性忠厚，她愿意有所依靠，只要有千年不散的宴席，叫她像《红楼梦》里的孙媳妇那么辛苦地在旁边照应着招呼人家吃菜，她也可以忙得兴兴头头。然而背后的社会制度的崩坏，暴露了他的不负责，他不能养家，他的自尊心又限制了她职业上的发展，而苏青的脾气又是这样，即使委曲求全也弄不好了的，只有分开。"①

张爱玲还是懂她的。她就是这么个简单的女人，她想要的"家"也是这样的单纯。女人的单纯是恒久不变的，像时间深处的琥珀，今天的、以后的城市女人，有着单纯之心的还会这样渴望下去：有一个体贴的，负得起经济责任的丈夫，有几个干净的聪明的儿女，有公婆、妯娌、小姑也好，只要能合得来，此外当然还要有朋友，她可以自己动手做点心请他们吃，还要有一块自己的时间，于料理家务之外可以写写文章。

她提出离婚，丈夫纵有一千个不愿意，也是无法挽回。丈夫不知道，女人都是自私的，她们的眼里只有爱，却没有这个"爱"字背后的那个男人。今天的都市女人这样，七十的苏青也是这样。可怜的男人，他怎么就不知道讨讨自己女人的欢心呢，他可以从自己有限的薪水里挤出一点来买下她早就想要的那顶绿色贝雷帽送给她呀，他也可以在下班的路上带一束花（可能价格不菲，为了爱情，咬咬牙吧）在跨进门的时候给她一个惊喜呀，他怎么不知道，自己的女人虽然喜欢热闹的、着实的人生，可她毕竟

① 张爱玲《我看苏青》，《张爱玲散文全编》，来凤仪编，浙江文艺出版社 1992 年版，第 259 页。

是个新女性呀，新女性没有了爱就像一件漂亮的大衣没有了胸饰。

张爱玲的男友，那个有着漂亮的文藻的男人胡兰成太懂女人了，他说苏青的离婚，很容易使人把她看作浪漫的，其实她骨子里根本就不是一个浪漫的女人，她的离婚，一种是女孩子式的负气，另一种是成年人的明达，觉得事情非如此安排不可，她就如此安排了，她在冒险，却不是娜拉式的没有选择的，那是一种有底气的冒险、正常的冒险，她的出身的底子不是上海滩上阔人公馆的小姐，所以她的人生态度比较严肃，也不是清末仕宦之家的小姐，所以比较明朗，说到底，她还是热情、直率的，还是单纯的。看看吧，什么叫懂女人的男人？没有一些手腕，能把小妖精般的张爱玲迷得发昏吗？

3. 十二姻缘空色相

正式离婚前一年，苏青夫妇事实上已经分居了。丈夫无力抚养孩子，只好由她来带，乱世之中，养家所迫，她只想着如何把文章卖出去，连白道黑道也顾不上了。只顾口腹，不避腥气，一个女人因生存的驱赶到了这样饥不择食的地步也真是可怕。从在日本人控制的电影公司任职到在汪伪报刊上发表文章，再到应陈公博（时任汪伪政权上海市长）之请出任伪市政府专员（尽管只有两三个月就上了岸），她是越走越远了。她是被丈夫推入社会的，于是她找饭吃也找得理直气壮，即使这饭菜可能来路不正，她也会负气吃下，心想这都是你们逼我的，若有什么后果也怨我不得的。和女友说话，也是这样的凄清语气："如果我的丈夫能给我生活依靠，我宁可受他的气，殊不知在外工作要受很多人很多事莫须有的气。"

她只知不吃饭要"饿死"，却没想到吃了会被视作"失节"。她走向歧途的关键一步却是物质上的困顿，再怎么聪明的女人钻到物质的死扣里，想不糊涂也难。

到她结识了陈公博、周佛海等几个政治人物后，自信心膨胀了，久埋心底的愿望不可抑制地泛将上来，陶醉于自己绘的宏图了，却不知政局诡谲，自己连前面的路都没看清，就两眼一抹黑地撞了上去。于是乎头脑发热，于是乎把朋友的忠告“只要能糊口就行，现在根本不是做事业的时候”都抛到了脑后。她是出走的娜拉，民国的一个新女性，新女性总是要有追求的。不幸的是丈夫的无能和压制把她驱出了那个年代妇女的正常生活，又偏偏是那样的历史夹缝给她提供了个人奋斗的土壤，那样的一群人给了她成名成家的机会。她终于没能把持住，动机单纯却大节有亏，她在那段尴尬岁月里的经历再次向世人证明：一个女人想只身闯荡社会做番事业，从贞洁的角度看总是一场冒险，是身体的冒险也是灵魂的冒险。

苏青办《天地》杂志的念头，最早起于她的自传体小说《结婚十年》在刊物发表时的受冷遇。最初发表这部小说的是上海太平书局办的《风雨谈》月刊，小说连载时不胫而走，为杂志打开了销路，主编却只是把它放到版面凑数的位置上，连移到卷首上来都不肯，这使她发了愤要办一个完全可以由女性自己支配的刊物。于是“天地出版社”的牌子就这么挂了起来，经费除了自己手头有的一些，加上陈公博和周佛海的夫人送的几笔贺仪，七凑八凑的就准备开张了。她又做采办又做主厨，捋起袖子准备大干一场了。

当时纸张奇缺，尤其是白报纸，本来每令（上海人又叫一掂）三元左右，孤岛时期物价飞涨，升到了每令要几万元，乃有专门囤纸发财的人，人称“纸老虎”。颇为欣赏苏青的陈公博下了一纸手谕，配给《天地》杂志五百令白报纸以示支持。苏青拿了陈的手谕，到外滩某大仓库搬运纸张，坐在大卡车副驾驶座上亲自押运，招摇过市。殊不料此景被游手好闲的漫画家江栋良所见，画了一个大脚女人坐在一堆满载白报纸的卡车上，且神态生动，暗含讥诮。此画在某小报上刊登了出来，上海滩上哂笑一片。①

事情已到了这一步，也管不了那么多了。《天地》杂志的发刊词是她

---

① 参见陈存仁《抗战时代生活史》，上海人民出版社 2001 年版，第 273 页，279 页。

亲自操刀的，从“天地之大，固无物不可谈者”，一扯便扯到了“女子写作”上去：

> 我还要申述一个愿望，便是提倡女子写作，盖写文章以情感为主，而女子最重感情，此其宜于写作理由一；写文章无时间及地点之限制，不妨碍女子的家庭工作，此理由二；写文章最忌虚伪，而女子因社会地位不高，不必多所顾忌，写来自较率真，此理由三；文章乃是笔谈，而女子顶爱道东家长，西家短的，正可在此大谈特谈，此理由四。还有最后也就是最大的一个理由，便是女子负担较轻，著书非为稻粱谋，因此可以有感便写，无话拉倒，固不必如职业文人般，有勉强为之痛苦也。

这在她应该是一个切身的经验，除了最后一个理由言不由衷，其他四点，也算是她为“女性浮出历史地表”在争取一份“话语权”。

《天地》的最初几期封面，是请谭惟翰设计的，图案是婆罗门教及印度教的三大神之一婆罗马的坐像的变异，寓意要创造一个新的天地。苏青自以为这个封面“别致得很”，预示着不仅要做文艺的创造者，更要做社会的创造者。后来几期，采用了张爱玲的设计稿，画面是有天有地，天上有几片云，地上是一尊佛的仰天卧像，只画到脖颈下一点。说到底，她也没什么别样的趣味，有点情调，看上去还赏心悦目，也就行了。

但这女人的活动能量确是不容小觑，《天地》的作者阵营，自周作人以降，到陈公博、胡兰成、谭正璧、秦瘦鸥、朱朴、纪果庵、周佛海父子、周越然、文载道、柳雨生、徐一士、张爱玲、施济美等，政客名流文坛耆旧新锐作家黑白道杂然相陈，可谓极一时孤岛文坛之盛。也正是这本杂志，不仅肇始了她与张爱玲的交往，也促成了张爱玲与胡兰成的一段“乱世之恋”。

苏青刚办《天地》时，张爱玲已经文名鹊起。苏青向她约稿，信中有“叨在同性，希望赐稿”等语，心高气傲的张爱玲会心一笑，欣然允其所求，寄去一篇《封锁》。“她的脸像一朵淡淡几笔的白描牡丹花，额角上两三根吹乱的短发便是风中的花蕊”，读到这样的句子，她一时愣愣的，想这传说中的张家的女儿究竟是个什么样的妙人儿呢，当即发稿，排在杂志的第二期。

这两个女人似乎合谋着要在破碎的山河上空涂上一层别样的玫瑰色。从这期杂志开始，每一期的《天地》上除了苏青自己的作品，也都会有张爱玲的如陈年丝绸般幽亮光滑的作品：《烬余录》《谈女人》《童言无忌》《造人》《打人》《私语》《双声》《公寓生活记趣》《谈跳舞》等等，这些当今“张迷”的经典读本，几乎都是在《天地》上首发。联成双璧的她们俩，文风各异，主题却是相近的，都是在致力于表现悬崖尽头、危机四伏的女性生存境况，描述她们如何在这逼仄的空间中突围。只不过一个是展示绮丽的想象力把女性一步步逼入到幽暗的深处，另一个则快口利舌，拿常识当真理，丝毫不留情面地剥落掉男性中心社会华美的外衣。

虽说同行相妒几乎是不可避免的，又是身为女人，但这两个写作的女人的情形还真有些特殊。她们相互看到对方的好，并希望更多的人能看到这份好，这般的相敬相惜着，连意趣迥异的文字，也似乎早就派定好了自己的角色，一个的平朴扎实成了另一个缥缈的虚构的最好的注脚。

在南京赋闲的胡兰成初次看到《天地》时，对《天地》似乎样样中意。发刊词写得好，主编的名字“冯和仪”也好。“女娘笔下这样落落大方，倒是难为她”。才子气盛，按捺不住技痒，当即写了篇应和文章寄过去。第二期上刊出来，看到同期张爱玲的短篇小说《封锁》，喜欢莫名，于是写信去问苏青，“张爱玲“何许人也？苏青只告诉他是个女子。胡虽然心急，也只好耐住性子静等下文。

杂志出到第四期，除了登有张爱玲的一篇散文《道路以目》外，另刊玉照一张，这使得胡尚未见其人便已十二万分地钟情了。

不久，胡从南京回上海，下了火车不回家，先去见苏青。在胡的央求下，苏青把张爱玲的地址告诉了他，“今生今世”的乱世之恋由此正式开场。

也是在这一年，苏青的第一本散文集出版。婚后多年失和，孩提时在乡下的日子成了想象中的乐园，她把老家的一座桥用作了这本书的书名：《浣锦集》。在张爱玲看来，苏青的这本新作有一种天涯若比邻的广大的亲切，唤醒了古往今来无所不在的妻性母性的回忆。继这本被称为“五四以来写妇女生活最好也最完整的散文”出版之后三个月，由周作人题签的小说《结婚十年》单行本也接着推出，两书在不到一年的时间里，各印到七版和九版，创下了一个小小的奇迹。以致当时的上海小报上出现了这样的八卦消息，说公馆里的太太小姐们都把看苏青的作品当成了时尚和潮流，谁若不知道苏青，就会被人笑为老土。而她最为时人传诵的名言，据说是对一句古之熟话的恶作剧式的戏仿：“饮食男，女人之大欲存焉”。

从家里搬出来过一个人的日子，其间的辛辛苦苦亦悲亦喜也只有自己去体味了。有一点却是肯定的，用自己一分一分挣的钱，不会再有使男人钱的快感。那个时期，苏青有一句名言，“家里墙上的每一根钉子都是自己钉上去的。”语气是骄傲的，也是无可奈何的。

后来还要一边带着一串孩子，一边在笔头上讨生活。坐在电灯下一手写文章，一手还要替孩子们打着扇。更要命的是望穿秋水，稿费迟迟不来。

有一年快到春节了，她一时钱不凑手，性急慌忙地在大雪中坐了辆黄包车，载了满满一车的书，各处去兜售。风大雪大，一不小心书掉下来，一本本龙凤贴式封面的《结婚十年》都纷纷滚落在雪地里。这般的俗里——用张爱玲的话说——却又有一种“无意的隽逸”。

相约逛商店买衣料的是女友，陪着去时装店试新的也是女友。有一次张爱玲去她的寓所，遇到胡兰成也在，莫名地生出一股委屈。但她与胡相识于前，后来的交往也是无愧无疚，此事并没有影响到她们两人的交情。

一日，她做了件黑呢大衣，到时装店试样的时候把张爱玲、炎樱一并叫了去。她套上了新衣，炎樱说：“线条简单的于你最为相宜。”说了许多意见，要把大衣上的翻领首先去掉，装饰性的折裥也去掉，方形的大口袋也去掉，肩头过度的垫高也去掉。最后，前面的一排大纽扣也要去掉，改装暗纽。苏青听着渐渐不以为然起来，用商量的口吻，说道：“我想……纽扣总要的罢？人家都有的！没有，好像有点滑稽。”

两手插在衣袋里的张爱玲，就在旁边笑了起来。她看着苏青，苏青正在对镜看自己。她想，如果是她来试衣服的话，她想她不会说出苏青这样的话。“人家都有的！”苏青就要。“人家都有的！”张爱玲却偏不要。

她忍不住对着张爱玲埋怨：“你是一句爽气话也没有！只知道笑。甚至于我说出话来你都不一定立刻听得懂。”张爱玲听了直觉得歉疚。

一个人的日子，照样要红尘滚滚。她不漂亮，可说只有中人之姿（刻薄的上海人叫她“宁波娘姨”），但一个有才情、有热情、有着端庄还可以说有几份秀丽的外貌的单身女作家，怎可以少了那一则则绮丽的故事？

一个单身女子，谋生之外更要谋爱。走出家庭之后的苏青的生活，我们可以从她满满的家庭影集似的自传体小说《结婚十年》和《续结婚十年》中看到：一个单身的职业妇女，那个时代一种比较稀有的动物，她身边走来了一个又一个的男人（文人），他们欣赏她，引她为红颜知己，和她谈文学人生，谈着谈着谈上床，“结果终不免一别”。“他们别开我，就回家休息了，他们有妻，有孩子，有小小的温暖的家，就算是同我很要好，又怎肯放弃他们的已经建筑起来的小家庭呢？他们对我说那是没有办法，那我的丈夫怎么有办法同我拆散呢？我恨他们，恨一切的男人，我是一个如此不值得争取的女人吗？”

《续结婚十年》中的苏怀青，在同大男子主义的丈夫离婚后，写稿赚钱，与异性交往，同男友们剪烛夜谈，结伴游苏州南京，相约着去看新上映的电影，偶尔也约在咖啡馆碰面。于是，一个个亦正亦邪的男人，一场场爱情逐水而来又逐水而去。

一个饱尝独立生活之艰辛的女性总是自恋的。她之所恨，实在于这世上没有一个她想嫁的男人是属于她。人家看上她的，她看不上，她看上的，人家又不愿或不能娶她。她恨的是那些求之不得的男人。这些在一个妇女的单身生活中出现过的男人中有军界的、商界的，有立法委员、报社主笔，也有工程师和教员，她先后与他们中的一些人同居，但没有一个能够长久，有的甚至一开始就向她表明不能正式结婚。这情形，真个是应了句，到头来，终究是十二姻缘空色相。

4. 单身女子公寓

离了婚的苏青，写文章办杂志，经营自己所写的书，还坐着黄包车去追讨书商的欠款，俨然是一个非常精明、张致的女人。平时走得比较勤的，也还是一些单身女子，张爱玲、“姑姑”（张的姑姑）、炎樱，还有一两个职业女性。她们单门独户租住在公寓里，一个人居住一个人生活一个人经营，行事完全是西派的，传统的女大不嫁的尴尬、弃妇的悲惨，在她们身上似乎失去了意义。“姑姑说话有一种清平的机智见识。”苏青这样描述初次见到那个年近五十的“姑姑”的印象。“姑姑”做着电台的播音员，看上去比实际的年龄要小得多。这个生于1898年的独身女子就像她们的前驱，尽情享受着现世的乐趣，把一个人的日子过得趣味十足，聘一个法国厨师烹调饮食，再聘一个白俄司机驾驶那辆白色的私家轿车。她并不是个抱定终身不嫁的禁欲主义者，而只是在等待一个自己愿意终身厮守的男人中老去了年华。后来，张同她的姑姑合住在一套公寓里。《续结婚十年》中离婚的苏怀青，也同情人长期租了一套公寓幽会。

独立的公寓房子，这或许就是弗吉尼亚·伍尔芙所说的代表了女性独立的“一间自己的屋子”吧。

三四十年代，上海兴起了大批公寓房子。开始的住户都是外国侨民。这种公寓房子，同传统民居最大的不同，不在于钢筋水泥、电梯阳台，而在于一门一户不必往来，有利于保护个人隐私。很快，认同这种西方生活方式的华人开始入住公寓房子。这些公寓房子大多建在热闹的交通要道的拐弯处，非常适合年轻的单身女子居住，居住在这些公寓的女子，大多有着良好的职业和收入，于都市的繁华兴味无穷，看个夜场电影、出席派对、跳跳舞之后，深夜晚归也不用担心安全。单身女子入住公寓人数很多，以致有了专门的“女子公寓”。1936年,《社会日报》有一则对“大众女子公寓”的专访:该公寓楼高四层,位于法租界鲁班路幸福坊六号,邻近现在的复兴公园,周围环境相当优雅,里面的布置,则是“淡黄的粉刷,新的床,新的桌椅,以及一切女子日常所需的新用具,有美皆备,无丽不臻”,“有水汀,有漂亮的浴室,有聪明伶俐的女侍者,甚至于烧饭的娘姨,也是一个年纪在二十左右绝无村俗之态的女子来担任”。这样奢靡的女儿国,让前往采访的男记者惊羡不已。

这样一群住在单身公寓里的女子,这样一种新潮的生活方式,正是由现代都市培养并欣赏的妖娆之花。

1945年早春的一个黄昏,张爱玲送走了苏青,一个人站在常德公寓六楼的阳台上。她看到远处一幢高楼,边上附着一大片胭脂红,她起先以为是玻璃上的落日反光,再一细看,却是元宵的月亮,红红地升起来了。月亮一点点升起,她的心却好像在慢慢地下沉,一个声音在心底里说:这是乱世。晚烟里,上海的边疆微微起伏,虽没有山也像是层峦叠嶂。她想到了连带自己在内的许多人的命运,忽地有了一种郁郁苍苍的身世之感。她很想和刚刚送走的苏青说说这“身世之感”,不是自伤、自恋的,而是一种应该有更大的解释的“身世之感”——“将来的平安,来到的时候已经不是我们的了,我们只能就近求得自己的平安。”

苏青会怎么回答她呢?或许她会取笑这种公寓女子的闲愁,或许,会用世故的眼神微笑地看着她,说:“简直不知道你在说些什么!大概是艺术吧?”她世故之下的简单、热情,是她喜欢的。

就在这一年,上海某杂志还邀请张爱玲和苏青,对谈有关职业妇女及其家庭、婚姻等等问题。种种的牢骚,拉拉杂杂一大堆,包括说没有职业的妇女可以专注打扮以换取男人的爱和喜欢,事实上,你会发现她们享受着独身女子自给自足自由自在的乐趣,那语气是自得的。

她是一个正常的女人,不是古典小说里那些为破碎的爱情守节的标本,她要男人,要他们给她的一份内心的瓷实,要男女在一起过日子的兴兴头头。因为她知道,女友可以陪你去逛街,陪你去试新,抚慰你的心的,却只能是男人。还是个女孩的时候，外祖母就说过她太贪，贪世间的繁华。虔诚礼佛的外婆说，大千世界一切都是梦幻泡影，她偏偏喜欢的是这个世界的实，街上的灯火，厨房的油烟味，剪子在新买的布匹上的咔嚓声，男女的欢乐，实在的、可以触摸的世界，这一切是多么的好啊。夜晚一个人躺在床上，暗数一个个皮影一样在眼前走过的男人，她会问自己，我是个贪婪的女人吗？

女人都是有所希冀的，期望真爱，期望男人的承诺和温柔的归属。可是他们不给她。她是一个中国女人，心里还是有耻和悔的，觉得“吃了亏，没处诉苦”，于是她“悔恨交并”，忍住眼泪说她也是玩弄男人的。但是，一个女人怎么可能去玩弄男人呢，这是性别的差异，在这种游戏中女人往往是输家。

山河破碎，好男人不知都跑哪去了，红尘滚滚中似乎只剩下劳工阶级、小市民、舞男和汉奸，女人的梦在历史的宏大叙事下愈发成了小菜一碟，可有可无的。张爱玲 30 万日元券还挽不住一个男人的心，女人在浮世中要抓住一点实在的东西还真是不容易，可是她还是要强的，是那种心掉在泥淖里还啪啪跳动的强，她抓住了文字，希望它们还是影子一样的忠实，于是她说：“我要说我所要说的话，写我所要写的故事，说出了写出了死也甘心。我把自己的生活经验痛快地写，一字一句，说出女人的痛苦，有时常恨所有的形容字眼不够应用。我焦急地思索着，几乎忘却了自己的存在。”这个报业兴隆的年头成全了她，庞大的市民读者成全了她，她在报纸的边角谈着穿衣吃饭，侍夫育儿，也毫不避讳地谈性，叫喊着“婚姻取消，同居自由”，于是似乎很风光了，挣下个“大胆女作家”的名头。可毕竟是乱世呀，在进步人士的眼里看来这声音太不合时代的节拍了。她却火烧般跳起来，在《续结婚十年》卷首的《关于我——代序》里为自己辩护道：“是的，我在上海沦陷期间卖过文，但我那时适逢其时，不是故意选定这个黄道吉期才动笔的。我没有高喊打倒什么帝国主义，那是我怕进宪兵队受苦刑，而且即使无甚危险，我也向来不大高兴喊口号的。我以为我的问题不在卖不卖文，而在于所卖的文是否危害国民。否则正如米商也卖过米，黄包车也拉过任何客人一样，假使国家不否认我们沦陷区的人民也有苟延残喘的权利的话，我心中并不觉愧怍。”[①]她指责世人“黑白不分”，“我因为遭他（指丈夫李钦后）遗弃而离婚，这才不得已以这个时期卖文度日，这就算有罪吗？……我，一个辛辛苦苦写了几十万言的文艺作者，一个辛辛苦苦养活三个孩子的母亲，又有什么对不起国家呢？”于是人们说，这个女人太厉害，觉悟太低了。

抗战胜利，她被军统请去甄别沦陷期间有否附逆，她还和张爱玲陷入了同样的麻烦，顶着文化汉奸的骂名在国人的唾沫中讨生活。两人都写了辩白文章。张爱玲说，“私人的事本来用不着向大众剖白”。苏青说，“关于我的一切，其实是无须向人申诉的”。说的都是同一层意思。此一番经历让她醒悟到以前指望通过达官贵人来改变生活处境的想法是多么天真。“什么人都指望不得的”，要靠只有靠自己，自己挣钱养活自己。1947 年 4 月，她用“冯允庄”之名在上海市社会局申请开办了“四海出版社”，次年又注册开办了“天地书店”，把以前的作品没出版过的出版，出版过的再版重版，以此赚钱养活自己。这一期间她又陆续出版了小说《续结婚十年》《歧途佳人》，散文集《涛》《逝水集》《饮食男女》等。

她其实只是一个平凡的女人，一如她小说中的女主角，天真，感性，琐碎，软弱，渴望爱与依靠——尽管脸上有看透一切的讽刺的笑容。她对物质生活和生命本身，多了些明了与爱悦。她没有找到安慰她的人，倒是许多人等着她安慰、帮衬：孩子，母亲，妹妹，近房远房的亲戚。她善良，重人情，家庭观念重，她是很中国的女人。所以张爱玲拿中国风格的“一明两暗”的房屋作比，称她是明的那一间。又拿唐诗里的“红泥小火炉”作比，说她有自己独立的火，看得见红焰焰的光，听得见哔栗剥落的爆炸，可是比较难侍候，“添煤添柴，烟气呛人”。这样一个麻利、热辣、很少浪漫气的女人竟然会做作家，也只是上海才会有的传奇了。

就像上海故事的另一个书写者王安忆所说：“每一日都是柴米油盐，

---

① 转引自李伟《乱世佳人苏青》，上海书店出版社 2001 年版，第 212—213 页。

勤勤恳恳地过着，没一点非分之想，猛然一回头，却成了传奇。”①

她这一时期出版的小说《歧途佳人》，结尾有一段“我”对符小眉说的话，可以看作是灰败心境的自况：

> 我们都像一株野草似的，不知怎样地茁出芽，渐渐成长，又不知怎样地被人连根拔起来，扔在一边，以后就只有别人的偶一回顾或践踏了。但是，近年来我渐渐悟到了一个道理，即愈是珍惜自己，愈会使自己痛苦，所以不如索性任凭摧残折磨而使得自己迅速地枯萎下去，终至于消灭，也就算是完结这人生旅行了。

在这本书的扉页，她题了这样两句：人生无几时，颠沛在其间。

那时她才三十五岁，却已是这样苍老的心境！

5. 不穿旗袍的日子

解放了，经常穿旗袍的苏青改穿起了人民装，一个旧日的朋友在街上看到，觉得很奇怪，这样一个天生是该穿旗袍的民国女子怎么也改穿起了人民装？看来时代真的是变了。

时代是变了，风光的日子像昙花开过，往日再也不会重现。可是不穿人民装又穿什么去呢？日子还得过呀。这城市里第一批穿女式人民装的妇女，哪一个不是从旗袍装的历史走过来的？只是她即便是穿人民装，那人民装也是剪裁可体的，并且熨烫平整，底下是好料子的西裤。

---

① 王安忆《寻找苏青》，见《几度风雨海上花》，周介人、陈保平主编，上海三联书店 1996 年版，第 140 页。

说到底她不是阆苑仙葩，她是一株人间夏日的草花，是柔弱的，也是坚韧的，从浮生的粒粒屑屑、沟沟罅罅里品尝着生活的种种滋味。你可以指责她的世俗，指责她在变乱的世界中没有家国之痛，但你也不能不看到这世俗后面生命力的丰沛。世俗就是力量呀，让人不至于沉溺于虚无。日子还是要细细屑屑地过，雪里蕻还是要切得细细的，茎归茎，叶归叶，莴苣的茎切成丝，小磨麻油拌着是道凉菜，叶子用油酱焙炒，又是道热的，这就是凉凉热热的民间呀。

所以她没有像张爱玲一样选择离开。她曾经是30年代和40年代的上海马路上忙忙碌碌走着的一个女人，忙着去剪衣料、买皮鞋、看牙齿、跑美容院，忙着写文章，从今往后，她将是忙着跑菜市场、忙着参加各种各样的学习班的一个。说到底，她还是有着一颗上海心的，这颗心，经得住浮沉，也应付得来世事。

接下来的几年，苏青一直生活在这个城市，参加过戏曲编导班培训，进过剧团任编剧，还报了名要求到内地帮助土改深入生活，因为古文底子好，编的历史剧还得到过政府的嘉奖。除了镇反运动中在税务部门工作的前夫因贪污罪被判死刑的消息让她心魄悸动，日子总的来说还是太平的。她常常写戏到深夜，为了推敲唱词，用宁波话试唱，唱得既不像越剧，又不像甬剧，惹得醒来的孩子们捧腹大笑。这个女人能做到这一步，真是十分的不容易了。

她在张自忠路的一套房子，早有住户搬入占了底层，她和小女儿、外孙只好住在楼上，三人挤在亭子里的一张大床上。昔日的邻居好多年后还记得她挂着大木牌在自家门口罚站的情景，一向心直口快不作遮拦的她在邻居们的印象中是一个不怎么吭声的老太太。因为和邻居共用厨房、卫生间，不免有口角发生，为求个安宁她只得与人对调了房子搬到了郊外住。没有了工作，新的政权体制下又不允许她写稿维生，搞得连看病的钱也没有，不得已，向亲友求助，对方为了和她划清界限，毫不通融。这真是应了她早年说过的两句话：他们（男人）都是骗我的，辛辛苦苦一场空呀。还有一句话是：男人都是靠不住的，还是金钱和孩子着实一些。

可是也不着实呀，女儿离了婚，带了孩子和她住在一起，十几平方米的房子里住着三代人。一点退休金(退休证上写明她的退休金是六十一元七毛,打七折,实发四十三元一毛九分)要自活,还要帮助女儿。早年的气管炎和肺病又发了,咳喘齐作,卧在床上什么也吃不下,改请中医,出诊上门每次都要收费一元,肉痛这钱没处报销,她便不再吃药,说是"带病延年",甚至说出这样丧气的话来:我病很苦,只求早死,人生一世,草生一秋,花落人亡两不知的日子不远了。有次和女儿一起读狄更斯的《大卫·科波菲尔》,她竟然大颗大颗地落了泪。

她爱花,早些年身体利落的时候自己也养花,也常去公园看花,后来去不成公园了,认识了一个种花老人,常去他家的花圃坐坐。老人送了她两盆盛开的月季,她十分喜爱,每天蒙蒙亮就起床,对着花看上两三个小时。最怜花易老!种花老人答应她,等到花谢了仍旧送到他的花圃去培养,可以顺利过冬。听了这话她像孩子一样高兴。秋天到了,家里仅剩下的几盆芙蓉、菊花也都有了花蕾,快要开放了。她已经知道自己来日无多,告诉朋友说,我的花大都是草本,我想十年树木也不必了,也不耐烦去服侍名花了,这些花是我生命末期的伴侣,我不悲观,我只是在安心等待上帝的召唤……

一次次的劫难,她身边再也没有一本自己写的书。虽说世事沧桑心如止水了,她还是不止一次地对住在一起的女儿说:给我找一本《结婚十年》来看看吧。后来女婿托人借到一本,出高价复印了一本给她,这本书成了她一生最后的安慰。

有一天她忽然很想吃家乡菜红烧黄鳝。捎口信给儿子,儿子做好了红烧黄鳝送来,她却在床上大口地吐着血,再也起不来了。她死了。陪她去殡仪馆的除了家人,没有一个外人。她躺在铁架车上,蓝面长衫,布鞋,乌黑的头发向后梳着,面目清秀,神态安详。焚尸工人把她放在一块钢板上推进摄氏2000度烈火中,疯狂的火焰顷刻吞没了她。

这是1982年的冬天,她69岁。

她在写《浣锦集》时曾经说:假如我必须死,而死又必须经过病的阶段的话,那么就让我患肺病死吧,慢慢地吃上几年,最后才像酣睡般死去。她是在谈"饮食男女"的一篇文章里说这话的,却没想到竟一语成谶。

在她离婚后不久，母亲曾从乡下跑到上海来看她，有一个夜晚母女俩谈到了此生的归宿。母亲说，她已在老家的湖汇山上为自己买好了一块坟地，希望母女俩能合葬在一起。

那时她多年轻啊。她禁不住笑了起来，“等我老死上湖汇山的时候，或许你早已到别处投生去了呢。”

母亲却是认真的：“假使我今日同你说好了，我会等你的，我们娘儿俩一生命苦，魂灵也要在山中同哭一声呀。”

三年后，她的一个女儿去了美国。再三年，她的骨灰远渡重洋，被亲属出国时带走。

再过七年，1995 年的中秋之夜，张爱玲在美国洛杉矶的公寓里孤独去世。

附记 1：现世中过活

好像是一本旧志上说的，余姚一地，饮食向来十分奢靡，其实大谬。余姚这地方，且不说出过严子陵这样辞官不做的高士和王阳明、黄宗羲这样的大儒，明清两朝，更是“后生小子莫不读书”(张宗子语)。所以说，余姚人好学，深思，这是个出思想巨子的地方。至于余姚人在饮食上花了功夫，吃出了特色，那也是乐生态度的流露。好美味，乃人之大欲，为什么非要扼住天性呢？

余姚人的饮食口味，可用清、霉、咸三字概括之。余姚旧属越州八府之一，绍兴人常吃的霉干菜、霉豆腐、霉苋菜，在余姚乡间也大行其道。又因为余姚邻近宁波，也常被外头人挖苦为惯吃咸蟹鱼腥的。其实余姚人的本色口味，首先还是一个“清”字。譬如八月里，三江口的海船运来的黄鱼上市了，鳞片都是鲜亮的，唇吻微张，煞是喜人。这种鱼余姚人大多清蒸，除了放点盐、姜片和料酒外，再无须什么别的作料。一些野味的做法，也不像外头传闻的那样繁琐，童谚就有云：“麻雀剥剥皮，酱油蘸蘸好东西”。我觉得余姚菜的特色，便函是讲求原汁原味，这实在是一种很文人气的吃法。

吃得清口，这是余姚人饮食审美的一大趣味。清口，即要吃得时鲜、爽口，所以余姚人日常的餐桌上多素食，多新鲜蔬菜。烹饪方法上，用得最多的也无非是煎、煮、烤，再就是凉拌。初春，田野上多的是草紫，又叫紫云英的，趁还未开花采来，只须在沸水中一涮便可捞起盛盘，拌上麻油，吃来又嫩又香。饮食之理影响到了余姚人做人的信条：清清爽爽，明明白白。

这是我从一大堆剪报中找出的十多年前写的一篇谈吃的文字，那时写食主义还不像今天这样盛行，就这样一个写吃吃喝喝的小文也端足了架子，一不小心就滑到了做人上去。那时的人也认真，一家饭店的厨师看到后给我打电话，说要和我切磋厨艺，吓得我赶紧说，我只会写吃不会真做。

但苏青的“饮食男女”不只是谈的，还要真刀真枪做的。看她细细碎碎地说早餐、说熬粥的火候、说盛点心的锅碗不与烧菜盛羹的混用，你会觉得，她在那么简单的物事中也那么讲究，真是有着一颗在现世中过活的心的。她说到宁波菜式的“不失本味”，“鱼是鱼，肉是肉，不像广东人、苏州人般，随便炒只什么小菜都要配上七八种帮头”，由此扯到文章上去，“以内容有情感的作品原是不必专靠辞藻，因为新鲜的蔬菜鱼虾原不必多放什么料理的呀”，让我失笑到底是文人谈厨庖，动不动就是微言大义了。

她谈“男女”，倒也罢了，谈饮食，还是朴实可喜的。今天看去，如看民俗：

> 我的爸爸在夏天有几只常爱吃的小菜，一只是麻油盐拌豆腐，拌法很简单，只要把嫩豆腐买来，开水冲过，然后浇上淡竹盐细粒，用筷子拌起来就得了。另一只是火腿丝拌绿豆芽，那时金华火腿在宁专

场卖得很便宜，我们家里总是永远挂着三四只，把它切下一片来蒸熟，撕成丝，然后再把绿豆芽去根，在沸汤中一放下去便捞出来，不可过热，这样同上述火腿丝搅在一起，外加虾子酱油及陈醋，吃着新鲜而且清脆。夏天的小菜最好不要用油煎烧，我爸爸就说杀只鸡吧，也爱把白切鸡肉抹上盐，过了三四小时后再加大量竹叶青（酒名），使浸着，到了次日便可以用匙捞出来吃了。还有紫褐色的光滑而润的茄子也惹人怜爱，宁波茄子没有上海的那么粗大，它是细细软条子，当中很少粒子，从田里摘下来便洗干净，也是蒸熟透，与番茄拌合着吃是怪鲜口的，酱油可用定海的洛泗油。①

真是会过日子的女人，连茄子都是宁波的好！

胡兰成拿苏青的文章与知堂作比，说她的文章正如她的人，是世俗的，没有禁忌的，这或许是冲着她行事的做派和那句"饮食、男，女人之大欲存焉"的名言。这世俗，俗到了一个女人的骨子里，却也显出了几分世故的天真来。而且这俗又是有来由的，她来自宁波这样一个"热辣、很少腐败气息"的地方，爱热闹归爱热闹，却有着物的自信作底子，又不至于偏激到走上大街去闹革命。你看她把新出的书也叫作了《饮食男女》，给报纸写的文章又叫《吃与睡》，说的话也是天下事干卿底事的小女子腔：我爱吃，也爱睡，吃与睡便是我的日常生活的享受。在进步人士看来，真是个隔江犹唱后庭花呀。

苏青的老家是在宁波城西一个叫浣锦的小村庄，她是结婚后和丈夫一起去上海的。到底是吃惯咸泥螺和水煮白蟹长大的宁波人，又是个风头正健的女作家，到了上海说起家乡菜，存了心是要让你食指大动的，且看她如何说"我们宁波"：

——在我们宁波，八月里桂花黄鱼上市了，一堆堆都是金麟灿烂，眼睛闪闪如玻璃，唇吻微翕，口含鲜红的大条儿，这种鱼买回家去

① 苏青《夏天的吃》，原载《饮食男女》，天地出版社 1945 年版。

洗干净后，最好清蒸，除盐酒外，什么料理都用不着。但也有搀盐菜汁蒸之者，也有用卤虾瓜汁蒸之者，味亦鲜美。

据说苏青的厨艺并不见得怎样的高明，刚结婚时还因为不会做菜在朋友面前出过洋相，但作为一个食客她还是满够格的了。她说宁波菜的特色，“什么是什么，不失其本味”，说只喜欢宁波式的。这一个“不失本味”，让我想到了我说余姚菜的吃得清口、吃得本色上去。若真有一个宁波菜系的话，余姚菜也算得其中的一个分支吧。

附记 2:胡兰成说苏青

近年出版界对胡兰成很是瞩目，继《今生今世》之后出版的《中国文学史话》，是 20 世纪 70 年代胡兰成在日本，以及后来在台湾文化学院任教授时的文学研究论著和部分文学评论的结集。把此书中有关苏青的几段摘录出来，可与正文相参照：

苏青是宁波人。宁波人是热辣的，很少腐败的气氛，但也很少偏激到走向革命。他们只是喜爱热闹的，丰富的，健康的生活。许多年前我到过宁波，得到的印象是，在那里有的是山珍海味，货物堆积如山，但不像上海；上海人容易给货物的洪流淹没，不然就变成玩世不恭者，宁波人可是有一种自信的满足。他们毋宁是跋扈的，但因为有底子，所以也不像新昌嵊县荒瘠的山地的人们那样以自己的命运为赌博。他们大胆而沉着，对人生是肯定的。他们无论走到哪里，在上海或在国外，一直有着一种罗曼蒂克的气氛。这种罗曼蒂克的气氛本来是中世纪式的城市，如绍兴，杭州，苏州，扬州都具有的，但宁波人是更现实的，因而他们的罗曼蒂克也只是野心；是散文，不是诗的。19世纪末叶以来的宁波人，是犹之乎早先到美洲去开辟的欧洲人。倘若要找出宁波人的短处，则只是他们的生活缺少一种回味。与这种生活的气氛相应，苏青是一位有活力的散文作家，但不是诗人。苏青的文章正如她之为人，是世俗的，是没有禁忌的。

她的文章和周作人的有共同之点，就是平实。不过周作人的是平实而清淡，她的却是平实而热闹。她的生活就是平实的，做过媳妇，养过孩子，如今是在干着事业。她小时候是淘气的，大了起来是活泼的，干练之中有天真。她的学校生活，家庭生活，社会生活，对她都有好感，因为那是真实的人生。她虽然时时触犯周围，但在她心里并无激怒，也不自卑。她不能想象倘使这周围的一切全部坍了下来，那时候她将怎么办。她不能忍受生活的空白。对于这不合理的社会，她呵斥，却是如同一个母亲对于不听话的孩子的呵斥。同时她又有一种女儿家的天真，顶撞了人家，仍然深信人家会原谅她，而人家也真的原谅她。她虽然也怨苦，但总是兴兴头头的过日子。

苏青不甘寂寞，所以总是和三朋四友在一起。可是她不喜欢和比她有更高的灵魂的人来往，因为她没有把自己放在被威胁的地位的习惯。她是一匹不羁之马，但不是天空的鹰或沙漠上的狮。她怕荒凉。她怕深的大的撼动。也不喜欢和比她知识更低的人来往，因为她从来没有想到过要领导别人或替人类赎罪的念头。也不喜欢和娘儿们来往，因为不惯琐琐碎碎。

人们虽然了解她的并不多，但是愿意和她做朋友，从她那里分得一些人生的热闹。她也不甚了解别人。她只是在极现实的观点上去看待别人，而这也正是宁波人的风度。宁波人做买卖，并不需要考察对方的心里在想些什么，却是只要交易得公道，手续弄得舒齐，便这么的一言为定，而除此之外，也就无须再有别的什么来说明人生，说明世界。所以她容易把别人当做好人。在她所生活着的世界里，有许多好人，可是不能想象有崇高与伟大的人；也有苦人，可是她只懂得他们是在受苦，而对于他们的不幸却不求甚解；也有可憎的人，但在她看来可憎就是可憎，一切都是这么简单明白的。

有时候看她是胆怯的，她怕吃苦，怕危险，怕一切渺渺茫茫的东西，以命运为赌博那样的事，她是连想都不敢想。因为她是生活于一个时代的。只有生活于一切时代之中的人才敢以命运为一掷，做出人家看来是赌博的行径，而仍然不是渺渺茫茫的。在一个时代里看来是否定的东西，在一切时代之中却有它的肯定。

但苏青究竟是健康的，充实的，因为她是世俗的。她没有禁忌。去年冬天沈启无南来，对我赞扬苏青的《结婚十年》，就说她的好处是热情，写作时能够忘掉自己，仿佛写第三者的事似的没有禁忌。我完全同意他的这赞扬。苏青的文章，不但在内容上，而且在形式上都不受传统的束缚，没有一点做作。她的心地是干净的。

……《浣锦集》，里边的文章我大体读了，觉得是五四以来写妇女生活最好也最完整的散文，那么理性的，而又那么真实的。她的文章少有警句，但全篇都是充实的。她的文章也不是哪一篇特别好，而是所有她的文章合起来作成了她的整个风格。①

① 《中国文学史话》，上海社会科学院出版社2004年版。

附记 3:脆弱的心

妈妈,您给人的印象总是那么率真、大胆、坚强、乐观,但我们知道隐藏在您乐观、开朗、坚强的外表下的是一颗十足女性的脆弱的心。寻寻觅觅,您始终没有寻到自己的幸福与真爱。由于我们的无能,你也始终没有得到一双坚强的手臂给自己以支持、一个厚实的胸脯给自己以依靠。我们是您的所爱,但或许也是您重获真实的累赘。您无尽的唠叨,您时发的狂怒,正是您郁结感情的宣泄。[1]

① 李崇善《缅怀母亲——苏青》,李伟《乱世佳人苏青》,上海书店出版社 2001 年版,第 239 页。

书生有病
陈布雷的悲剧

疾病是生命的阴面，是一重更麻烦的公民身份。每个降临世间的人都拥有双重公民身份，其一属于健康王国，另一则属于疾病王国。

——苏珊·桑塔格《疾病的隐喻》

1. 金陵王气黯然收

那是一个光明的年头，那是一个黑暗的年头。对一些人来说，那是最美好的季节，是希望的春天，对另一些人来说，那是最糟糕的季节，是失望的冬天。一些人信仰着，一些人怀疑着——从来没有过的怀疑——一些人上天堂，一些人下地狱。这样的说法放到正负彼此消长的中国历史的任何一个年头似乎都是适用的，但从来没有像放到1948年这样合适过。这个风雨飘摇之年，南京国民政府这只漏船行将沉灭。三月，一场“行宪国民大会”的闹剧引发各派势力相互攻讦。政治危机的背后是财政经济的临近崩溃，五月，大米涨到了每担470万元，夏秋以后，全国各地的物价波动有如野马脱缰，不可制止，到处发生抢购和抢米风潮。十一月，锦州、长春相继失手，南京城里几乎到处都在公开谈论政府迁移的可能性。早在这年初，毛泽东和他的伙伴们东渡黄河来到河北省平山县一个叫西柏坡的地方，在这里，毛颇为乐观地估计，五年之内将把红旗插遍整个中国。

到了冬天，一些有名望的知识分子通过各种渠道奔赴北方，种种曲折自不待言，能够参与一个新政权成立的这份荣耀，对这些知识分子来说就是受再大的罪也值了。这一年，在大洋彼岸，新上台的杜鲁门政府正在调整对远东的策略，同年，一个叫乔治·奥威尔的英国作家出版了隐喻极权政治下人的生存状况的寓言小说《1984》。这年暮秋，11 月 12 日的一个深夜，一位年近六旬的病书生在南京的寓所吞服大量安眠药自杀，那一介寒儒、布衣长衫，二十余年勤勉谦卑如一日的孑孑身影消解在历史的苍茫暮色中，大厦将倾，其死也正应了一句话，金陵王气黯然收。

死者系南京国民政府总统府国策顾问陈布雷。

有关陈布雷死时的情状，有多种版本流传，较为可信的是他当年一个胡姓卫士（姑隐其名）的口述：

次日早晨 8 时左右，陈布雷的贴身勤务兵、一个绰号叫“老头”的，发现情况反常，一向准时作息的陈迟迟未起，而且从不落闩的房门反插。便叫来了胡姓卫士，两人呼喊不应，便合力撞开了门。进入屋内，只见陈布雷已僵倒在床上：他的双手举起与头并齐，嘴巴张开，左脚伸直，右脚弯曲，上身穿着糙米色卫生衫，两肘有碗口大的洞（这是长期伏案写作磨破的，平时被外衣罩住，从未看到），内裤裤管塞在袜子里面。床头柜上有 4 只盛安眠药的空瓶，地上两只竹壳热水瓶全部倒空，写字台上放着几份遗书，面上的一封是给最高当局的，开头写着“介公总裁钧鉴”。

这时，陈的副官住在陈公馆马路对面的房子里还未上班，同住一起的还有两名司机。平时如有召唤，只要一按汽车喇叭，就可闻声而来。胡姓卫士急急跑向车库，连续猛按喇叭，顷刻副官与司机飞也似的从马路对面窜过来，问发生了什么急事？胡姓卫士告知：主任已服安眠药自尽，快去总统府请医生。副官当即驰车而去。接着，住在附近的陈的秘书也来了。卫士交代现场后，即下楼至门外执行警卫任务。不一会儿，张治中带副官来见陈布雷，被胡姓卫士拦住，张治中的中校副官说：要见陈主任。卫士答：主任今天不见客。张治中亲自上前递上名片，又说：要见你们主任。卫士还是拒绝，张和副官只好驱车回去。

经总统府医官检查，判断陈布雷系服用过量安眠药致死，其心脏已于两小时前停止跳动。打了几针强心针，最后宣告回天乏术。下午，蒋介石、宋美龄亲临陈寓，胡姓卫士目睹经过。他回忆说，蒋于13日下午1时左右来到陈布雷自杀现场，站在陈布雷遗体面前，状极哀戚，在场的陶希圣递上陈布雷致他的遗书，当读至“今春以来，目睹耳闻，饱受刺激，……与其偷生尸位，使公误以为尚有一可供驱使之部下，因而贻误公务，何如坦白承认自身已无能为役，而结果其无价之一生。”蒋不禁双目流下了眼泪。当时只说了一句话：“将布雷先生的遗体送往殡仪馆。”接着，宋美龄女士也来了。宋的情绪显得十分激动，下车时站立不稳，总统府警卫室的一个随从急忙上前扶住，一直把她扶到楼上。她眼泪簌簌直流。

陈布雷虽只是一介幕僚，一个文人所不屑为的“刀笔吏”，但其身为总统府国策顾问，处南京国民政府领导层权力核心，这一毫无征兆的自杀，还是引得朝野震恸，于风雨飘零之际的国民政府更是有若平地惊雷。于其死因，虽猜测纷纷，终究还是个理不清的谜团。他写给“介公总裁钧鉴”的遗书，除了一味惶恐地罪己责己，似乎也了无新意：

> 读公昔在黄埔斥责自杀之训词，深感此举为万万无可谅恕之罪恶，实无面目再示宥谅；纵有百功，亦不能掩此一着……回忆许身麾下，本置生死于度外，岂料今日，乃以毕生尽瘁之初衷，布蹈此极不负责之结局，书生无用，负国负公，真不知何词以能解也……①

有一种已是成见的说法，说陈布雷眼见国民党政权大势已去，不忍目睹，便先行自杀了事。这样的解释，似乎有些道理，从来为臣之道，讲的是“武死战，文死谏”，对陈布雷这样一个一直思报知遇之恩的旧式文人来说，眼见大厦将倾，以死殉节义，或者以死来警示些什么似乎也是个说得

---

① 陈布雷致蒋介石遗书，转引自许纪霖《智者的尊严》，学林出版社1991年版，第140页。

过去的理由。但自明而清而民国，中国文人在道德沦亡的底线上已稀里糊涂过了几百年，早知江山易改的道理，何况是陈这样一个受过新式教育、做过报人、曾为民国第一流政论家的文人，岂会不知政权的更易本是自然之势，拿一己之性命去殉葬更是没有必要。宋亡有文天祥这样的文人以血殉之，明亡还有柳如是这样的女子指着钱谦益们的鼻子骂贪生怕死，那都是古风未泯，血性尚存，但试看清亡、南京国民政府亡，又有几人以死相殉的？

中国文人之涉入政治，开始大抵都是抱着"修齐治平"的念想。但文人去弄政治，就像良家女子入了流氓之手，又少有善终。行走权力场毕竟不是做文章，不是拿绣花针，不需要温良恭俭让，它要求你有狮虎的威猛、狐狸的狡猾，还要有狼的忍耐心，真正的政治人物都是懂得在百折千回、起起落落中谋求权力最大化的。而文人生来不是政治动物，不会弄权、太过天真、易于轻信，更因为他们的神经太过敏感和脆弱，因此在权力与人性的漩涡中时时会感到被撕裂的痛苦。在历史的长剧里，他们有时会出演某种角色，那也是亦步亦趋、战战兢兢的，全由不得自己做主，更遑论去控制剧情的走向。一为书生，便无足观，因此说陈布雷为他根本左右不了的大势去殉葬就显得过于牵强。但传统与叛逆、经济与命途、权力欲望与文人心性的纠合冲突，自他涉政后就一直撕裂争夺着他的内心，这种冲突在他这样一个半新半旧的人物身上尤其惨烈，以至身心俱疲、忧愤欲狂。是以本文不想在陈布雷的死因上多花笔墨，而只是把陈的自杀看作一个标志性的事件，这一事件的实质就是一个旧式文人与政治结缘的悲剧。

2. 一根假辫子

他喜欢称自己是一个布衣，但说实在的，他不是，一个做过国民政府的教育厅长、副部长、总统侍卫室主任的人说自己是个布衣，那普天之下都是光屁股阶级了。他只是喜欢称自己是一个布衣，或者说，做一个布衣卿相，是他的理想。

陈布雷的出生地慈溪西乡官桥，从地图上看，杭州湾边的慈溪县境如同一只倒扣的铁锅，西乡官桥，则在这铁锅的锅底了。浙东一地，民性通脱，行贩坐贾遍及海内外，至近代，浙东商帮更是称雄商界，成为江浙财团的扛鼎。1890 年，陈布雷出生于这块土地上一个标准的耕读之家，到陈的祖父辈，以一行商往返于浙赣间，完成了最初的资本积累后经营钱庄和典当业，并在乡里兴办义庄义学。

陈布雷的童年，是在儒学气息很浓的气氛中度过的，像那个时代所有的童子一样，他的启蒙读本不外是《毛诗》《尔雅》《礼记》《左氏春秋传》这一类东西，然而，他出生和成长的时代毕竟到了帝国晚期，种种的新思想、新风习潜滋暗长。对他一生行事影响最大的堂兄陈屺怀——他一直叫他"大哥"——就是一个革命党人。这个激进人物，有着天婴子、圮卫人、樱宁老人、句阳伯子等数十个别出心裁的名号，用当时的价值眼光看绝对是个异数，任侠豪爽，颇有古壮士之风。24 岁时，这个怪异的年轻人把老家的西仓屋辟为书房，数月不出，闭门读书。坐了两年的冷板凳后，他突然发现自己的目光变得非常锐利——据他自称——一眼就能看出事物后面隐藏的本相。1898 年，新政之火被西太后一记铁沙掌扑灭，朝野噤声，陈屺怀却对堂弟的老师说，不必学什么四书做什么八股了，那东西都长不了了。有了这么个做革命党人的堂兄，再说陈布雷对他又是那样的崇拜，这使得他传统文化的性格底色上又染上了叛逆色彩。传统和叛逆的交融、汇合、碰撞形成了陈一生性格的旋律，因此也铸造出一个矛盾的人生和一颗矛盾的灵魂。

这从陈布雷少年时代的两件小事上就可见端倪：一次是他十三岁那年，父亲命他参加县试，自以为是"革命党"的陈，满心不愿意参加，但慑于父命，又不敢说个不字，只好进了试场，草草应付一番以作搪塞。没想到等到放榜，竟是最后一名，不由大感耻辱。一个月后，府试临近，陈布雷感到这是一次雪耻的机会，便和父亲坐船东来，参加了宁波府试。不日揭榜,竟然名列第一,一时名动乡里。第二年又参加院试,弄了个秀才的名分。从个人声名上来说,陈布雷参加府试和后来的院试是一洗前耻,为自己挣来了莫大的荣耀,这荣耀的背后却是妥协。从县试到府试的过程,展示出陈性格中与生俱来的矛盾,革命与保守、激进与传统、挑战与屈从,在他人生的初年就冲突已开。还有一件事与辫子有关,陈布雷后来在浙江高等学堂读书时,正当帝国崩溃前夜,省城风气的感染,他毅然剪去了辫子,以示与旧体制的决断,如果像《阿 Q 正传》所讥讽的那样,把剪辫看成是革命与进步与否的标志,那么他的确可以算是革命与进步的。可他还是留了一手,暗底下准备了一根假辫,像假洋鬼子一样,以备回乡时戴上。在他看来,革命家要做,孝子也是要做的。一根假辫,在这里蕴含着丰富的政治与伦理的内涵,即政治上的激进与伦理上的保守态度,尖锐的冲突经由一根假辫,在他身上竟得到了完美的统一。

3. 人生断崖

很多年前,一个偶然的机会,一个叫陈依仁的男人去算了一次命,算命先生告诉他,他的发妻只有四十岁的寿数,他到了四十八岁会有一道坎,平安过了这个凶年,就会有六十岁的寿数。他很不满意算命先生算的,又不好当面骂算命先生乌鸦嘴,只好自认晦气,却打定了主意不把这件事告诉任何一个人,就让它烂在肚子里。1905 年初夏,陈依仁的妻子柳氏因产后症去世,屈指算来,正好 39 岁,他忽然记起了好多年前的那次算命。惊悚于命运的无可逃脱之际,他对不可知的来日充满了无以名之的恐惧。

这个叫陈依仁的男人就是陈布雷(他那时的名字叫陈训恩)的父亲。陈训恩是长子,他的下面还有五个弟弟和五个妹妹。

三年后，1908 年冬天，陈依仁 17 岁的次子训懋患冬瘟症，从学校归家，乡间无良医，误于用药，竟也病死。以陈依仁做父亲的眼光看来，长子训恩疏阔务外，次子则性格笃实，处事严谨，颇有理家之才。照陈依仁的意思，是想让这个儿子接他的班的。蓦然的变故打乱了他的算盘，失子之痛，家族事业后继无人的忧虑，再加上一日日加重的对死亡的恐惧，这个正当壮年的男子身体竟一天天地垮了下来。

一个人十余年来一直处于对死亡的恐惧之中，其内心的紧张与惶惑直似一面绷紧了的弓。日子挨挨蹭蹭终于到了 1913 年的岁末，预言中陈依仁 48 岁的命运关隘即将跨过，除夕夜，听着村庄上空不时炸响的爆竹声，他不由庆幸这一年终于安然无恙地过来了，自己活到 60 岁怕是不成问题了。焦虑一去，内心顿感轻松，喝了一点家酿的米酒，微醺之际，他有一种冲动，想把十多年前那次算命的秘密向孩子们发布。那是一块一直压在他心头的大石头，他期冀讲过了这件事就可以把这块大石头搬开了。当下把子女们召到身边，讲述了那次算命经过，然后说道，算命先生说你们的母亲活不过 40 岁，她去世时 39 岁，可见算命先生的话很是灵验，因此这么多年来我常常担心，不知哪天会弃你们而去，总算老天开眼，今天已是除夕，看来我是笃定可以太太平平活到 60 岁了。子女们听了虽很惊异，但也为父亲高兴，说了很多吉祥喜庆的话，又七嘴八舌地骂了算命的巫师一通。

哪料得陈依仁最终还是没有闯过去。到了他 49 岁那年，初夏天气多变，他略感不适，几天后，病势加剧，医生诊断是伤寒。拖了几日，病势愈加汹汹。有一个晚上，身为长子的训恩做了一个梦，在梦中，他被人用草绳捆绑起来，浑身动弹不得。他隐约感到父亲的情况不太妙了。果然又挨过两日，陈依仁因气促痰塞，说话也不连贯了。训恩见此状，扑到床前，握住了父亲的手。此时的陈依仁，双目泪长流，兀自说不出一句话来，挣扎着捏住长子的拇指与食指，如是反复，像是大有深意。陈训恩初时不明所以，继而恍然大悟，遂告知：你老人家不放心的，一是弟妹的教养，二是族中大事吧，我会舍弃一切，全心全意把这两件事做好的。陈依仁听到此言，嘴角一牵，算是露出一角笑意，随即气绝。

这一年，陈布雷25岁，他的下面，还有五个弟弟和五个妹妹。以他疏阔的个性去承担这样一大家子的事务，实是难为了他。可父母双殁，长子承家历来是古训，再说他已经答应了弥留之际的老父，于是辞去宁波的教职（在这之前他已在沪上有过一段短暂而又辉煌的报人生涯），摆脱一切外务，潜心居家，教养弟妹，管理家政及族中义田、义学及其他公益事务，虽是生手，倒也做得有板有眼。那年冬天，西乡官桥的田舍之间，人们经常看到他在一个老仆的陪同下，手持父亲绘就的庄园图册，依次巡行、检视。当然谁也不会想到，这个年纪不大就一脸老成相的田舍翁，竟是一个二十文章惊宇内、曾经名动京沪新闻界的著名报人。没有书报的日子里，那一支曾经被人称作“唤醒迷津”的狼毫笔，怕也会像匣中的剑半夜铮鸣吧。时间是医治痛苦的一剂良药，随着父丧日期的远去和对族中事务的熟稔，他的心情渐有好转，也开始回效实中学去上课了。接下来的几年里，陈布雷为父母重修了合葬的墓地，又为六妹、七妹筹办了婚姻大典。一日日沉浸在繁琐的族中事务中，把他疏阔的个性磨得绵密细心。两场婚礼，从慎选红娘开始，一直到送上花轿，他无不事事躬亲，打点周详，这一点让老于此道的乡下婆娘们也不由得赞叹。

可是命运好像要把这个年轻人所有的伦理亲情都掳夺了去，以后的几年里，陈布雷身边的亲人毫无征兆地一个一个离开了他。先是三姐去世。隔一年，继母罗氏因肺病去世，留下三子一女，最大的12岁，最小的4岁。再一年，陈三十岁那年，妻子杨氏去世。这个叫杨宏农的女人是陈在浙高读书时一个老师的女儿，慈城人，一个标准的旧式女子。自1914年至1918年，五年中杨氏连产四子（女），终因生育太频，气血两亏，脸色已呈浮肿之相，再加相夫教子，用力太过，已常有心悸力竭之感。这年初，杨氏怀孕时已病势日甚。初夏的一个晚上她做了一个不祥的梦，梦见三姐入殓时，旁边又有一新棺，写的是“杨”字。她把这梦说给丈夫听，陈布雷听了心里一惊，但还是劝她不要信这无稽之谈。可是几乎所有的家人都看出了这个女人已经来日无多，他们瞒着为她悄悄准备了寿衣。到了这年九月，杨氏分娩，初时因失血过多昏厥，六七日后，体温渐高，手脚均感麻木，舌头亦渐渐僵硬，吐语艰难。连换三个医生都没有起色。再过半旬，声若游丝，情势更危。陈布雷想再请高明的医生，夫人把他招到床头，勉力摇头，表示自己已不可救，拉着丈夫的手，一声喃喃自语，“难过”，随即撒手而去。这时，杨氏所产的三子两女中，最大的才六岁，最小的尚未满月。

迭经丧亲之痛的陈布雷，像一只饱受惊恐的小兽被赶到了断崖边，人伦亲情之中一切美好的东西都失去了，心一死寂，反倒平静了下来。沪上做报人时一呼百应的情状又回到了眼前，自己才三十出头，怎么可以终老于田舍之间呢？仰天大笑出门去，我辈岂是蓬蒿人。把家庭和族中的事务作了一番交代，他又出去教书了，为增加收入，还兼着为地方的报馆写一些新闻时评。

4. 文章与病与经济之关系(上)

浙高读书时，陈布雷面颊浑圆，胖乎乎的，同学给他取了个绰号叫“面包孩儿”(面包的英文 BREAB，音译即为布雷，他开始报人生涯时以此作了笔名)，我们今天看到了一些照片，都是陈在从政后所拍，冬瓜形的长脸，瘦削干瘪，无一不是形容枯槁，面目黄瘦，像一个操劳过度的老太婆。一个珠圆玉润的少年几十年后何以变得这样一副破败的面容？让人感叹时间这把雕刻刀的无情的同时，更让人感到，他实在是灯枯油尽了。

大概是十一岁那年，陈布雷开始患有头痛病。一般的说法是他的业师督课甚严，以致他常常被功课驱赶得头痛发热。还有一种说法是他幼年时的一次热病没有根治，终落下了病根，不管怎样，头痛病如影随形，跟定了他的一生，让他终生为之苦恼。

1926 年春天，蒋托人到沪，转送给陈布雷一张附有亲笔签名的戎装照片，以示好感与推重。次年一开春，蒋即向陈布雷发出邀请。1927 年 2 月的南昌之行于是改变了陈布雷的一生。他被蒋介石一眼看中，一篇捉笔之作《告黄埔同学书》铺平了他长达二十年的为官之路。刚上庐山时，陈布雷婉拒了蒋的挽留，说还是回上海操老行当做个报人，但事实上他到上海并没有再进报馆，而是在观望形势。自从北伐军进入上海、攻占南京，蒋介石开始奄有东南财赋之地，此时，陈作出了一个引人注目的决定，应张静江之邀出任浙江省政府的秘书长，这是他从南京国民政府手中接受的第一个正式官职。未几，辞去省府秘书长职，出任南京国民党中央党部书记长一职。这个政治姿态表明他已经把蒋看作明君英主。蒋介石很看重他这个大笔杆子，问他，如果自己选择，愿任何种职务，陈布雷说，我的初愿是以新闻工作为终身职业，若不可得，愿为公之私人秘书，位不必高，禄不必厚。这说明他介入政治的动力不是追逐权力，而是做一个布衣卿相辅佐明主成就一番事业这样的传统儒家知识分子价值观的驱动。做报人是登高一呼快意恩仇，做幕僚则是以己之喉舌为他人作传声，难怪这一期间他的感受是："去旧业而改入公务生活，常常个性与任务格格不入"（陈布雷日记，未刊影印件）。

是入朝还是在野？这两种念头在陈布雷的思想深处一直冲突着。或许他以为自己等得太久了，毕竟他快四十岁了，再不入朝，年龄、身体都要不行了。于是香草美人，芳心轻许。中国的文人，从沅水自沉的屈原起开始普遍地患有软骨病，一遇"明公"，就把自己当作了女人。在陈布雷的灵魂深处，还是深深潜藏着儒家知识分子那种挥之不去的入世精神，对政治的热衷和对政权的放置不下。从南昌行营开始，蒋介石为他的智囊团专设侍从室这一类似于前朝军机处的机构，由此开始，陈布雷结束了三分清客、三分幕僚、一份报人的生涯，专任蒋的心腹侍从之臣了。但是，心腹是那么好做的吗？

1936年12月12日，张学良、杨虎城发动"西安事变"，陈布雷为蒋之近臣，幸而能成为"漏网之鱼"，就在于他在这期间生了一场病，从洛阳回到了南京，没有西行入陕。于陈布雷的身体而言，1936年实在是最糟糕的一年，从年初开始，这架破机器就开开停停，时好时坏，修补不断。十月，蒋作洛阳之行，陈在南京勉强休息几天，未见好转。陪蒋到了洛阳后，身体更见不适,失眠、头痛、胃病纷至沓来。刚到洛阳的几天,以一部《洛阳伽蓝记》催眠,也没见有什么作用。日记中到处是这样的记载:“头痛心跳仍未愈”,“精神愈感疲惫,即起坐也觉无力,鼻腔发炎,头痛仍剧”①。到了十一月,又闹起了腹泻,经调治腹泻渐止,但内脏隐痛,搞得他坐也不是立也不是。前一天睡得稍迟,第二天就体力不支,回想起做报人时几乎天天要熬到凌晨两三点才睡,他真不知道当时的身体是如何支持的。这一期间他还是抱病为蒋介石炮制了不少文章,但因为休息不好,脑筋刺痛,以致文思拙滞,文章竟是越做越难了。有一次为蒋捉笔写一篇训示,枯坐一日,涂涂改改,竟只写得千字,不由叹息,“近来交拟文字往往不能如期交卷,自信力丧失尽矣”。蒋介石很喜欢改别人的文章,以示自己的高明。大概是为尊者讳,陈布雷很少说什么,只是偶尔的有一次在日记里谈到蒋的文章,说他“笔墨自有一种真挚热烈之意趣”,“所可惜者喜用长句,又用虚字尚不尽恰当耳”,“最喜用其字,多可删之”。为喜用“长句、虚字”的领袖写了那么多年文章,这滋味真是欲说还休。

蒋介石回到南京,寡人有疾,回溪口将养,不久又移驾杭州,陈布雷一直陪侍左右。这时已经到了1937年初,陈布雷这一期间还在做的一件事是为蒋起草记述西安“蒙难”的《西安半月记》。文章固是写得不顺,侍从室内僚的倾轧更是让人烦心,内忧外劳,陈大感不快,身体、心理几乎同遭摧残。4月,还在溪口时,陈就常常感到起床后“骨痛增剧,心跳亦间作,精神极不愉快”。他在日记中发泄道:“余今日之言论思想,不能自作主张。躯壳和灵魂,已渐为他人一体。人生皆有本能,岂能甘于此哉!”这一期间的日记关于身体的更不少:“心胸怔忡杂乱,手指微感震颤”,“眩晕增剧,而头痛又大作”②,等等。

人事纷杂,文章碎片,他的脑子好像都让这些东西塞满了,5月到了杭州,情绪还是抑郁焦躁,颓唐至极。五妹带了侄女来看望,看他病体可怜,劝他脱离政治,回老家算了,他虽有同感,终究下不了决心。到了南京,头

① 陈布雷日记,未刊影印件。
② 陈布雷日记,未刊影印件。

痛、腰痛、肾脏痛一齐发作，不思饮食，连平素每日都少不得的纸烟，抽着也没有什么味道了。医生为陈布雷做了检查，发现陈的血液红血球与血色素都异常缺乏，红血球仅为350万单位，诊断为贫血，并为其注射促进肝脏功能的制剂。陈布雷于是向蒋上书，说虽已回京，但身体破败不堪，只能承命任文字之役了，侍从室、党务那一应劳什子的事暂时都不可以做了。

5月至6月间，陈布雷的病情发作到了顶点。前一年冬季在洛阳的那次发病，是在腹部，腹泻腹痛，这一次，病灶上移，到了脑部。主要症候为贫血引起的头痛头晕，神经衰弱，由此造成的一定程度的心理障碍，表现为自信心与控制力的丧失，以至精神数次濒于崩溃。6月11日，出于习惯，陈布雷又一次记录了发病的症状：

> 今日气候愈阴郁，精神上大受影响。在此四五日间，竭力自制，勿使愤懑之念扰余心境，但体力与气候交互影响，使余完全失去忍耐之力，不独脑部胀痛，而心绪沉闷更是悲观失望，一无光明可寻。合眼则作疲神劳力之梦，静坐则起循环悲愤之怀，长此以往，势将形成心疾。奈何，奈何！①

形而下者谓之体，形而上者谓之心，病灶自下而上蔓延，由腹、肾、骨，而至脑部、神经，这已经不仅仅是身体的病，也是心理的病了。“心疾”，这是陈的日记中第一次出现这个词。身体之病，可得调治，心疾可治吗？以陈之聪明，他自我诊断病因全在一“恋”字。钟情什么？自然是对政治的热衷和留恋了。他总结出了“治心之要”，其中一条就是，“胸中只摆脱一恋字，便十分爽净，十分自在”。可是他摆脱得了吗？他现在不能摆脱，他的一生都没有摆脱，既成宿命，所谓的十分爽净、十分自在便也成了妄念。

旁观者清，陈布雷的下僚对他的病最为明了，认为陈的病，殆为忧患所致，想要从根本上疗治，有两个方法，一是积极奋进，二是决然引退。堂

---

① 1937年6月11日陈布雷日记，未刊影印件。

哥陈屺怀也写信来劝，向“介公”请假吧，如此方是疗养之法，你这样带病苦干，实在是与生命相搏啊。可是于陈布雷这样一个矛盾人物来说，决然引退固不可能，要做到积极奋兴又谈何容易，只好徒叹奈何奈何了——“今日精神苦闷，极彷徨，忽忽若有所亡，又郁闷难忍，如此下去，真成心疾矣，奈何，奈何！”

就身体器官的等级而言，脑部是位于身体上部的，精神化的部位，从隐喻的角度说，袭击身体腹部的腹泻(包括痢疾)不显示任何精神性，它就是一种身体病，而脑病则是一种灵魂病。陈的病厄从腹部向脑部的蔓伸，清楚地显示出从身体到灵魂的病理症候。这是一个渐变的过程，气候、心情、冗长繁琐的公务和权力的争夺加速了这一过程，并在间隙性的发作中引发一轮轮身心的痛苦。他患的是心理疾病，腹、胸、脑等处的疾病不过是心理疾病的蔓延而已，因此我们可以说：战斗一直发生在他的身体内部。

为表示“德意”，“介公”从庐山发来一电，要陈布雷“安心静养”。这种场面上的话竟也让陈感激莫名，转而检讨起了自己的病因全在“不能安心”。文人之贱，一至于此！两个月的调治后，陈的病体沉疴总算有了起色，到医院一检查，红血球已由开始的350万单位，升到了451万单位，白血球也达到了6600万单位，血色素为81%。医生说，这组数据离正常值已经不远了，只是还有点轻微贫血。医院还对陈做了一次全身检查：身高160厘米，体重98磅(约45公斤)；X光摄视肺部，左肺有两个小斑点，是早年结核菌的残留痕迹；右眼散光，左眼散光加近视；牙有病齿四枚；粪便无异常，小便呈酸性，无蛋白质、糖质等。看起来陈的身体是不错了，可是现代医学又拿什么去检验“脑病”“心疾”呢？

就像天气的好坏会引起风湿病人关节的疼痛，影响他的病的则是另一种气候：政治气候。若时局好转，心境不错，他的身体状况肯定也是不错的。如果时局恶化，心情焦虑，潜伏在身体里的大大小小的病就会一个接一个地跑将出来。1947年夏，军事上的连续失败和经济、政治的危机，让陈布雷大受震撼和刺激，旧疾复发，以致“目光散漫，手腕颤痛”，只好跑到庐山去修养了一个月。从陈自杀后留下的11封遗书来看，有5封提到了"心疾",有2封提到了"脑病",其他几封没提心疾脑病的,大量使用了这些词句:"不胜痛苦焦虑","脑筋已油尽灯枯","狂疾","心理狂郁","凡此狂愚之思想,纯系心理之失常",说的还是一个"病"字。甚至在自杀之前,他连报上怎样发布消息也想好了:因患神经极度衰弱症,过量服药而逝。

5. 文章与病与经济之关系(下)

经济和命途的冲突也伴随了陈布雷的一生,1945年10月,他在日记中写道:

> 与家人筹划此后生计,不仅无片椽尺地足以在外栖旅,且以币值降落之故,亦略无余储足以坐食三个月。年力渐衰,乃感如此严重之经济压迫,询乎愚忠直道,难以行于今日之世也!①

抗战已经胜利,陈布雷病魔缠身,早想引退,但做官好似上贼船,好上难下,不为官又何以为生计?此后几年,陈布雷始终处于进退两难的困境:不从政则无以维持家计,从政则备受精神折磨以致油尽灯枯。

战前,陈布雷在南京工作,把家安在上海。战时,他到重庆工作,则把家安在北碚。每次任职都不携家眷,与妻子及子女常分居两地,就像他的夫人所说:"先夫一介君子,从政本非素愿,时作摆脱之想,故先期历任政府职务,仅自凭旅舍以居,从不携眷,盖每以为不数月即可辞归也。"②重庆

---

① 1945年10月14日陈布雷日记,未刊影印件。

② 王允默《前记》,见《陈布雷回忆录》,台北传记文学出版社1981年版。

美专街的一幢两层楼房，他既作办公室，又兼卧室，甚是简陋，《救国日报》记者到陈公馆采访，没有见到陈布雷本人，对门卫大发了一通议论：我跑过多少码头，见过多少公馆，像你们这样可怜的，还不如一个小老板。陈的那种可怜兮兮的样子，就连蒋介石也看不过去了，曾主动劝他弄一份兼职，并表示要帮助联系。陈布雷的薪水不低，但由于子女多，开支大，生活常有拮据之感，颇多捉襟见肘。长期炮制文字，绞尽脑汁，精神压力太大。加之长年服用安眠药，脸呈灰黑色，把身体弄得很坏。陈布雷生于浙东，喜吃海鲜之类，到了重庆，自然不再有此口福。同僚劝他注意营养，他解释说："如果是在英国的话，已经超过了一个人应该享受的定量。我现在每日除了正餐以外，还有委座和夫人所赠的一瓶牛奶，还可以吃牛油，还可以有几片面包。"

公馆的大菜师傅每天上街，总是买些青菜、萝卜之类。重庆时期，像四川特产如灯影牛肉，南京时期，像南京特产如板鸭之类，桌上根本就没有出现过。即便是中秋节，或双十节，也只买 1 只鸡，或 1 只鸭、1 只蹄髈进门，猪肉从来不超过 2 斤。陈布雷最为享受的一个菜，是大葱烧鲫鱼。后来有一次，大菜师傅私下做主买了一只 2 斤重的甲鱼，陈认为超出了标准，就通知秘书辞退了大菜师傅。

陈布雷最反感的有人上门送礼。不论看到什么人，若提着礼物上门，一概拒绝。南京时期，舟山一位官员曾送来一大包目鱼干，硬要放在收发室。门卫不敢收，那人摸出一张卡片，放下就走了。门卫只好在登记本上写上那人的姓名，然后将目鱼干送到厨房，由厨房、门卫等一干人吃掉了，陈一点不知道。一次中秋节，上海一位"国大代表"送来 5 盒月饼，门卫有了上一次的经验，如法炮制，替陈代劳了。据警卫回忆：我们在陈公馆总算捞到这两次外快。但有两样东西，陈可以破例，一是高级香烟，一是进口安眠药。陈嗜烟如命，一天吸烟 50 支以上。据说这两样东西送得最多的是蒋夫人。

党内派系林立，陈布雷是有名的"五无"人员——据他自己说是无派、无系、无权、无势、无财——或者说是一个清流派。陈布雷自己不捞钱，也反对手下人捞钱。陈的一个下僚在日记中写道："私人经济，负债 1 万元。

全年生活尚过得去，至年底生活更形困难。”①陈布雷死后只留下金圆券700元，再无其他财物，这些钱，按当时的物价只能买到120公斤大米。

6. 父女殊途同归

这个苦命的女孩刚出生，母亲就因产后失血过多离开了她，饱受丧妻之痛的父亲，一时神志糊涂，把她从窗口扔了出去，幸亏是落在一个棚架上，她这才捡得一条小命。外祖母怜她疼她，取了个小名叫怜儿。

20岁那年，女孩背着父亲陈布雷考入西南联大，临行前向父亲辞别。因“琏”“怜”同音，陈布雷给她取了个正式名字陈琏。并告诉她，琏，是古代的一种祭器，取这名字是为了纪念她死去的母亲。

陈布雷有七子二女，这几年陆续长成，他坚决反对他们接近政治，他的这句话子女们早就听得耳朵起茧了，大意是政治这东西会弄得“大家都要死无葬身之地”。长子中学毕业，有两个志愿，农学和政治，陈断然说，“政治太肮脏了！即使情急救国，也莫要学政治。”长子就去研究如何把杂草转化为农业肥料了。他为其他几个子女选定的专业方向，分别是内科、测绘、土木工程，都是些工科和理科。只有这个最小的女儿，总是一次次拂逆他。而他对这个倔强的女儿，也总是有一种无以名之的内疚。或许是因为她长得越来越像她死去的母亲？妻子是在生养这个女儿时去世的，从生死轮回来说，他相信妻子的灵魂一定注入了女儿孱弱的身体。

他对女儿说，重庆不也有好的大学么，为什么非要去昆明呢？陈琏说，她不想做家门口的草，而是要做参天的树，去联大，是想学地质。陈知

① 这是供职于侍从室第二处的下属唐纵的日记，转引自杨者圣《国民党“军机大臣”陈布雷》，上海人民出版社1999年版。

道自己这个最钟爱的女儿思想激进，就嘱咐她考虑父亲特殊的政治地位，不要公开参与反政府活动。他不知道，女儿已经在这一年夏天加入了中共。

女儿走后，有一天，陈布雷翻开一本书，从里面掉出了一张纸片，女儿抄录的这些句子让他感到她总有一天会出事。“我看见一座大厦，正墙上一道窄门大敞着，门里面阴森昏暗，在高高的门槛前站着一个姑娘。从大厦里传出一个缓慢、重浊的声音，啊，你想跨进门槛来做什么？你知道里面等待你的是什么？姑娘说，我知道，我准备好了，我愿意经受一切苦难，一切打击。”他后来知道，那是一个叫屠格涅夫的俄国人写的。

不久，大女儿转来了怜儿从滇南写来的所谓“最后的一封信”，当他读到“时代既然决定了要在我和家庭之间排演悲剧，我是无法拒绝的……我只有期待于将来，将来我是会被辩护、被理解的”，仿佛看到了冥冥之中妻子责备的目光。经中共地下党的斡旋，这个失踪不久的女儿总算又回到了他身边。随后转入重庆中央大学历史系。安分了几年，女儿说要去北平教书了，这时已经到了 1945 年，连蒋先生都和毛先生坐在一起共商国是了，想来女学生上上街参加几次游行也不是什么大问题了，陈也就由她去折腾了。在北平，她和西南联大的同学袁永熙结了婚。

远在南京的陈布雷对女儿的婚姻十分关切，甚至注意到未来女婿的思想言行，一切有所怀疑的地方都曾倍加详查。他给北平市副市长张伯瑾写信，请其代为详查袁永熙其人。张伯瑾密报袁永熙是人品才学俱佳，思想有些左倾，陈布雷还是接纳了这位未曾谋面的女婿。

陈布雷的预感还是应验了，他自己身处政治桎梏之中，却不曾想到挚爱的小女儿也同样卷在政治的是非之中。陈琏、袁永熙因牵涉北平中共地下党的活动，被国民党特务捕获，以“共党嫌疑”之名自北平押至南京。陈忧心如焚，一面挂牵女儿女婿的安危，一面却无能为力。陈自己虽身处要职，却不愿以自身职权的影响来解救他们。他就此事给蒋所写的一封短信表明了自己的态度：女儿陈琏、女婿袁永熙，因“共党嫌疑”自北平解抵南京，该当何罪，任凭发落，没口无言。信中不见丝毫求情开脱的语句。

其实蒋早就接到密报，也清楚陈琏只是“嫌疑”而已，况且他对这个跟随自己20多年的文字侍臣很了解,知道他不会开口求人。陈布雷表态的短信促使蒋必须对此案有个了结。在一次宴请北京大学校长胡适之后,蒋告诉陈布雷:你女儿、女婿的案子,我已派人查过,是"民青",不是共产党,你可以把他们领回去,要严加管教。1948年1月底,陈琏出狱,来到南京湖南路陈布雷官邸。稍事休息后,她由舅父陪同回到慈溪老家。几个月后,袁永熙也被保释,翁婿的第一次见面竟是刚刚从监狱出来的时刻,这令人感到多少有些尴尬。

袁永熙在陈公馆住了3天,陈布雷请来亲朋好友为他接风洗尘。翁婿之间相处甚洽,陈嘱托女婿:"怜儿已经回慈溪老家了,你也到那边乡下去。我已是风烛残年,自顾不暇,怜儿就托付给你了。国家多难,好自为之。"半年以后,陈琏夫妇回到南京,陈琏到国立编译馆工作,袁永熙在中央信托局南京分局当科长。

1948年11月12日,陈布雷去意已决,电话召女婿到公馆长谈。袁永熙看到神情凄楚、满头白发的岳父,心中生出几分凄凉:"您的头发太长了,该理发了。""好吧,找个理发师来。"陈接着说,"永熙,政治这个东西不好弄,你和怜儿千万不要卷到这里面去。我搞了大半辈子政治,一生的错误就是从政而不懂政治,投在蒋先生门下,以致无法自拔,于今悔之晚矣!"①停了一会儿,又关照说:"政治这东西不好弄,你和怜儿千万不要卷到里面去。"其时陈大致已经知晓袁永熙与陈琏的秘密身份,这番临死之前的肺腑之言可谓用心良苦。

陈布雷自戕六个月后,即1949年5月24日,中国人民解放军第三野战军第七兵团第二十二军六十五师一九五团解放了他的家乡浙江慈溪。

---

① 文洋:《陈琏在黎明前》,原载《人物》1985年第5期,转引自许纪霖《智者的尊严》,学林出版社1991年版,第141—142页。

附记1:被背叛的绝笔

陈布雷自杀后,《中央日报》刊登了他致蒋介石的遗书和绝笔《杂记》,冠以“感激轻生以死报国”盖棺论定,蒋介石也亲笔题写了“当代完人”作为对他一生的表彰。陈布雷一直有记日记的习惯,1948年11月11日,他的一篇日记如是记述:

> 傍晚,觉体力心力不支,不能不作短期二三天的休息。晚餐后作致友人函札数件,并整理物件,十一时寝。①

其中还看不出打算自杀的迹象。11月12日陈布雷的绝笔《杂记》或许有所透露,但至关重要的两段在报上发表的时候被删去了。一段是开头部分:

> 此树婆娑,生意尽矣!我之身体精神,今年乃一衰至此。许身于革命,许身于介公,将近二十年,虽亦勤劬,试问曾有一件积极自效之举否?一无贡献,一无交代,思之愧愤,不可终日。百无一用是书生,即我之谓也。狂郁忧思,不能自制,此决无一词可以自解者!抛妻撇子,负国负家,极天下之至不仁,而我乃蹈之,我真忍人也。然我实不得已也。时事已进入非常时期,而自验身心,较之(民国)二十六年秋间,不知衰弱到多少倍。如此强忍下去,亦必有一日发忧郁狂而蹈此结局也。闻朋友中竟有以“你有没有准备”相互询者。如有人问我,

① 1948年11月11日陈布雷日记,未刊影印件。

我将答之曰：我唯有一死而已。[①]

另一段是：

想来想去，毫无出路，觉得自身的处境与能力太不相应了！自身的个性缺点与自己之所以许身自处者，太不相应了！思之想之，为此烦忧已二十天于兹，我今真成了“忧郁狂”！忧郁狂是足以大大发生变态的！我便为这种变态反常的心理现象而陷于不可救，岂非天乎？[②]

就像他自己说的，狂郁忧思，忧愤成狂，可救？不可救？岂非天乎？

附记2：“葬在黑暗里”

陈布雷并非“志在以一死励大众”，我研究整个来龙去脉的结果，发现他以死所励者少，而是以死自剖者多。他终于用一死证明了知识分子跟国民党合作的悲惨下场，他告诉大众他过了错误的一生，他用一死否定了他一生的鞠躬尽瘁，在油尽灯枯的摇曳里，他把一死，注入了新的意义——那个为他所明知却又欲说还休的意义，他把光明重新点亮，虽然他自己，却误上贼船，百身莫赎，永远殉葬在黑暗里了。[③]

---

① 1948年11月12日陈布雷日记，未刊影印件。

② 1948年11月12日陈布雷日记，未刊影印件。

③ 李敖《蒋介石与陈布雷》，《李敖作品精选：扒蒋介石的皮》，中国友谊出版公司2001年版。

说寂寞，谁最寂寞

徐訏在1950年后

1.《鬼恋》里的黑衣女子

想象中，他是那种把头发梳得很整齐、还抹着些发蜡的人。就像电影中的梁家辉，穿着一件欧式的浅驼色风衣，在上海的小弄堂里神情恍惚地走。那都是因为陈逸飞拍的那个叫《人约黄昏》的电影。电影是改编自徐訏的小说《鬼恋》，但没有了小说里死寂的灰与黑，倒多了层玫瑰样的浅红，就像陈的那些温软、精致的画。街景，小巷上方的一角天空，人脸，都加了滤色镜片似的，绮丽，潮湿，暧昧。这是一个画家对海上旧梦的追忆和想象，其间透露的中产阶级情调，倒也符合商业时代的大众口味。只是除了个故事的骨架，离小说原作《鬼恋》已不知在几丈开外了——一个作品是一场灾难，如是观之，电影《人约黄昏》对徐訏的小说，也是场不大不小的灾难。

可是除了电影——这一大众的神话——今天的人还有谁会记起他，更遑论走近他？这个世界接踵而至发生的事件和越来越稀缺的耐心，怎么能让人静下心来听四十年代的一个小说家讲一个现代都会的女鬼故事——时下大行其道的恐怖小说、鬼片不是比这更刺激更来劲？而电影工业事实上也改造了作为小说家的徐訏，让他面目全非，让他像一个游魂在人世间找不到自己的位置，只剩下一个名字的符号，寂寞地飘在空气里。

1991年冬天，一个少年在县城图书馆长长的走廊上独自翻看着直排影印版的《鬼恋》，偌大的库房再也不见一个人影，只有换气扇叶子的轻轻转动变换着室内光线的明暗。他看得如此出神，以至天色在书页上渐次暗去，那些直排的铅字像沉入水底一般漶漫不清了也浑然不觉。走出图书馆大门，路灯下少年的脸闪现出一丝恍惚，似乎不知今夕何夕了，也似乎，小说里那种森然的鬼气把他深深浸染了。

小说中，“我”在南京路上邂逅了一个身穿黑衣的神秘女子，随着交往深入渐渐爱上了她。她告诉“我”说她是鬼，因此只能在晚上见面。后来“我”终于知道她是一个地下工作者，见证了朋辈的死，体味到了世间的冷暖，所以宁愿做一个尘世间的鬼，过一个人的生活。小说的最后是她带着“我”的爱，消失在茫茫人世间。

你们有 Era 么？

少年默念着这个句子——那是小说中神秘的黑衣女子出场时的第一句话——脸上不自禁地露出了微笑。他会告诉他的朋友们，Era，那是一种烟，四十年代的上海——多么醉生梦死！——流行过的一种从埃及来的名贵的烟。而那时，他和他青涩年纪的朋友们都抽带着很浓的青草气的本地产的北仑牌，稍好一些的就是云烟了。很长一段时间，一到夜晚，少年的眼前就浮现出了旧上海南京路上的小纸烟店，潮湿的街巷，和那个气质非凡行事诡异的黑衣女子。她有着凄白如雪的脸和银亮的牙齿，眼神清澈而锐利。她的神情淡定而冷漠。她的美是不食人间烟火的那种。少年把对女性的美好的想象全都加到了这个神秘女人身上，恍若置身于一个美丽而虚幻的梦，以至于把小说中与这个女子在偏僻乡间并肩散步或在咖啡店里作着彻夜长谈的男子都想象成了自己。

但当他后来看到演这个女子的张锦秋的那张尖下巴的脸时，突然后悔一个人去看那场电影了。他想象过《鬼恋》里的女鬼，按着自己的意愿一次次地修改她的面容。但从来没有想到会是张锦秋那样的，过分的幽怨了，简直成了个怨妇了。他喜欢梁家辉，不喜欢张锦秋。喜欢小说，不喜欢电影。时日推移，昔日的少年也年届不惑，有时，想想图书馆书库里那本直排影印的《鬼恋》，怕也蒙满灰尘了吧。只是那句话还时常跳出来，就好像这小说昨天还才打开过：

> "你们有 Era 么？"
>
> 一度，这句话成了少年和他的朋友们之间的通用电码。

2. 上海情爱故事

四十年代初的上海，徐訏一家和苏青一家在辣斐德路比邻而居，两家不时走动。徐訏的妻子赵琏是苏青五姑母的学生，和苏青在宁波时就相识。苏青那时刚到上海，闲居无事开始学习写作，常到徐家去借小说。两个女人在一起难免派说各自丈夫的不是，赵琏更是找到了诉说对丈夫不满的发泄口。中间再夹杂进苏青的丈夫李钦后——一个有着浓重的市侩气的前东吴大学法律系毕业生，徐訏婚变的契机由此种下。

"八一三"后日军进入租界，李钦后的律师事务所关门，失去工作的李钦后变得性情怪异，与苏青日生龃龉，移情别恋于徐訏的妻子赵琏。在苏青自传体的小说《结婚十年》中，对此有一段源于现实的摹写：

> 小说中，徐訏成了"余白"，他的妻子赵琏则成了"胡丽英"，李钦后则被叫作"崇贤"。因为离得近，"我"常去余家借小说看，两个女人编排自己丈夫的不是时，丽英却对"我"数落崇贤颇不以为然。丽英的丈夫余白本可以去大学当教授，或者去银行工作，但他都不去，只是写他的小说。丽英眼看着崇贤一家收入颇丰，更是羡慕。自然觉得崇贤要比自己的丈夫好。丽英是个爱打扮的虚荣女子，也常常把"我"的女儿打扮得花骨朵儿似的，溺爱女儿的崇贤见了，自然欢喜，

对“我”说：“余太太真是个会管家的女子，而且也肯安本分，只可惜余先生一味太才子气了，经济难免拮据些。”明摆着是说别人的妻子比自家的好了。贫贱夫妻百事哀，余家夫妇常常口角，余白有时还动手打丽英，丽英家里受了委屈，就跑过“我”家来诉说。崇贤凝视她半晌，半开玩笑地说：“像你这样的太太还怕没有人要吗？又美丽，又贤惠。”丽英却把这话当作真的来听，“李先生，你也取笑我……”脸上泛起红晕，似乎人也年轻了许多。

这一切“我”都看在了眼里，但“我”怎么也没有想到他们两人竟然发展到了一起上舞厅跳舞，崇贤还搞大了丽英的肚子。小说中，苏青把赵琏称作“爱的侵略者”，但到底是赵琏侵入了她的家庭还是他的浪荡丈夫勾引了别人的妻子，也真是一笔糊涂账了。生活中这一事件的结局是，1942年，徐訏与妻子离婚去了重庆，苏青则在生下一个儿子后不堪精神刺激患了肺结核，还吐了血。

在重庆期间，徐訏出版了给他带来巨大声誉的小说《风萧萧》。小说写上海沦亡期间秘密工作者与日本占领军的斗争，如此宏大叙事，走的却是畅销书的路子：柔情与铁火交织，美色同智勇辉映，美女俊男多角恋爱，疑云密布的间谍生涯。故事在“一切都有政治色彩的国际上海展开”。一时洛阳纸贵，以致“重庆江轮上，几乎人手一纸”。

两年后，徐訏以《扫荡报》特派记者的身份去了美国。抗战胜利不久他又回到上海。这一期间他再版了《风萧萧》。

徐訏回到上海，先住在二姊家，因人来客往太多干扰，他搬出来另找住处。那几年，他终日埋头笔耕，一直未成家，被朋友们戏称为“野猪”。唯一的社交活动，是约几位老朋友刘以鬯、杨复冬等在国际饭店二楼喝咖啡。他要朋友们给他介绍些戏剧界演员，有京剧也有越剧。朋友们以为他要找个女人恋爱了，却不知道他是为写长篇小说《江湖行》里的人物作准备。战争正进行到白热化，上海人心惶惶，徐訏却突然失踪了。后来朋友们才知道他到宁波去结婚了。

徐訏的再婚妻子葛福灿出身于嘉定一个望族，据徐訏与葛福灿共同的女儿葛原回忆:“母亲学习成绩优异,曾考取省立上海中学。由于战火不断,加上七岁丧父,家境衰落,作为长女的她不得不多次辍学。以后考取教会办的女子师范学校,为了担负起家庭重担,帮助弟妹完成大学学业,自己却放弃上大学的理想。18岁起,除了在学校教书外,曾在我二姑母家担任过家教。我父亲从美国回来,姑母们便介绍我母亲同他认识。1949年,在宁波结婚。”(葛原《残月孤星》)

葛福灿性情温煦,和徐訏婚后有过一段短暂的幸福生活。不久,上海解放,新时代的革命潮流冲击之下,徐訏深知自己曾经风行一时的小说将变得不合时宜。1950年5月一个天色朦胧的黄昏,徐訏悄然地离开上海前往香港。此时,他的女儿才出生五十三天。

徐訏原本打算到了香港安顿下来后再来接妻女。可是时局的发展超出了他的想象,沪港两地开始了数十年的音讯隔绝。在内地,徐訏被列为反动人士,小说《风萧萧》成了所谓“特务文学”。从此留在上海的他的妻子承受着巨大的压力,为了生存,也为了女儿的前途,她只得表示与“反动”丈夫划清界限,提出与远在香港的徐訏离婚。女儿随她改姓葛,然而内心深处他还是忘不了丈夫,一直保存着徐訏在国内外拍摄的千余张照片和几十本著作。

到了晚境,病魔的折磨下的徐訏一次次地向内地的妻女伸出手。“文革”结束后,葛原突然接到父亲来信,要她去香港。葛原赴港后,有人却认为她是为了争夺遗产,就故意为难,不让葛原与徐訏有亲近的机会。等到好不容易见到几十年未见面的父亲,徐訏已是生命垂危。葛原的《残月孤星》从接到父亲来信,要她去香港留在他身边工作开始,写到她参加完父亲的葬礼,黯然离开香港。摆脱“阶级”的枷锁,又掉进金钱的“怪圈”,这滋味,真是欲说还休!

3. 都市里的游魂

从1950年赴香港到1980年去世，三十年时间里徐訏先后在珠海学院、新亚书院、中文大学和浸会学院执教。其间虽也办过刊物，但大多没坚持多久就停了刊，只有写作一直坚持未辍。很长一段时间，他的故事被一层一层包裹着。从朋友的记述来看，他在香港的日子过得并不轻松。像他这样一个怀旧的人，到了异地肯定要经常回忆过去，而他的回忆指向的通常是旧上海的街道，那有着油画质感的昏黄的画面。

1950年无论如何是个有特殊意义的年头。许多作家为即将到来的新时代欢欣鼓舞，却又不能迅速调整心理以应对这种变化，因此难免手足无措，出现创作的断层，而徐訏由于身处香港，这一环境与他生活多年的上海相差不大，因此在创作上反而出现了一个持续的高潮，长篇《江湖行》《彼岸》《时与光》及《鸟语》《结局》等短篇集都是问世于那个时期。特别是构思三年、又经五年写作和修改问世的《江湖行》，堪称他移居香港后的巨构，一问世就被推崇为“睥睨文坛，是其野心之作”(司马长风语)。这些小说所写人物多是大陆流落到香港、在流放感和放逐意识中生活的移民。在无望中，他把神和上帝引入了他的文学场，试图通过对人生残缺的反省与自审，在宗教意义上提升人的灵魂。畅销小说作家徐訏以他浓烈的浪漫主义情绪和通俗化的小说形式，走着他现代主义小说通俗的路子。

这个自称“一向是大都市的人”、有着很深的城市背景的作家，居留香港后，文风渐变，都市主题渐趋悲凉，而乡村画面在他的小说里开始大量涌入。他写大都市的夜总会、舞场、灯红酒绿无法与穆时英比拟，但一待乡村片断进入，那文字就摇曳起来。都市神话的消退，这或许是因为香港给了他巨大的文化压力。论年龄，其时他刚四十出头，一个写出了《风萧萧》《鬼恋》《赌窟里的花魂》这些都市作品的作家，从今以后要任凭乡村回忆的暗潮泛起，他真的没有想到以后要靠回忆过活了。

这么说，内心深处他还是无法认同香港。“我本是自由的天，每天在翱翔，自从我飞进围我的围墙，我再无处徜徉”。他说。他还自称是一个“无根的过客”。居港三十年，他一直说上海话，偶尔也说慈溪土话。只是从不说鸟语。去吃饭的地方，也都是红星、红宝石、温莎这些前身在上海的餐厅，或者大会堂咖啡厅（它的俄国厨师据说是从上海车厘哥夫来的）。到大会堂看京戏，也都是上海来的一些业余演员的演出。小说中凡写到上海，也比四十年代以上海为背景的小说更多地牵涉上海的地名：愚园路、霞飞路、虹桥路、贝当路、永安公司、先施公司、国际饭店、仙宫舞厅、大光明电影院、外滩等等。可以想象这些过往了的地名激起了他多少亲切的回忆。据吴福辉先生统计，他到港后期创作的小说，所写上海故事15篇（部），纯粹的香港故事却只有10篇（部）。这是一种怎样的上海情结呢？其间又包含着他多少的失落与心酸？就是那些香港故事，好像也一直找不到合适的故事发生场所，开场总是在路途中、码头上或是轮船上，故人相逢，坐说盛年，还委屈小说里的人物在灰扑扑的弄堂房子里栖身，稍不留意，这些故事说是发生在上海的里弄间也成的。

究其根本，他实在是不能轻松自如地做个“移民”，像那些早先到来的同行一般似乎一夜之间就捕捉到香港中产阶级的生活趣味。香港在上海之后辉煌了，可他看不到，他看到的满眼只是沪人在香港的沉沦。香港没有真正接纳他，他也没有认同香港。因为没有“学位”，大学教师的身份他花了整整十五年才得到。而他更想要的职业作家的地位，在香港更是无望（他十八集的全集，也是由台湾正中书局出版的）。可上海时期养成的文人中心观念在他心中是那么的强烈，香港式的为市场写作的“文艺工人”他不屑做，也做不来。月开支三千元以上的“上海生活标准”他又不想降低。他在香港是这样一种境况，也真是不尴不尬了。

于是他永久地留在乡村与都市、上海与香港的夹缝中了。乡村是美好的，却不无虚幻，都市冷酷、炫目，却又不得不去面对。所见、所闻、所历，加深了他的历史流离感，又成倍地放大了他的寂寞。小说《鸟叫》中，主人公从香港赴台，会见了大陆、美国来台和当年留台的朋友，发现谁都比他成功，唯独自己是个失败者，这不妨看作浸透了他身世之感的自传性作品。

如果时间会收缩，它会凝聚成一个点，一个地图上没有标识的小村，浙江宁波慈城东南一个叫竺杨的江南小村。在生命的晚境里，安慰他的是回忆中一年一度春天归来的燕子，它们寄居在他旧居“堂前的旧梁”。而那个他出生并度过人生初年的村子，也似乎真切了起来：“小城外有青山如画/青山前有水如镜/大路的右边是小亭/小亭边是木槐荫/木桥边是我垂钓的所在/槐荫上有我童年的脚印/桥下第三家是我的故居/破篱边青草丛中有古井/传说有大眼长发的少女/为一个牧童在这里殉情/最后就请站在那里远望/看马鞍山上是否有微云。”(《幻寄》)。这一切物事，连同久违的亲人，已逝的爱，甚至失去的赠物，成了他的恋恋难舍之执，每一想起就“痛苦哀念”，情不能已。

他像一个游魂，徘徊在乡村与都市、香港与上海。他徘徊得太久了，到头来发现过去和现在都找不到自己的位置。于是他说：

> 我是一个最热诚的人，也是一个最冷酷的人，我有时很兴奋，有时很消沉，我会在狂热中忘去自己，但也有最多的寂寞袭我心头。我爱生活，在凄苦的生活中我消磨我残缺的生命；我还爱梦想，在空幻的梦想中，我填补我生命的残缺。在这两种激撞之时，我会感到空虚。

4. 满抽屉的寂寞

惯写才子文章的香港作家董桥回忆六十年代末第一次见徐訏，“穿一件黑衬衫，打一条白领带，整齐、考究极了”，竟让他无端地想起毛姆和毛姆的小说。但老先生明白告诉他，“毛姆的东西我看得不多！”

据友人回忆，徐訏为人谦和、温雅，不喜张扬，更不狷狂、放诞。常常是静静听别人讲话，说话时也是不疾不徐，语气平和。在后辈如董桥这代人的眼里，徐訏成了一个“旧”派人物，可是又“旧得很有趣”。董桥有一个著名的比喻，把徐訏比作一个填满了旧钢笔、旧信件、旧钱包、旧护照、旧打火机、旧照片的抽屉。从这些日常生活的细节里流淌出了徐訏那一代去国者的文化乡愁：不太给人写信，有事宁愿写信，长信短信都写得得很清雅；喜欢用闲章，信纸盖一枚“三不足斋”的红印。写字对钢笔头尤其挑剔；喜欢为自己的书设计封面；用亲笔抄写制版的“画眉篇”衬底。忆人念事的怀旧文章也愈发清淡到了家。很 private。“喜欢打开窗子让街上的寂寞飘进自己的房间里来”。——这么旧的心情！因此董桥说他，徐先生的寂寞是他给他的人生刻意安排的一个情节，一个布局，结果弄假成真，就像他的小说。

他讲述着故事，而故事也改造着他，让他愈发的寂寞，也许还不无苍凉和苦涩，但一到了笔下，大抵还是含蓄、沉郁的，更近“温柔敦厚”之旨。于是他的小说，激越时不像无名氏那样奔放无忌，凝练处又不似张爱玲那般幽邃繁丽，他自有一份幽默，却更不似钱钟书那样机智、犀利。他的小说还是有着自己的美学范式。

他在徘徊中追寻，在生命的最后一刻，他曾迷失般地追问：“这个生命到底是什么意思?”

他把这个问题同一位神父讨论，不知是否得出了什么结论。我们已经知道的是，在去世前一星期，他皈依了天主教，在医院教堂受了洗。这见出了他灵魂的矛盾。他一直是个无神论者，相信自己有着“天赋的爱”，他期望自己用这爱，通过艺术和哲学来救赎。但最终的皈依宣示了他的救赎无门。他是没有出路了，才想着抓住宗教来求得生命的得救。他真的得救了吗？如他生前所说，在一个“旧的没有去净，新的已经涌来”的时代，他只能在“生活上成为流浪汉，思想上变成无依者”。

说来真是满纸苍凉。

百年约园

张寿镛：故事与传奇

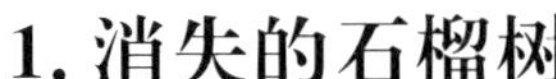

1. 消失的石榴树

1876 年暮春的一天，张寿镛出生在宁波城中的呼童街上。这里是这个素称士乡的城市的中心地带，周边不过数里的地域范围内，汇聚着传统中国城池的各中心要素：府衙、学宫、考棚、鼓楼、城隍庙。一到府试开考，衙役们大声呼喊从各县赶来住宿在这条街上的童生们前去应卯，因此这条二三百米长的窄巷子被叫作了呼童街。帝制时代的中国，文人欲求仕进，必须参加从地区到省再到全国级的层层考试。地区一级的府试，可说是向着文官秩级迈进的最初一块基石，得中者若再通过院试就有了秀才的功名，可以见官不拜，可以穿长衫，可以优先享受国家教育资源入泮为生员。总而言之，他就成了特权阶层中的一个，尽管还是低级的一个。可以想见的是，只要该生员努力学习积极上进，参加省一级的会试及第乃至会试时金榜射策都不是没有可能的，这样他就从低级特权阶层迈入了高级特权阶层。张寿镛出生在这样一个考试空气浓郁的空间，再加进士出身的父亲的敦促，除了钻研括帖制艺老老实实走科考晋升之路，几乎不可再作他想。张氏出生的 1876 年，是为光绪二年，时当农历五月，据说其时这条街上的石榴花开得正艳。2002 年夏天，我住到了呼童街北端的白衣巷。以此为中心，西行百十步即至的孝闻街上的石库门是民国时期藏书家冯孟颛先生的伏跗室，东行百余步，中山公园边上的仿古式建筑即是张苍水的故居，但走遍了呼童街及附近的尚书街、法院巷、穆家巷，我也没有找到一百四十年前张寿镛出生的那幢房子。或许那幢房子，连同五月间开花的石榴树都已经消失了吧。如今这条街上，多的是法国梧桐和香樟树，却已再无一棵石榴树了。

在这里考察一个人与一条街的关系显然有些牵强：在七十年的人生途程中，张氏在这条街上度过的岁月即便算上人生的初年，也不过十一二年。更多的时候，他像一只行踪不定的鸟穿梭在北京、上海、杭州、武汉等繁华都市，偶尔才会回到这里歇歇脚梳理一下被雨淋湿的羽毛。尽管对他的早年生活所知无多，但可以肯定的是，他在这个滨海的浙东小城度过了人生最早的几个年头，和他为数众多的兄弟姐妹一起在这条窄小的巷子里蹒跚着学步，并用宁波土话相互争吵。有据可查的是，六岁那年，他和母亲、大姐、二弟随着做京官的父亲去了北京。他们住在薛家湾的鄞县会馆里，这是宁波人在京城最早开办的会馆之一。严厉的父亲开始督促他读《诗经》。可这个贪玩的孩子更喜欢在天晴风畅的日子里去放纸鸢。他年纪不大，却称得上是此中老手了，长长的风筝引线可以长达数里。远远地看到父亲回来，他就把线交到大姐手里逃回家中做用功状。这屡试不爽的一招使他多次逃脱了父亲的呵责。他对北京生活的另一个记忆，是在冬日的寒夜里，看母亲与大姐手持针线一灯相对直到午夜。这一幕映到男孩的眼里是多么温暖。多年以后，在上海，她大姐六十岁生日的一次寿宴上，他还说到了这些细琐的事。从中显出我们的主人公是一个重情的男子，且在感情上有很强的依赖性。

因大姐即将出阁，13 岁那年，少年又随父母回到了这条街上。他们兄弟三人在一位据说熟读诗书的族叔的引领下开始接受儒家传统的教育。他还那么小，生活上的一些习惯却已令大人们费解了，比如不喜欢穿绸缎衣服，父母给的点心钱都要一文一文攒起来，诸如此类，不一而足。比之二弟的聪慧过人，张寿镛实在称得上是个笨孩子。二弟十岁就能文，一写就是洋洋数百言，而他每日读书八行到翌朝还不能背诵，写二三百字的一段文章如同挤牙膏一样艰难。这个孩子的愚鲁肯定让大人们为他的将来操过心。他们唯一的安慰是历史上的一些大学者在年幼时都是极愚极笨的，比如王阳明，五六岁了还不能开口说话呢。话是这么说，对他的功课还是督促极严的。这次回乡时间并不太久，两年后，少年又随母入京，一家人住在了康家胡同。尽管时间已经行进到了十九世纪的最后十个年头，可是除了在南方的一些通商口岸，西方对中国思想的冲击还没有表露出明显的迹象，起码在京城，学子和士绅关心的还是有关儒家学说的传统问题。望子成龙的父亲为他物色了多个教师，那都是京城里满腹经纶且有功名的学者，以他父亲做过乡试主考官的资历，这一点应该不难做到。19 世纪 90 年代的教育与五十年前甚至与乾嘉时代几乎没什么两样，小学呀，训诂呀，一样枯燥的《尔雅》和《说文》，一样古奥的行文，如果不是时代的加速度把张氏这样的知识分子卷入其中，他也会成一个粹然儒者吧。事实上，我们年轻的主人公就是这样自我期许的，在一些隐秘的文字中，他已经把自己的祖先推算到了汉代的张良和唐代的宰相张九龄了。

几年后，张寿镛和母亲到了上海。关于他的这次上海之行，较为可信的说法是为了迎娶未过门的妻子蔡瑛、当时租界内首屈一指的中药店蔡同德堂国药店老板的女儿。蔡氏家族以在汉口经营布业致富，大约是在光绪八年的时候迁往上海，以纹银 25 万两建起了这一闻名上海滩的国药店。1895 年三月初三，当一对新人在新闸路新酱园弄成婚时，张氏 20 岁，新娘 18 岁，正是花儿一样的年龄。值得附记一笔的是，新夫人是个虔敬的佛教徒，还在闺阁中时，每日必进经堂二次，诵《金刚经》二遍。在以后的半个世纪里，张氏和他笃信佛学的妻子的婚姻一直是知识圈内的楷模。夫妇两人，书声呗韵，堪称神仙伴侣，一个热心社会公益，另一个也不遗余力予以支持，正应了张的母亲的一句遗言："屋上檐头水，点点不差沿"。当然这是后话，不提。婚后不久，张寿镛携新妇坐招商局的轮船回到了宁波，住进了呼童巷的祖宅，为年底的府试准备资粮。他虽已冲龄二十，但因还未进学，还只能算是列籍宁波府的一个童生。是年冬天，呼童巷的张家洋溢着一派喜气。张寿镛和他的二弟应童子试双双中魁，考中秀才，并入泮为生员。考虑到他们的父亲当时还在北京做着清苦的京官，张的岳父、蔡同德堂药店的蔡老板有心为女婿捐纳一个官职，也好谋得一份俸禄，与女婿商量此事，没想到他一口回绝了，说，这恐怕不是父亲所希望看到的。果然,为人极是方正的张老爷子后来得知此事,就训斥儿子道:真正的学子,当从科举之途以进,岂可捐金谋禄?

转眼到了1900年,张寿镛的父亲在京亡故,扶柩南归后,身为长子的张寿镛不得不考虑自谋衣食奉养老母照顾两位弟弟了。他听说父亲生前的一个好友新任苏松太道,就跑去晋谒,希望能得到一份工作。道台大人看在故交旧情的分上,给了他江南制造局文案的一个职务,月薪十六银。一年后,他还兼任了江南水师学堂的采办。有了这些收入他也差堪可以养家了。年轻的小职员把家人从宁波接到上海,公务之余,每日阅读曾国藩、胡林翼、林则徐所作的政书,并受托和二弟、友人一起编纂一本叫《皇朝掌故汇编》的大众读物。书出版后他很不满意,认为"庞杂无体","均为科场应用而作"。但不可否认的是,这本书也为他带来了可观的润格。

1903年七月,张氏参加顺天乡试。乡试名录脱漏了他名字中"镛"字的偏旁,捷报又误"庸"为"康"。"张寿康"心怀忐忑,毕竟好事多磨,他得中这科顺天乡试的第三十三名举人。来年二月,应会试不中,本想再试,看到父亲亡故后家中经济如此拮据,张氏决定先入仕途,于是以知府衔充任到江苏省。这是他步入仕途的开始,其时的帝制中国,也已拖着重疴步入到了最后几个年头。

在以后的近半个世纪里,张氏以一己之力,经略数省财政,创办光华大学,搜罗乡邦文献并集成丛书刊刻行世。近代中国,一个人能做成其中一件,已堪称不易,而本文主人公张寿镛却全都做成了。

现在能看到的张氏中年后的照片,几乎都戴着一副圆形黑框眼镜,镜片后一双明亮的眼睛似乎在凝视着什么。张氏喜着玄色中式长衫,做工考究的那种。肤色白皙,前额饱满,脸型线条柔和,抿紧的嘴角边若有若无的一丝笑意里似含着世事洞明之后的骄傲与不屑。这样一张饱润诗书又散发着浓郁的南方气息的脸,怎么看都像一个诗酒风流的浪漫主义诗人,而不是一个干练的行政官员和经验主义的学者。但张氏的独特魅力正在于把诗人明净的心与经世者的坚定集于一身。张氏有个广为人知的别号"约园",他还以此命名他在上海、杭州、宁波等地的住所。关于这一别号的由来,他在晚年回溯平生时曾说,早年一溺于词章,再溺于简牍,三溺于夸多斗靡，于是思幡然易辙，自号曰：约园。他自称无文人之实，又不敢居学者之名，世衰道微，只求个心之所安。“余何尝有园，有约乃有园，园者囿我者也”，“余既不欲为物所囿，而我心不能不有以囿之”。这一道德自律不无清教徒色彩，却更显出了斯人浊世真君子的本色。

2006年盛夏的一天，我站到了杭州约园的门前。正是台风过后，空气潮湿而闷热，约园所在的体育场路与弥陀寺路交汇处的路口满地都是伏身在水洼里的梧桐叶片，被大风吹迷糊了的小鸟还在惊惶地飞。这里应是张寿镛1912年任浙江财政厅长及1923年再任时在杭州的居所了。房子是中西混杂的风格，二层三开间西式楼房，砖木结构，青砖实叠。可能是文保部门刚做过修缮，外墙白灰的涂料和门窗的漆色还是新的。邻近居民堆放在角落的旧家具、废品，错综的电线，街口嘈杂的市声，让人很难把这幢建筑与它的旧主人联系起来。但围墙东侧那块写着“约园”二字的界碑，还是在明白无误地告诉我，这就是藏书家和他的藏书楼。堂前燕子，年年春风，或许历史就是以这样的方式潜行在民间的吧。

2.“茫茫三十年，不堪回首顾”

张寿镛最早为人所知，是他的理财才干。早在1912年初他初涉财政担任上海货物税收所长时，就因措施之得体深受上海商界之首肯。以致当他离沪赴杭履任浙江财政司司长一职时，沪商界各主要商会都纷纷致电浙江都督朱介人请求财司一职另选他人，把张留在上海。当张离任赴浙时，上海货税所多出了洋钱七十八元，被誉为“天下第一厘差”。从来征收官吏与被征者都是一对矛盾，很少有税官不中饱私囊的，从这一多出来的厘差中可以想见张氏为官的清廉。

这年九月，张寿镛赴任浙江。民国初元，正是革故鼎新百废待举之时，财政更为种种矛盾集中的焦点。据张到任时初步推算，浙江一省的财政年缺口达七百余万元，而一年的预算连国税在内，也就一千六百万元，且可以征用的税捐已经抵押出去了，还要支付年内军需筹备三百万元，及光复时的军用票面额二百万元。张寿镛之任浙江财政司长（后改任厅长），其风格以稳健、严厉著称，对属下官吏的管理、整饬更是雷厉风行。经全力整顿，至 1914 年，浙江财政收入大增，岁余达五百万，解济中央政府三百万元。浙江财政由此成为全国之翘楚，张也始为当局所瞩目。于是一纸调令把他从浙江调往当时财政最显困难的湖北省。

张氏执掌湖北财政，为 1915 年至 1918 的三年间。在他到任之前，湖北财政一直不佳，称连年“财政支绌，开源不易，节流无方”，其原因除了经济落后，还有一个重要原因是征收官吏的腐败。张还在浙江时，对湖北财政官员接二连三的落马应也有所耳闻：前任财政司长潘祖裕因“玩忽公务，损害公家财物”正在受审；继任司长黎澍“整顿财政毫无成效，免去其官”；再继任的胡文藻因挪用公款参与赌博而被参革。当局另调蒋懋熙就任湖北财政厅长，老于世故的蒋深知这浑水不好蹚，又故意拖延两个多月不赴任。中央政府决定抽调整理浙江财政卓有成效的张寿镛前往湖北时，他的同僚都为之鸣不平，张这样告诉他们：仕岂择地，岂亦畏难，虽云、贵吾往焉。

赴鄂就任前，张寿镛晋京拜会财政部要员，财政总长周缉之面授机宜说：湖北的摊子全烂了，胡文藻所委用的各税厘征收局长，多不可靠，你到任后，应迅速认真考察，从严甄别。到任不久张寿镛就领教了湖北松垮不堪的衙门习气，一日他八时以前到厅批阅公牍，各员却大多未到。生气至极，张召集属下训斥道：“若以后如此怠惰，定于未便。”一句话，你就卷铺盖走人吧。不久的考成中暴露出了征收官员们亏短、包妓、贪污等种种弊端，各处厘差怕在人事调动中失去位置，忙着干谒、请托，张这样对他们说，本厅长“赋性拘迂，清勤自励”，有哪个不知自爱、罔顾廉耻要请托的，你们就来试试吧，我把话先搁在这了，“害马不去，则闲厩不孳，莠草不除，则嘉禾不植”。

鄂居天下之中，道途四达，江汉之水过而不留，地薄土疏，理财之难，过于他省。历任司财政者，因预算出入相悬过甚，又不得不增筹收入，以资应付。本着“为地方辟一生计，即为国家增一税源”，张鼓励垦荒、办厂、开矿、通商，废除苛细杂捐，其间他对湖北某县拟购优质桑秧改善蚕丝质量一事的批复，简直就像一位农艺技师在宣讲《农桑辑要》。湖北一省财政在连续几年整顿下明显好转。因不满湖北督军王占元为扩充势力掠夺民财之举，三年后，张去职调京。行前，把任内牍稿115篇择要辑为《约园理财牍稿》，于1919年春天出版。在自序中，张回顾了任职湖北的经历：

> 寿镛服务民国，忽忽七年，由浙而鄂亦越三年……寿镛莅鄂之始，外察闾阎之情状，固已吸髓敲骨，而内觇国库之盈虚，则又捉襟见肘。于是殚精竭思，求所以足国足民之道。一面综合名实，严杜侵渔，一面培养税源，厉禁苛取，本是行而效，乃渐著。四五两年度收入，衡诸预算，则有羡余。收入与支出在预算范围以内，亦足以相抵。

1918年8月，张寿镛从湖北省财政厅长任上调北京财政部，在秘书上行走，开始闲散的京官生涯。“冷官事偏杂，平衡太渺茫”。本是闲官，长官多有垂诿，部中入不敷出，差距甚大难以平衡。性情冲淡的他也禁不住发起了牢骚。也正是这年冬天起，海王村、琉璃厂等处的旧书肆开始频繁出现一个南方书生的身影。张寿镛后来在《六十年之回忆》中说起这段日子：“由鄂调燕，此数年中最无足述，然收罗书籍之多，实在数年中。随得随读，以补历年仕途中未读书之失。”

两年后，张被任命为江苏财政厅厅长，因江苏督军李纯欲用其亲信，挡驾而未成行。不久，派任山东省财政厅厅长，但山东刚开完八团体财政会议，拒绝外省人士执掌山东财政，甚至组织了人到火车站阻他赴任。张在任仅七天，却饱受排挤，尝够了像赌局上的筹码一样任人摆布的滋味。回到北京，他继续充任财政部库藏司会办的闲差，却难掩对仕途的失望与厌倦，自谓“此数年中，亦无足述”。然而其间还是发生了一件事给他以极大的触动：陈嘉庚独力捐资400万元创办了厦门大学。他把此事郑重记入了自定年谱，从这一事件中他隐隐看到了自己下半生的影子。

但就像一辆在驿道上奔驰的马车，惯性还要驱使着他在仕途上走下去，继续出任浙江财政厅长、沪海道尹、江苏财政厅长、财政部次长等要职，见证并亲历民国初年政坛的风云变幻。1927年国民革命军初到上海，因军费开支庞大财源枯竭，财政部长孙科赴上海筹款遭到了以江浙财团为主的金融界的一致谢绝，蒋介石托虞洽卿出面约谈在江浙财政界著有声望的张寿镛，欲以江浙两省财政相嘱，张再三辞让，还是出任了江苏省政务委员会委员兼财政厅长一职，为北伐解燃眉之急，后又兼任财政次长一职。直到1930年，借江苏省政府全面改组之际，他才得以辞去财政厅长一职，并于次年终于获辞财政部次长。自此，他得以把主要精力放到编辑刊刻乡邦文献和大学教育上来，而这也是他辞官从文的动力之所在。

当了近三十年财政官，他最不愿意人们提及并谈论的也是他的官宦生涯。在退休后写的一首诗里，他感叹：茫茫三十年，不堪回首顾。他说他要“欲遂读书趣”了。他自述心志说：一朝卸职，如释重负。我的心愿，现在剩得甚少，只有两件事：第一件事，是如何将光华大学办得完完全全；第二件事，即为编《四明丛书》十集。

辞政的另一个原因乃在理想与现实之间的冲突。张氏的司财理念及夙愿，是“藏富于民”——欲使财政富裕，必先使百姓富裕。“财政刚视国民之负担力，欲负担之充裕，则在国民富足”，他打了一个比方，譬如牧羊，羊肥而毛自繁，剪之易易。而民国时期田赋捐税之繁多，在他看来已到了“吃羊骨”的地步。“国家无政治系统，社会无经济能力，所以财政弄得如此绌”，早在二十年代晚期的一场演说中，他把二十年财政之经过谓之“二十年财政之痛史”。1934年，辞政三年的张应老搭档、财政部长宋子文之邀，以专家代表的身份出席全国第二次财政会议，在会上疾声吁请当局减赋，罢除以前的一切苛细杂捐。“现在国难方殷，经济几濒破产，已经到了最危险的阶段……近年来农村已到了总崩溃的时期”，“工价贵，米价贱，这是农村破产的一大原因”，这样的话在衮衮诸公听来或以为危言耸听，但张还是毫不客气地说，“寿镛今日以公民的资格说话，并以公民的资格希望于中央诸位先生及地方诸位先生下一决心，最低限度，自今日起，永不加赋。”他这样的司财理念自然与执政者的意志相左，废除厘金、推行良税等做法也就无法落到实处,既然盘根错节不能尽其志,退居海上从事文化与教育也可说是他最佳的选择吧。

3. 日月光华

现在让我们把目光投向1925年5月底的一天:上海南京路上,英国巡捕向抗议日本人枪杀中国工人顾正红而游行的人群举起了枪。正是这一血光中的五卅惨案让时任沪海道道尹的张寿镛激流勇退,当仁不让地主持起了一所新办的大学。

南京路发生血案的当日黄昏,有个现场目击者、原圣约翰大学(美国圣公会办的一所教会大学)肄业的学生径奔母校告知此事,全校师生群情激昂,于6月3日上午八时自发聚集在图书馆前,降半旗致礼,为死难国人致哀。外籍校长赶至现场干涉,驱散学生,并侮辱国旗,张贴布告当场宣布:学校从当天起放暑假,全体学生必须立即离校。学生受此奇辱,放声痛哭,有五百余人签名宣誓集体离校。此时,出任北洋政府任命的沪海道尹一职的张寿镛一方面以官方身份与租界交涉处理五卅风潮善后,一方面应圣约翰大学离校师生要求,接洽筹办新校之事。曾任外交部浙江交涉员和松沪督办的王省三其时以耆宿居沪上,他和张寿镛都有子女在圣约翰大学及附属中学就学,这一事件发生后都离校了,王省三走访张寿镛,摇头叹息道:国旗辱矣,学生逐矣,悲愤凄惨之情状,虽在道路尤为伤心,况两家子弟皆躬遭其厄者乎!

王省三在沪西大西路底置有地产约百亩,原先是准备建造公墓的,此时表示愿意捐献出来供建设大学之用,以容纳从圣约翰离校的师生们。他表示,这些地产与其日后让一家子弟受益,不如捐出来,让大众子弟受益。这个曾经出使西欧各国并任驻日使馆参赞的前外交官还对张寿镛说,昔年考察外交形势,我早就提倡收回教育权,今睹此情形,愈觉收回教育权之必要。有感于王的毁家兴学之举,张当即捐资3000元作为校舍建筑费。办学倡议得到了商界巨子赵晋卿、学界领袖朱经农及曾任江苏省交涉使的许秋飒等人的热心支持和赞助。一个由二十一人组成的大学筹备委员会随后成立,由张亲任会长。新校筹备委员会决定成立光华大学,因王省三、许秋飒诸人大都年迈,公推张为校长。是年9月,光华大学成立,先在霞飞路(淮海路)及杜美路(今东湖路)租房上课。次年9月,大西路新校舍建成,即迁入上课。从师生们退出圣约翰到光华成立并开学,历时仅三个月,如此之快创建起一所大学,真是世所罕见。

年初,大西路新校舍举行奠基礼时,时年八十六岁的马相伯先生也来了,这位复旦大学的创始人为复旦和光华两所大学几乎相同的创办经历感慨不已。“复旦为退出震旦而组织者,今日光华,亦同此情,天下事真无独有偶。”并在即席演说中援引了古诗《卿云歌》中的“日月光华,旦复旦兮”(当时这首古诗经作曲家萧友梅谱曲,正作为第五首国歌在全国推行)。张寿镛在演说中表示,一到他交卸了沪海道尹这一职务后,“即专力办光华,尚望同学本全作精神,俾俯完成。”

在光华大学首届毕业典礼上,张报告校务说,迄至是日,已募集到经费十一万余元,课堂及宿舍都已完工,体育馆及化学室也已在开工,暑假过后大学即可迁入新校舍了。他在赠言中寄希望于光华的学子们:一、崇尚气节;二、培养博大之局量;三、维持坚苦之操守;四、有群无党;五、作事争人先,成功居人后。而商务印书馆编译所所长王云五则希望光华诸君,从“教育独立”走向“学问独立”。

张氏主持光华校政,其兼收并蓄、罗致人才不无对北大校长蔡元培的效仿。延请的教授张东荪、潘光旦、王造时、罗隆基、蒋维乔、容启兆俱为一时之选。1930年,光华政治系教授罗隆基在《新月》杂志上发表文章,主张维护人权,批评专制。教育部竟饬令光华大学把罗隆基解聘。为此,张呈文国民政府:“今旬奉部电遵照公布后,教员群起恐慌,以为学术自由从此打破,议论稍有不合,必将陷此覆辙,人人自危!……略迹原心,意在匡救阙失。言者无罪,闻者足戒。拟请免予撤职处分,以示包容。”此事后来虽无可挽回，张对校中进步教师的着力保护和勇于担当还是给人们留下了深刻印象。

但因是一所尚在建设就已开办的大学，最让张校长头痛的怕还是经费问题。以他财政专家的精练，他算过一笔账，租赁的校舍，月开支需三千两，实在太不划算。而要在王省三先生捐赠的大西路的空地上建起一所大学的轮廓，必须筹措到十四万。1930 年，张校长在《光华五周年纪念书序》中回顾了草创时期的艰辛：

> 方其经营之时，狂奔疾走，呼号相及，借甲偿乙，补屋牵罗，托钵题缘，自忘愚痴。热情者一呼便应，冷嘲者讥为多事。

至抗战全面爆发前，光华大学在张寿镛等人的擘划下已蔚成规模，校基扩大至近百亩，又陆续兴建了科学馆、体育馆、健身房、疗养院、实习工场、大礼堂等附属设施。“八一三”日军进攻上海，光华大学大西路校址正好处在两军激战地带，昔日书声琅琅的校舍成了一片瓦砾。站在大西路铁轨旁，远望抛掷了十四年光阴的校园在冲天烈焰中化为焦土，张寿镛的眼里流下了泪，继而破涕作笑：“我校为抗战而牺牲，当随抗战胜利而复兴也。”在日后的诗作中，他有“经营十四载，不恤身为羁；一旦风云翳，遂令日月亏”之句以志其事。

炮火声中，张带领全校迁入公共租界汉口路华商证券交易所继续开学。随着战事走向纵深，日军进入租界，张毅然解散大学，以“诚正学社”“格致学社”的名义收纳文学院和理、商两学院学生，还亲编讲义讲授史学大纲、诸子大纲，以维持斯文于不坠。1938 年五、六月间，已年届六十三岁的张寿镛离沪去港，复转机飞往大后方重庆和成都。这次入川，除了在成都草堂寺商议兴建了一所光华分校，他还收获了一本记述川中风物和游历心情的诗集《游蜀草》。十几年前光华初创时，他发愿与大学终身相随不弃不置，其所行所历，履行了这一誓愿。

4. 当书痴遭遇战争

南方文化传统的两个忠实继承者张寿镛和张宗祥于1923年秋天在杭州开始了一段密切的交往。在这之前，他们或许相互仰慕并在北京、杭州的社交圈中有过初步的接触，但肯定算不上知己。是年初，离浙八年的张寿镛再度出任浙江财政厅长一职，其时的浙江经济已远不如前，积债已数百万元之巨，但张还是雄心勃勃，离京前向故乡耆老发誓振兴经济又“不增重浙人负担”。也是在这年秋天，雅好文史、写得一手好字的海宁人张宗祥从北京回浙江出任教育厅长一职。曾任京师图书馆主任的张宗祥小张寿镛六岁，平生蓄书无数，又喜手钞古籍，曾发宏愿要钞尽天下古书，张寿镛去他家看书，发现好多书他见都没有见过。张宗祥自训诂至词章，各擅其胜，更令张寿镛惺惺相惜，视之为“畏友”。两人互通有无，张宗祥还手钞了自己的著述《三书异同论》《千卷楼随笔》等相赠。

1927年，去职后的张宗祥蛰居沪上，唯以整理钞录、校雠《罪惟录》《说郛》等古籍自娱。版税收入所剩无几，再加足疾复发，日子窘迫到了“举家食粥”的地步。时任江苏财政厅长的张寿镛介绍老友担任了上海地区一个税务所所长的职务，每月可有四五百元的收入。不久，张宗祥调任到江苏宝应、高邮，两年后，因税局停办，回到上海。老友重逢，所谈还是宋刻元梓等种种书的话题，张宗祥赠送了手钞的《赵氏家藏集》等书。说到了税收及时政，张寿镛问：“我平生以善办厘金自豪，然不能人人悦之。历时既久，匿名揭帖及公然上诉者，必然百十起，你办税务是半路出家，两三年来，却没有发生过这样的事，你是怎么来处理的呢?”张宗祥答：“税局薪薄，或十二元，或八元，欲使恃月薪赡家，决无可能，然宝高地僻，习俗俭朴，各分卡人员无花钱之地，故确能做到我要求他们的不亏国库、不病商民的信条，若在江南无锡等处，一宴数十金，一赌数百金，那就一定弊病百出了，所以，这不是我的力，实在是环境使然罢了。”这番话让办了近三十年财政的张寿镛感叹不已。

作为一个在传统儒家典籍熏陶下长大的知识分子，张寿镛很早就把自己纳入到了王应麟、王阳明、黄宗羲、全祖望等人开创并延续的南方文人传统。这一传统中的修身与经世并重使他一直以来把“兢兢于君子之喻义、而不敢效小人之喻利”作为了一生的行动指南。“一生为人，不蹈小人一途者，阳明之学所赐也。”六十岁那年，他这样总结道。自宋以来，张氏的诞生地浙东涌现出了不可胜数的藏书家和天一阁、二老阁等著名的民间藏书楼，浸淫于这一文化空气中的张氏也堪称一个“书痴”了。他的藏书，先是从父亲的旧藏中继承了一部分，囿于科考，“经学为多”。从二十岁到三十岁，沉溺于词章，所得典籍以作家文集为主。且俸禄尚不足以养家，虽有志收藏却无力罗致，或有购买，也是零星的通行本为主。民国元年(1912)以后，三年在浙任财政厅长，又三年在鄂，政务繁冗，依然没有充足的精力去购书。但此时刊刻乡邦文献的志向已经初步形成。用他自己的话来说，真正的“购书之广，自庚申年，善本之得也肇于是。”也即他离开湖北任上在京任闲官的1920年。1921年，张仍在燕京，诗《留京》中有：“陨坠虑风华，访书聊遣日”之句，可以想见他在京城旧书肆的频繁出入。这一年他购入了同乡历史学家全祖望湮灭多年的一部著作《全谢山句余土音》，这是他第一次以重价购书，花去了整整二百元。自此至1943年，他每年都有购书记录，且花费不菲：天一阁旧钞《职官分记》，以四百金得之于燕京；全祖望删定《晋书》，在甬上以五百金得之；王士祯珍藏过的《宋史记》，八百金分两次得之；《剡源集》以一百二十金得之；弘治本《五经白文》以四百金得之。当然还有一些来自亲朋好友的馈赠：族丈张让三赠《张苍水集》；族兄张之铭赠《钱忠介公集》(此书经冯孟颛整理后刊入《四明丛书》第二集)；胡适赠二老阁本《石鱼偶记》。

1930年，张氏收购的歙县宋氏一览楼书，有阮元等校《太平御览》，他按捺不住欣喜，称这是“生平购书之第一豪举”，“所藏雠校之书，亦以此为第一”。而这些年的收藏越来越明确的指向是关于乡邦文献的：《两浙耆旧传》《明遗献传》《鲒埼亭诗集》《管村文抄》《剡源文钞》《浙东山水簿目》《类辑姚江学脉》,全祖望删定《晋书》《范文正公集》,等等。到了晚年,追溯既往,张不无自得地报告他的藏书量,“积五十载之时光,储十六万之卷轴”。他在上海爱文义路地块建造的寓所里用带草堂、鸡鸣馆、临流轩、独步斋、燕贻榭、双修庵、听雨楼等十一处藏书处安置他的16万册图书,并在静观自得中盖上“寿镛”“咏霓”“四明张氏约园藏书”等印章。尽管他自嘲以私人之力而欲与秘阁抗衡,“可谓痴矣”,但还是希望子孙们多作书痴,毋习为宦巧。看来他是打算在这个花费了一生心力打造的书城里终老了。

张寿镛的家族,与明末忠烈张苍水一系是近支,张收罗张苍水著作的各种版本二十年,所得不下十种,1914年5月,他寓居上海的一个族丈张让三赠给他一套《张苍水集》,一再劝勉他刊刻先哲遗书。但忙于宦途奔波的张一直没有机会静下心来做这事。到了1920年,张寿镛藏书达到了十万册,老人那些劝勉的话又冒了上来,他自忖:藏书不能读,读而不能用,何必藏书?他想做一件大事,混沌中他看到了此事的轮廓,却又一时不知从何着手去做。

1931年寒食过后,辞去国民政府财政次长的张寿镛回乡扫墓,在宁波与当地学者冯孟颛有过一次重要的会晤。张出示了他的地方文献收藏数种,其中多有宋理学、诸子之作。冯提议说,可以经史子集四部兼采,出版一套丛书以扩大影响。张为难地说自己的收藏还是太少。冯当即表示,自己愿协助编辑,并出历年所蓄孤本百十种,以供选刻。一个规模宏大的刊刻、编辑《四明丛书》的设想由是拟定。这项工作不久还吸纳了张的父亲的学生、象山人陈汉章参与。陈后来成了一个有名气的历史学家。

1932年冬,《四明丛书》第一集刊刻出版,收录黄震《古今纪要逸编》、戴表元《剡源文钞》、李邺嗣《杲堂诗文钞》、全祖望《汉书地理志稽疑》等著述共24种137卷。如果我们注意到在此之前发生的如下事件——是年初,日军袭击中国上海驻军,强占闸北;更早一年,“九一八”事变使东三省尽沦敌手——自然可以更好地理解这集文字中的“家国之痛”,和编辑者思想理路上的“教导人民的色彩”。本集中的许多点校和评论,择其要点可以归纳为：当政府崩溃，人民不再支持其政策，这时必须冷静地考查教育和学习问题，但如果政府失去反抗敌国入侵的力量，人民有责任凭自己的力量进行抵抗。所选作者，从宋遗民王应麟、黄震到明末的文人李杲堂、周容，既没有创造惊人的奇迹，也不是消极到遁世的隐士，他们都是与时代的社会与政治休戚相关的鲜活的个人，这些人一方面参与了社会的实际事务，另一方面又与当时的中央政府保持着一定的距离。联系到张在多年官场生活后的辞职，这种看法里不无他对三十年代国民党政府的一种含蓄批评的指责。

乱世需猛士，在张寿镛看来，明清之交的政治气候可与南宋覆亡时有一比，“气节之士”尤多于常时，而当下内忧外患迭乘，国难当头，更与晚明时无异。当书痴遭遇战争，从传统资源中寻求对外侮的回应几乎是所能报国的最好的方式之一。从 1933 年开始编纂的《四明丛书》第二集，入选作者几乎是历代中国的忠义节烈之士，尤其是把当时能搜罗到的投身明末清初抵抗运动的浙东知识精英如张苍水、钱肃乐、翁洲老民等人的诗文尽数收入其中。张在丛书序中引述了清中叶历史学家邵廷采的一段话，亦可看作他自己的文章观：文章无关世道者，可以不作；有关世道不可不作，即文采未极亦不妨作。

当张寿镛从传统中找到了应对外侮的资源，这传统已经不是一种关于过去的僵死的遗产，它是一种超越时间有着相同的主题和关怀的思想的共同体。在这里，这种主题和关怀可以看作是各个时代的著作者们普遍强调的忠、孝、仁、义这些传统价值观念，但又未始不可以看作高涨的民族主义激情及对祖国的忠诚。

众所周知，张的故乡浙东，自 126 世纪中叶到 18 世纪，自王阳明以降出现了一个绵延数个世纪的学术共同体。这个学术共同体中的一些刚烈之士在明清易代之际的殊死抵抗表明了他们以气节相尚的传统，张苍水、钱肃乐、“六狂生”、“五君子”，一个个死难者的名字使得这块土地在后代人的记忆中“忠臣系踵，义士连闾”。而自黄宗羲、万斯同、全祖望、邵晋涵以来的这一脉络中，代代相袭的把一切史学视作当代史的务实经世精神，更是抵达了中国传统史学的一个高峰。所以张在编选这些前辈学人的文字时，可以这样骄傲地说：今之所述者，一乡之士，而皆天下之士也。当然他也没有放过机会引述黄宗羲于十七世纪七十年代在这座城市讲学时的一句著名的褒扬：甬上多才，皆光明俊伟之士，足为薪火之寄。

1935 年六月，张六十岁生日，在一首感怀诗中他这样自剖心曲：勘书岁月易消磨，报国心肠难抒写。他想用十年时间刊成丛书十集，只是不知道这个意愿能不能实现了。在稍后写下的《六十年之回忆》中，他说：我积二十年工夫搜到乡邦文献不下四百余种，就我已刊之四集，约百种，然已花费至二万金以外，再刻六集，非再有三万金不可。现在经济已形拮据，不知能毕我愿否？

1937 年 9 月，沪上战事正烈，在上海寓所的张“双鬓已皤，一卷不释”，把自己关于宋元学术思想脉络梳理的著述《宋元学案补遗》作为丛书第五集唯一的一种刊印于世。当他于枪林弹雨之中、汗竹青灯之下完成这项工作，一定想起了同样从事过江南学术史梳理的黄宗羲和全祖望，并把自己归宗到了他们所开创的浙东学术的传统中去。他州作客，垂老收书，斯世虽乱，吾心不乱，他自信，自己的著作和前人所作一样，在这个乱世中，都将起到坚定国人自信心和凝聚力的作用。

张寿镛的这一全凭一己之心力发轫的文化工程，得到了前述如冯孟颛、陈汉章等众多朋友的襄助，刻到第七集时，他有过一个统计，160 种 1077 卷中，清四库著录者十分之三，得之冯孟颛伏跗室十分之二，得之朋友及民间人士献其先世著述十分之一，自己四十余年搜罗的积累十分之四。丛书陆续刻成的 1932—1940 年的九年间，正是战火从东北烧到东南、又从东南烧到武汉的过程，我们会看到，随着战事的深入，他在序跋文字中的感情也越来越激昂。丛书以下几集，他虽已编成，却阻于时势，在生前一直未能出版，在一封写给“四明学社”诸君子的公开信中，他把这项工作的源头追溯到了清初历史学家万斯同那里，并再次呼吁，国家兴亡匹夫有责，称自己虽是量力而为，却囿于学识，老境渐至，实在是“如蚊负山”，寄希望于后来者，“合天下之智以为智，合天下之功以为功……”其间，他在做的还有一件与书有关的事，是与藏书家郑振铎、徐森玉等人在上海抢救沦陷区流失的古籍，从 1940 年初到 1941 年底，两年之中共收购善本古籍三千百八余种，其中宋元刊本三百余种，这些劫后之书悉数从香港转运到了战时的后方重庆。在他们看来，一介书生，能以此报国，这比黄宗羲他们在天崩地解之际以私人之力收拾残余更有意义。

有着丰沛的创造力的张留下了一个庞大的家族。据说他有六子十女，孙辈更是众多，但他垂暮之年，那些子女一个个都像鸟儿一样飞到了外面。不可名状的孤独的折磨——尤其是他相濡以沫半个世纪的妻子去世后——以致天性豁达、素来坚强的他在病榻上发出了“生子为人子用，生子亦何为”的感喟。1945 年 7 月 8 日（阴历五月二十九日）是他七十岁生日，子女记下了他口占的一首七律，其中的一联“颠狂世界天生我，艰险工夫事在人”堪称他一生的自我论定。光华师生、校友前往祝贺，被肺病和哮喘折磨的他已经言语不清，但人们还是听清了他在病榻上低沉的吼叫：复兴中华！复兴光华！

7 月 15 日，祝寿之后七日，张离开了这个世界。

再一个月，8 月 15 日，日本裕仁天皇宣布战败，无条件投降。张寿镛在世时就预见到了这场战争的胜利，但他再也看不到了。

法官和他的另一个角色

法学家吴经熊的一桩公案

我们既非向东，亦非向西，而是向内，因为在我们的灵魂深处，蕴藏着神圣的本体。

——吴经熊

1. 一脚踩上了一个好时代？

历史学家黄仁宇在《万历十五年》中，解说传统中国的症结，在于“以道德代替法制”，蔓延两千余年，到明代而达到了极致。洋洋二十万言的《万历十五年》，也全围绕这一观点而展开。法学家吴经熊把这种现象称之为“道德一元论的法律观”：传统中国，向来认为道德是法律的目的，法律是道德的工具。在 1933 年发表的一篇讨论中国历史上的法治与人治的文章中，吴经熊评述道：以道德和其他非法律观念逐渐浸润到一种现有稳定的法律体系当中是很有益的，但对中国法律而言，已到了一种绝顶过分的程度，这引起一种毒化和梦游的状况。“儒家最终的胜利，把法学送进了坟墓，使之变成木乃伊达二千年之久，直到 19 世纪末期，西方的影响才开始把中国的法律精神从儒家传统的强制外衣下解脱出来。”

作为一个以孟德斯鸠自励的年轻的法学人，也是那个年代首屈一指的法律哲学家，身为南京政府立法院立法委员的吴经熊还在这一年被任命为宪法草案起草委员会副委员长，同时被指定为初稿起草人之一。

在吴经熊的眼中，十九世纪晚期以来肯定是一个不同寻常的年代。在他从事的法律领域里，出现了十几个西方一流的学术大师；在中国，传统法律在西潮的冲击下也发生了重大变革。他觉得自己是躬逢其盛，一脚踩上了一个好时代。他希望中国的法学家很快就会有普遍得到承认的贡献，甚至还突发奇想：这门学问的中心为什么将来不能在中国呢？

5月，吴经熊在上海用一个月的时间写成《中华民国宪法规定法草案初稿试拟稿》，共五编二百一十四条。如此之快的工作速度，令国内外的同行大为吃惊。6月上旬，稿子在报刊上署名发表，征求公众的意见，这就是世人所称的“吴稿”。

这一时期，吴经熊的法学研究从制度层面进入了文化层面——正是在这一方向上的试验使他最终离开了法学的道路，通过对东西方法律传统的观察与权衡，他提出了一个跨越东西方的法律发展的更高的目标，这就是：人生的价值和意义是什么？法律如何尽可能地促进并充实人生的价值，并随时随地提高人生的意义？在他看来，法律是促进文化之工具，而道德不过是组成文化的一分子，是法律所应承认并予以保障的诸多利益中的一种，而当这些利益相互冲突时，法律应当“两害相权取其轻”。

2. 一个理想主义者与一个经验主义者的通信

1921年11月，在美国法学界享有盛名的八十高龄的联邦最高法院大法官霍姆斯（OliverW. Holmes，1841—1935，出生于马萨诸塞州的波士顿，1902年成为美国联邦最高法院大法官）与一位年仅二十二岁的中国年轻学子“约翰·吴”开始了一段充满热忱与智慧的书信往来。这一年，东吴大学法科毕业的吴经熊刚到美国密歇根大学法学院深造，在《密歇根法律评论》上刚发表了他的第一篇法学论文，旋即在获得卡内基国际和平基金所提供的奖学金后前往法国巴黎大学研究国际公法。“尊敬的霍姆斯大法官：让我告诉您我为什么来到欧洲大陆……”年轻人给他素所敬仰的大师写了一封信，寄去了一张自己的照片和杂志复印件，介绍自己“生于上个世纪的最后一年”。他坦言，我们的年龄相距很大，但对于永恒而言，岁月与世纪无足轻重；我们的出生地遥距天涯，但对于宇宙而言，汪洋与大陆又算得了什么？年轻人信中那种不受约束的蓬勃的朝气与激情肯定让垂入老境的霍姆斯法官想起了自己的年轻时代，这些滚烫的句子那么深地感动了他：“我要善用巴黎的环境，我要尽最大努力多读多写，我要最大限度地观察和思考。作为一个中国人，我有一个国家要拯救，我有一个民族要启蒙，我有一个种族的热情要去激发，我有一个文明有待现代化……”

他复信给这个来自异国的年轻人，开始时不无过来人式的“人生忠告”：

> 你发在《密歇根法律评论》上的论文目前还未收到，但明天我会努力在省府浏览它。我想，你想要的是一句同情话。我只想进呈一点你很可能并不需要的忠告，但有些观念丰富的年轻人是需要的。一个人不能一步登天。所以，我希望你不要逃避生活所提供的细节详情和单调乏味的活儿，而是掌握他们，作为通往更大事物的第一步。一个人在成为将军前，先得是个士兵。

但当他读了吴经熊的论文后，又作一书解释“误会”：

> 昨天的信有所误会。我以为是写给一个初学者，因为你的信抬头是法学院。现在我拿到了你的论文，已拜读完毕，觉得我是在对一个见识渊博的学者说话，他可能哂笑我的建议。我相信你会把我的

无知朝好的方面想……①

这是一个老人与一个年轻学子之间的心灵的对话。一个来自苦难深重的国度，一个正通过自己对法律的理解和实践为一种文明繁荣的法律制度作出巨大贡献；一个是带着生命初始激情的理想主义者，一个是断案无数、阅世多矣的经验主义者。一生专与麻烦打交道的老法官，深谙现实对于一个理想主义者的考验。在给“约翰·吴”的信中，霍姆斯欣赏年轻人身上“对法律表示出来的狂喜”，同时也表示了自己的忧虑，“我只是害怕当你潜入到生活的艰苦活动中时，这种兴奋会变得黯淡了”。但他自诩看到了年轻人胸中燃烧着的一把火，他希望这火，在现世的坎坷中能够幸存并且改变生活。当“亲爱的吴”在下一封信里建议他写自传时，老人告诉他，“我应该继续我的职务，直到真正力不能胜任为止”，他认为自己一生所从事的事业，事实上就体现了自身精神的历史：“生活将我抛入法律，我就必须对它赋予无限的感情，尽我所能展示其微妙之处，使它在宇宙的伟大安排中得以突显。听起来有点自高自大，但它的确是我所欲表达的，当我所感觉的道理也许仅仅是被召唤去诠释某些当代的法条时，以致仅仅是解开绳子的小结，我也决不把这看作苦役。”

1924年春天，游学足迹遍及欧美各著名大学的“约翰·吴”行将回国，并矢志以多年历练积累的才智报效国家，行前，他从剑桥给霍姆斯发出了一封著名的长信。信中他告诉老人，六月中旬，他将回到自己出生的土地上，这片古老的土地，当下正处于重大革命的前夕。信中他按捺不住兴奋，似乎他已经在革命的风暴的中心，“这不是一场政治革命，而是一场知识与精神的革命，一次文艺复兴！本世纪将目睹这个世界上最古老的国家的重生，迎接一个东西方联姻所产生的婴儿”。他相信中国将要步入一个法律的“文艺复兴”时代，这将改变这个世界上最古老的民族，他自信在这一过程中，自己将发挥“孟德斯鸠式的作用”。他这样安慰老师，“您可

① 《超越东西方》，93页，吴经熊著，周伟驰译，雷立柏注，社会科学文献出版社2002年版。

以确定，您播的种子将会在那片遥远的土地上获得丰收。”①

随后的近十年间，“约翰·吴”和霍姆斯法官一直保持着通信联络，他们的通信达七十余封之多。他后来检索往事，认为“这是一生当中最有意义的一件事”。“他是现代社会为数不多依旧严肃并虔诚对待友谊的人。在法律的艺术中，他是我的私人老师；在生活的艺术中，他是我永恒的榜样。犹如一个至善的精灵，他引领我走过荆棘。”吴经熊生前非常珍惜他与霍姆斯的通信，将每封信都重新打字整理后庋藏于阳明山家中，并在去世前托幼子保管。

1927年1月，回国后即任东吴大学法学院教授、院长的吴经熊在给霍姆斯的信中，告知受江苏省政府委派，即将担任新成立的“上海公共租界临时法院”推事一职，“我会有很多机会在法院表现创造力”。

1928年5月，一封发自中国南京的信件中，吴经熊告知，他已经辞去了上海临时法庭的职务，接获了司法部的一项任命，成为民法典的编撰人。他接下来的工作，是开始考察中国的法律制度，并着手对英美法系与大陆法系的民法作一完整的比较研究。关于他获得的这项新任命，他惊呼，“上帝！我最美的梦想已经实现”，“我将全力扑到这项伟大的任务之上”。

中国的法学道路在传统和现实的重轭下，自不免歧支纷出，危机四伏，霍姆斯不能感同身受，但以一个老人的智慧，他也约略预感到他的忘年朋友会遭受的挫折。他曾含蓄地暗示说，对一个理想主义者的考验就是看他在困境中对于生活是否还抱着美好的希望，因为人在春风得意之时，难免要高谈阔论。在1928年11月的一封回信中，他告诉“亲爱的吴”：“没有人能够指导另外一个人的生活，每个人都必须承受奋斗过程中所遭遇的巨大磨难。”

1935年3月，霍姆斯去世，吴经熊在纪念文章中写道：霍姆斯和莎士比亚一样，“他们的心灵属于同一等级。他们的伟大在于将细节的掌握与对无限的经久渴望结合起来”。在吴经熊看来，尽细微，方可致广大，霍姆

① 吴经熊著《超越东西方》，第139—140页。

斯和莎士比亚一样,对无限的渴望贯穿了他们一生并激活了他们以各自的方式来表达世界的终极意义。细节与无限,有此二者,他们就可以从世界的细微处看到不可抗拒的整体,就有了把星辰和事物的普遍图景联系起来看事情的习惯,从而不断地追求普遍必然性。"像莎士比亚那样,霍姆斯是一个对世界的哲学的沉思者,对他来说,宇宙看来是无限的,而他的自己算不上什么,并且他的心处于事物看不见的本质中。"①

吴经熊说,尽管他明白老人是非常出色地履行了自己的职责后而去了另一个世界,但这一死亡事件还是让他顿感生命虚空,而这虚空将再难填补。十四年中他已经习惯了不时收到大洋彼岸那个老人的来信,倾听他智慧的絮语,现在,死亡掐断了系连着他们的那条看不见的通道,这唤起了他生命中不可言说的伤感,和对人生从来没有停止过的质疑:生命的意义是什么?死亡的意义是什么?人死可以重生么?上帝是否存在?如果存在,上帝的目的又为何?在尘世,我们度过短暂一生的最好方式是什么?这些终极叩问扑面而来,击穿了尘世生活的外壳,唤醒了沉睡在心底的忧伤。他真希望那个老人到了天堂还能给他写信:"他曾如此年轻,他亦随岁月变老,而今,他不在人世。他去哪了呢?是否还会给我写信?"

3. 从"约翰·吴"到"若望·吴"

当二十五岁的法学博士吴经熊揭橥未来中国为"一个中西联姻的婴儿",他对近代中国的这一社会/文化的转型是堪具理性的了解的,他对自

---

① 吴经熊:《怀念霍姆斯法官》,本文译自吴经熊博士所著的《法律的艺术》(The Art of Law — And other Essays Juridical and Literary, Shanghai: Commercial Press, Limited, 1936),李冬松译。

我的期许——“发挥孟德斯鸠式的作用”——也是了然于胸的。关于他决心投身的法律事业，这位中国法学的开创者有一个著名的比喻，他把法律比作“莲花”——它生长在现实和理想之间的契合点上，“它的根深深植入泥土，而花苞和花瓣向天空伸展”。他还颇为浪漫化地把法律与艺术类比：“法律是一种把物质利益的磨擦转化为理想物之光的艺术”。

这般以永恒的眼光来审视常人眼中务实、冰冷的法律问题，对这种不合时宜的激情，吴经熊自己也觉出了“离谱的浪漫”。他的法学研究，在方法论上是讲求科学性的，而思想视域上则有着一个人文主义者的广阔与悲悯。他自称这是“空灵的法学研究”。在一篇自述文字中，他说除开法学大师，他还求助于老子、莎士比亚、斯宾诺莎、瓦尔特·惠特曼、康德与杜威。他甚至在法律与音乐这风马牛不相及的两者之间发现了不少相似之处。在具体的办案过程中，即使是在判决一个不甚重要的案子时，他自称“对于生命奥迹的意识，像幽灵一样不断伴随着我”，“我的小宇宙沐浴在充满了宇宙感的柔光之中”。他自我解嘲地说，自己以这样一种方式走近法律女神，或许是因为自己是一个“受过古典精神熏陶的人”——很少有人知道他出生于宁波一个经营钱庄的商人之家，并在六岁时开始接受“四书”“五经”之类传统中国的教育。

从一生行状来看，这个温文善良的书生太像个诗人了，敏感多愁，忧时伤世，生活趣味上也不脱江南名士习性。这一切与他的职业可说是格格不入，但不能否认，他是世纪初叶的著名法学教授，又是一位重要的立法者。问题在于，他那些用英文写就、为他博得了首屈一指的“法律哲学家”美誉的法理文章，要在当下的中国转化为法治的智慧，其距离又是何等的迢遥！

出乎所有人意外的是，这个誓愿“拯救”“启蒙”的法学博士回国后的法学生涯只有短短的十三年，根本没有来得及发挥出自我期许的“孟德斯鸠式的作用”，竟而在三十八岁那年尽弃所学，皈依天主教，与法学彻底分道扬镳，演绎出了近世中国法学史上一桩有名的公案。自此之后，诵经祈祷成了他的日课，圣母玛丽亚成了他的灵魂的抚慰者，用这个成了虔诚的灵修者的前法学家的话来说，是“按圣经而生活，非靠圣经来生活”了。

从一开始吴经熊就错了，回国前，他意识到了中国正处于革命的前夜，却以为那不过是温良的知识与精神的革命，而不是一场激进的政治革命。事实上二十世纪之初的中国既是前所未有的社会、文化大变革的年代，更是一个多方力量角逐博弈、政治权力重新分配的年代。时代的革命洪流浩浩荡荡，打碎了一切陈规，法律和法学的功用和目的，旨在于事实的基础上搭建规则，料理、规范人事，服务、造福人世。而在这样一个时代，实在是没有一个好的平台给他施展。于是一边是努力将事情办成办妥的事功追求，而另一边却是事情总是办不成办不妥，因而无法“发挥自己的作用”，更不必说成为中国的孟德斯鸠了。吴经熊曾说：“所有的法律均与事实相关，法律与事实共存亡，法律并非产生于事实发生之前，谈法律而不言事实，诚属荒唐！”而当时中国的情形就在于这种事实基础的缺失，甚或颠倒事实，吴氏所指的“荒唐”事多了去了。面对这样的时代境况，法学人除了做些零打碎敲的杂活，又能有什么大的作为？像吴经熊这样生当乱世却又怀着济世理想的现代知识分子，又是这样温良的性格与悲悯的情怀，怎不失望？

于是到了 1937 年，生命中一个重要转折的年头。可以想象此前此后，他困惑过，抗争过，他的精神已经备受煎熬。他比拟活在中国就如同是在进行着一场永无止息的生死之间的搏斗。他说，中国正在瞬息万变，有时竟会产生一种奇怪的感觉，好像自己正被旋风裹挟飘摇，双脚永难踏上坚实的大地。“身为我这一代的中国人，就是成为一个非常困惑的人”，此时的吴经熊，从浪漫主义的峰面跌落到了悲观主义的泥淖，再也没有了十余年的意气风发。在过了知天命之年后完成于大洋彼岸的回忆录《超越东西方》中，他一种以幻灭的笔调回忆说：“无边的幻觉破灭了，不尽的泡沫爆没了，对于一切的新异，吾心早已麻木，唯怀戒惧。东风与西风，南风和北风，一齐袭来，仿佛将我撕裂。偶像纷塌，委地成烬，而真正的上主，您在哪里！童心之我嚣嚣于新主已至，而讽世之我却置疑这莫非又是一尊泥塑木雕而已。”[①]这正可以看作他在外部世界的动荡与纷扰下内心

① 吴经熊《超越东西方序》，第 5 页。

焦灼的写照：

我渴慕上主，却忘记了基督乃是回归他的路途。我同情穷人，却忘了人不仅有身体，还有灵魂。我渴望智慧，却忘了智慧只能凭舍己而不能凭自私获得。我渴望权力，但我忘了，是善而不是别的任何东西才是力量。我渴望自由，却忘了自由只有通过服从神的诫命才能赢得。我渴望生命，却走在通往死亡胡同的大路上。由于道德上的邪恶，我迷失在生命的迷宫里。我越是想凭己力逃脱罪之罗网，我就越是深陷其中。世界变成了我的监牢……这是我的灵魂的忠实写照。①

即便如此，他的内心省察的功课不仅没有放下，反而加紧了。这一年早些时候（或许是 1936 年的年底）写下的一则札记，职业的审视里无意流露的悲悯足让人动容：

我当法官时，常认真地履行我的职责，实际上我也是如此做的。但在我心某处，潜伏着这么一种意识：我只是在人生的舞台上扮演着一个法官的角色。每当我判一个人死刑，都秘密地向他的灵魂祈求，要它原谅我这么做，我判他的刑只是因为这是我的角色，而非因为这是我的意愿。我觉得像彼拉多（Pilate）一样，并且希望洗干净我的手，免得沾上人的血，尽管他也许有罪。唯有完人才够资格向罪人扔石头，但完人是没有的。

对世界的宗教般的关怀，使他一直把法律当作普世的工具而非“利器”，但他并不相信法律真能救民于水火。他见多了世界的贫乏，终于明白最大的悲剧在于认识不到自身灵性的不幸。“那时，我没有认识到，救人先得救己。我也没有认识到奥古斯丁所曾看出的，即一颗灵魂的价值比整个物质

① 吴经熊《超越东西方序》，第 11 页。

世界还大。”这也从另一方面见证了中国的宪政建设多么艰难。

以法律为业，法律和法学却难堪信仰之寄托，不足以慰藉心灵，他的内心希冀着更大、更广阔的东西。他还说不清那终将到来的是什么？内心的宁静与灵魂的得救？像所有精神世界发生剧烈地震的人一样，唯其信仰缺失时的空白，更觉内心的悲苦：“年近四十，却仍未获得我可无保留地信奉的真理，真是觉得不幸之至。”

知识的洞见无以消弭眼前的困惑，现实人生时时受到良知的感召却又难以自拔，他后来翻译的《圣咏集》中的诗句，也许可以用来描述他此刻的心境：

醒来，我的灵魂啊
醒来，诗歌和竖琴
我将唤醒黎明

真的只有宗教可以把生命摆渡到对岸吗？1936 年 10 月的一则日记表露了他内心的挣扎：

我用一个又一个东西来替代宗教；但它们全都不能满足我。友谊？我发现我的朋友们都不太完善。书本？你越博学，就越是被人的智慧的清淡无味所烦扰。科学？它只是宗教的一部分，这部分使得我们狡猾如蛇。官位？你爬得越高，你的人生就越空虚。钱？我曾挣过大量的钱，但这并没有使我感到幸福。健康？它是好，但只是你建立人生大殿的基础。名声？我也享有，但唯一的好处只是我老婆出去买东西不用付现钞。女人？我曾有够多的女人。孩子？是的，他们是迷人的，但他们认为我不过是一个会哭又会笑的玩具。动物？它们是好伴侣，也令我想到自己的起源，但仅此而已。花园？是美，但我听到外面不幸生活的回声。自恃？我不过是一根细柔的芦苇。①

① 吴经熊《超越东西方》，第 155—156 页。

霍姆斯所言不幸成谶。吴经熊“对法律的狂喜”在残酷的现实碾压下瞬息即逝，“约翰·吴”成了“若望·吴”。而胸中那一把“火”，虽幸留存，却终于燃向了灵修。这是吴先生作为法学家的失败处，却是吴经熊作为一个活生生的性灵的超拔处。

文人、学者专业兴趣的转向，总有着不足为外人道的隐痛，如沈从文的弃小说创作而从事文物研究，王国维的弃文学批评而从事金石研究，与他们不同的是吴经熊可说是尽弃所学、万事从头了，若是深究他何以在1937年作出这一改变了下半生的决定，他的内心又是如何去承受这变化，那是一个人生命内部的秘密了。

他这般解释自己缘何会成为一个天主教徒：

> 尽管我是一位律师，却总是偏爱平等胜于严法，精神胜于文字，仁慈胜于正义。没有人比我更欣赏罗马人的格言：“最高的正义也是最大的不义。”这也解释了我何以偏爱霍姆斯、魏格莫、卡多佐和庞德的社会学的、人道主义的法理学，而反感19世纪的机械论的法理学。更重要的是，这个经验使我不喜欢儒家的礼仪主义，而全心同情基督对法利塞人主义的斗争。首次读到圣保罗的话，“文字令人死，精神却叫人活”时，我就知道自己注定了要成为基督徒。这种体验就跟一见钟情、堕入情网一样。

他的儿子吴树德则这样探究父亲心智和情感变化的历程：

> 对于中国和生为他那一代的中国人，他在1937年——一个他思虑着作出生命中的转折的阶段——写道，“精神必定备受煎熬”……在他的青年时期，他的内心之缺乏平和恰是外部世界政治动荡和文化纷扰的写照，对此他感同身受。直到皈依耶教，他才重归安宁，这发生在香港那一年的十二月，用他自己的话来说，这“将我从我自己拯救了出来”。

……在检视他的生命和作品时——我发现它们是不可分离的——我知道父亲坚信他的宗教皈依乃是命定的。读者将《超越东西方》草草翻阅后就会明白，早在踏入天主教堂之前，他就已经感到他的生命中有一只引领着他的手，事实上，他感到是伟大的仁慈和对于上帝的同情，引导他进入上帝神圣的心中。他常常表示感激的不仅仅是他发现了上帝，而且是上帝发现了他。——上帝不是发现的对象，否则就是亵神。这也表达了他深深的谦卑。①

在中国传统语境中，规范人世、平衡利益的法律为“器”，精神世界的至一才是“道”。在讲述自己的皈依之路的《超越东西方》中，吴经熊说，“道”之一字，意味着无法诉诸语言的终极的存在，是一切美德和事物的来源。“它是朴素，它是至一”。他这样告诉世人。像任何一个虔诚的天主教徒一样，他还经常这样宣说，所有的知识和智慧（当然也包括他一度沉迷其中的法学）不过是神的预示，万物均在神的秩序当中。藉由对最具现世意义的法律和法学的放弃，他自认为抵达了精神世界的“至一”境界，获得了内心的宁静与澄明。这是遁逃还是更为勇敢的担当？

4. 一个天主教徒的安魂之所

成了天主教徒的吴经熊，天性中早就存在的宗教、文学与诗歌的成分日益增加起来。他翻译了《圣经》，译笔典雅，古色古香，深得中国古典诗歌神韵，以致出版后被称为“经熊本”，与天主教“思高本”，新教“和合本”

---

① 吴树德《温良书生，人中之龙》，见吴经熊著《法律哲学研究》，第 4 页，清华大学出版社 2005 年版。

并称。策动创办了一份向西方介绍中国文化的全英文杂志《天下月刊》。他还写了一本把唐诗与季候相对应的有趣的小书《唐诗四季》。

1946 年，吴经熊受命任国民政府派驻梵蒂冈全权大使。

1949 年后，他成了美国多所大学的神学教授，讲授比较神学和托马斯·阿奎那。同时开始把《道德经》翻译为英文，并开始思考技术时代心灵解放的可能性。以一种灵性自白的笔触描述自己的人生经历及其宗教皈依的历程的自传也于两年后完稿，并在美国出版。这个汲汲于用世的法学家，经由心灵的幻灭后，终于在哲学和诗歌中安顿了自己。

参考征引文献

《旧时代之死》，柔石，上海北新书局，1929

《公墓》，穆时英，上海现代书局，1933

《胡适来往书信选》，中国社会科学院近代史研究所中华民国史组编，中华书局，1979

《鲁迅全集》，人民文学出版社，1981

《修人集》，楼适夷编，浙江人民出版社，1982

《沈从文文集》(12 卷本)，邵华强、凌宇编，花城出版社，1984

《谈新诗》，冯炳文(废名)，人民文学出版社，1984

《话雨录》，楼适夷，生活·读书·新知三联书店，1984

《雪峰文集》，冯雪峰，人民文学出版社，1985

《智者的尊严》，许纪霖，学林出版社，1991

《张爱玲散文全编》，来凤仪编，浙江文艺出版社，1992

《约园著作选辑》，张寿镛，中华书局，1995

《狱里狱外》，贾植芳，上海远东出版社，1996

《从文家书——从文兆和书信选》，上海远东出版社，1996

《几度风雨海上花》，周介人、陈保平主编，上海三联书店，1996

《西潮》，蒋梦麟，辽宁教育出版社，1997

《穆时英小说全编》，学林出版社，1997

《想象中国的方法——历史·小说·叙事》，王德威，生活·读书·新知三联书店，1998

《柔石日记》,陈漱渝等编,山西教育出版社,1998

《沈从文批评文集》,刘洪涛编,珠海出版社,1998

《苏青传》,王一心,学林出版社,1999

《蒋梦麟传》,马勇,河南文艺出版社,1999

《周作人文选》,群众出版社,1999

《上海摩登——一种新都市文化在中国1930—1945》,[美]李欧梵著,毛尖译,北京大学出版社,2001

《抗战时代生活史》,陈存仁,上海人民出版社,2001

《殷夫传》,张潇,浙江人民出版社,2001

《文化人与钱》,陈明远,百花文艺出版社,2001

《结婚十年》,苏青,经济日报出版社,2002

《超越东西方》,吴经熊,周伟驰译,雷立柏注,社会科学文献出版社,2002

《柔石评传》,王艾村,上海人民出版社,2002

《张寿镛先生传》,俞信芳,北京图书馆出版社,2003

《饮食男女:苏青散文》,新世界出版社,2003

《海上才子邵洵美传》,章克标,上海人民出版社,2003

《冷僧自编年谱》,见《张宗祥墨迹》,上海人民美术出版社,2004

《盛氏家族·邵洵美与我》,盛佩玉,人民文学出版社,2004

《中国文学史话》,胡兰成,上海社会科学院出版社,2004

《宁波旧影》,哲夫主编,宁波出版社,2004

《民国名人再回首》,秦风,文汇出版社,2004

《现代性的五个悖论》,[法]安托瓦纳·贡巴尼翁著,许钧译,商务印书馆,2005

《中国现代作家的浪漫一代》,[美]李欧梵,新星出版社,2005

后记

长久以来，我们的历史编撰是失实变形的，我们的历史记忆是缺乏质感的，我们考量一个个人物，总是习惯于放到一个个宏大的背景下。历史的某些层面被夸大变形，另一面却给藏了起来，总是不在场。鲁迅早就发现了这一点：

> 历史上都写着中国的灵魂，指示着将来的命运，只因为涂饰太多，废话太多，所以不容易察出底细来。正如透过密叶投射在莓苔上面的月光，只看见点点的碎影。
>
> ——《华盖集·忽然想到（四）》

具体到身处历史漩涡的个人，我们有政治史中的个人，思想史中的个人，文学史中的个人，唯独缺失的是生活史中的个人。

那么，有无可能从这“变形”中去找回那可能准确的“形”？

我希望这本小书呈现出从坚实的物质世界构建起精神的大厦的可能，希望这种方法能有助于去努力逼近人性中真实的一面。

本书写到的十二位南方文人，蒋梦麟、邵洵美、陈布雷、沈从文、苏青、穆时英、柔石、殷夫、应修人、张寿镛、吴经熊、徐訏，几乎都生活在20世纪这一变动的世代。他们在消逝的年代晦暗不明的光线里走动着，也曾蓬勃地生，但又无一不是失败的。历史粗暴地挤压、简化他们，终至在一个个夹缝里把他们碾成了片片碎影。他们的面目被时间的尘埃模糊着，只剩下一张张僵硬的、符号化的脸。而那些鲜活的生与死、爱与欲，越来越像鲁迅说的，成了月光透过密叶落在青苔上的“点点碎影”。

但他们还是顽强地走到了你的面前，因为我的叙述。

如果说生活就是与世界发生各种各样的关系，现在我叙说他们，我也把它看作是与我们居住的年代建立联系的一种方式。我喜欢这种时空暌隔的联系，隐秘而久远，像一场天荒地老的爱情。而爱情总是留给我们想象的空间，于是这些人和事是否有趣不再重要，重要的是我怎样来叙述他们。

在传统意识形态的触角止步的地方开始了本书的写作，即在日常生活的视野下对这些现代文人作一次发现式的书写。因此本书所着眼的也无非是婚恋、疾病、血液、经济生活等易为人忽略处，而正是在这些琐屑繁杂的日常生活细节里，我相信闪烁着历史的真相和人性的光辉。

这是我历时十余年专注于中国现代性转型的初始之作。当我最初把目光凝聚于这些南方文人时，我正经历着前所未有的迷惘。那情形就像赤脚走在一条被石头硌得发疼的路上，每一脚下去都不知会踩着什么。我写下他们是因为我必须做些什么让自己安心下来。所以并不是一开始就预设了一个目标再去写他们，而是让文本自然地生长着，从一个人物到另一个人物，从一个事件到另一个事件。而往往最初感动我的，有时只是一个画面，一个惊心动魄的细节，或某个时刻一处细微的表情，甚至，只是他们曾经写下的一个句子。

进入新世纪后的最初几年，我几乎天天在这座城市江北岸的一幢迷宫般的银行大楼里工作。窗外是河，顺着河水流去的方向，可以看到这座最早开埠的城市的外滩和江边的教堂尖顶，如果愿意再走几步，就到了江北岸的轮船码头。20 世纪初，也就是本书故事发生的时间，那些商人和学子，就是从这个轮船码头出发，傍晚下船，一夜航行后，次日一早出现在上海十六铺码头。时常在黄昏坐在江边看着水汽浩瀚的河面，恍恍乎，耳边全是旧电影般的嘈杂了。

有史料显示：自 1869 年英商太古轮船公司开辟沪甬线航路，先后有英国、法国、德国、丹麦、意大利的轮船公司在此淘金，到 20 世纪 30 年代，民族资本加入了这条航线的营运竞争,当时在沪甬线上对开的轮船共有五艘,其客运量居近代沿海各航线之首位。

这条水路曾经是系连我现在生活的城市和上海之间的一条血脉,遥想 20 世纪初,这个城市有多少人经由这条水路到了上海。上海,它是让人耳眩目迷的现代文明的奇观,也是“白骨造成的都会”,它成就了多少探险者的梦想,又让多少生命像野草一样被收割。

这本书里写到的十二个南方文人,除了沈从文,几乎都经由这条水路前往上海。相比于他们生活的地方,上海是个更大的世界。他们有的就在上海停下了步履,有的由此走向更远的地方。上海有他们的歌哭,有他们踟蹰彷徨的身影。上海造就过他们,上海最终也挫败了他们。他们中的一些,为了一个主义,一种信仰,把年轻的生命永远停留在了这座与故土并不遥远的城市。借由对这些南方现代文人的重新叙事,本书也成为了对“南方”的另一种书写,即在公共想象的另一个方向上,呈现出一个坚硬的、气象慷慨的同时也是更具物质性和现代性的南方。

诚如有论家先前指出,渐行渐远的 20 世纪是一个“泛政治化的世纪”,是以,本书的写作虽从生活史入手,祈望“轻逸一跃”(卡尔维诺语),读者诸君未始不可以把它视为政治史的隐晦一面来读。

本书是曾由中华书局出版的《历史碎影:日常生活中的现代知识分子》一书的修订版,除修正前版谬误、辨析史料外,删去了关于翁文灏和巴人的《死在茧中》《爱国者之血》两文,新收入关于徐訏、张寿镛、吴经熊的三篇,分别为《说寂寞,谁最寂寞》《百年约园》和《法官和他的另一个角色》,特此说明。

作者　识

2018 年 8 月